KB078975

동아
COMMUNICATION
GROUP

손만 대면 다 고쳐 5권

초판 1쇄 인쇄일 | 2022년 8월 19일
초판 1쇄 발행일 | 2022년 8월 25일

지은이 | 해우
펴낸이 | 박성면
펴낸곳 | (주)동아

출판등록 | 제406-2007-000071호
주소 | 경기도 파주시 문발동 223-1 2층
전화 | (031)8071-5201
팩스 | (031)8071-5204
E-mail | lion6370@hanmail.net

정가 | 8,000원

ISBN 979-11-6302-603-7 (04810)
ISBN 979-11-6302-587-0 (Set)

손만 대면 다 고쳐

해우 현대판타지 장편 소설
DONG-A MODERN FANTASY STORY

목차

21. 치료자   _7

22. 약   _71

23. 친구의 소식   _137

24. 왕과 공작   _199

25. 메뚜기 떼   _269

21. 치료자

　김시우는 저 앞에 있는 전차와 군인들을 보면서 마음을 가라앉히려고 노력했다. 흥분한 상태로 달려들어 봤자 얼마 죽이지 못하고 죽을 것이 분명하다는 것을 알고 있었기 때문이었다.

　하지만 쉽게 흥분을 가라앉힐 수가 없었다. 흥분이라기보다는 분노였다. 이렇게 쉽게 가라앉힐 수 있는 분노였다면 이렇게 혼자 오지도 않았다.

　그래서 천천히 걸으며 접근하기 시작했다. 한 발자국씩 걸으며 분노를 저 깊은 곳에 억누르고, 필요한 순간에 폭발시킬 생각이었다. 또한, 적이 어디에 어떻게 숨어 있는지도 살폈다.

　가장 위험한 것은 전차였다. 전차의 포신이 자신을 향하고 있었다. 보이는 것은 2대. 하지만 저 멀리 위화감이 드는 곳이 있었다.

햇빛이 반사하지 말라고 포신에 색을 칠해 놨지만, 땅이 약간 올라온 곳에 전차의 포신만 나와 있었다. 위장한 전차의 포신은 이쪽을 향하지 않았다. 담당 구역이 있는 것이 분명했다.

김시우는 최소 500m 안으로 들어가야 승산이 있다고 생각했다.

500m 안으로 들어가면 순식간에 접근해 적을 죽일 수 있었다.

그리고 강력한 힘을 지닌 적은 없었다. 일정 수준 이상의 힘을 지니게 되면 상대방이 지닌 힘을 느낄 수 있었다.

그런데 적이 있는 곳에 아무런 힘도 느껴지지 않았다.

그렇다면 접근전에서 자신이 우위에 설 수 있다는 판단을 했다. 이제 100m 정도만 더 가면 500m 안쪽으로 들어선다.

지금부터 뛰고 싶은 유혹이 일어났다. 하지만 꾹 참았다.

적이 먼저 공격하지 않는 한 500m 안쪽으로 들어가는 것이 더 나은 선택이기 때문이었다.

"응?"

김시우는 뒤에서 강력한 힘이 느껴졌다. 익숙한 힘의 느낌이었다. 도봉구의 수호자라는 것을 알았다. 자신을 위해 도봉구의 수호자가 온 것 같았다.

아내의 복수도 복수지만, 도봉구의 수호자에게 피해를 주고 싶지는 않았다. 발에 힘을 주고 뛰려는 순간 김시우는 자신을 지나가는 그림자를 볼 수 있었다.

쿠웅.

김시우 앞에 도봉구의 수호자가 떨어졌다.

땅이 움푹 파일 정도로 충격이 컸다.

"저를 막지 말아 주십시오."

도봉구의 수호자는 뒤로 돌아 김시우를 봤다.

'저들과 싸우면 안 돼.'

도봉구의 수호자와 대화할 수 있는 존재는 1급 능력자 정도였다.

평소에는 말을 잘 안 하는 도봉구의 수호자였다.

하지만 지금은 김시우를 막아야 했다.

"왜 안 됩니까."

'그를 화나게 해서는 안 되니까.'

김시우는 입술을 깨물었다. 도봉구의 수호자가 이런 말을 한 것은 처음이었다. 도봉구의 수호자가 말한 그가 누구인지 말하지 않아도 알 수 있었다. 의정부 지역을 장악한 사람.

"와아!"

1천여 명의 사람이 함성을 지르며 달려왔다.

김시우는 기겁하며 뒤로 돌아 소리쳤다.

"멈춰! 가까이 와서는 안 돼!"

이미 전차의 사정거리 안에 들어와 있었다. 저들이 포격에서 도망갈 수 있는 거리에 있었으면 했다. 하지만 그들은 멈추지 않았다. 김시우가 있는 곳까지 왔다.

"멍청한 놈들……."

이렇게 된 것 도봉구의 수호자가 뭐라고 하든 앞으로 달려야 한다고 생각했다. 이대로 있다가는 포격의 좋은 먹잇감이 될 뿐이니까.

김시우가 몸을 돌려 달렸다. 도봉구의 수호자가 팔을 뻗어 막아 보려 했지만, 김시우는 그 팔을 피해 달렸다.

"가자!"

오민중이 소리치며 달리자 1천여 명도 뒤따라 달렸다.

하지만 김시우와 그들은 멈출 수밖에 없었다.

엄청난 숫자의 나무 괴물과 괴물 닭이 나타났기 때문이었다.

그뿐만 아니었다. 오른쪽에서 고양이 무리가 나타났다. 그중에서도 거대한 고양이에게 느껴지는 힘은 김시우도 무시 못 할 정도였다.

왼쪽에서 들개 무리가 나타났다. 들개 무리의 우두머리에게서 느껴지는 힘은 김시우 자신과 비슷했다.

뒤를 빼고는 완벽하게 포위된 것이었다.

도봉구의 수호자가 나서지 않으면 절대 승산이 없었다.

* * *

내가 전차 대대가 있는 곳에 도착했을 때 남자 한 명이 천천히 걸어오는 것을 봤다. 그리고 곧 그 남자가 온 곳에서 거대한 무언가가 날아오는 것도 볼 수 있었다.

순간 잘못 본 것이 아닌가 싶었다.

인간이 아니었다. 마치 돌로 만든 인형 같았다.

애니메이션이나 소설 속에서 나오는 골렘이 떠올랐다.

인간의 형태를 지닌 돌. 저 돌 인형에게서 느껴지는 힘은 대장 두꺼비와는 비교할 수 없을 정도로 컸다.

내가 힘을 숨기고 있기 때문에 돌 인형은 나를 느끼지 못한 것 같았다.

"이필목 대령님."

"네. 대장님."

"저들이 함부로 움직이지 않게 해야 할 것 같네요. 방울토마토 부대와 닭 부대 그리고 까망이와 애꾸를 부르세요."

"압도적인 전력을 보여 주실 생각이시군요."

"네."

"바로 실행하겠습니다."

이필목 대령은 방울토마토와 닭 그리고 까망이와 애꾸를 움직이게 했다.

이미 근처에 대기하고 있었다. 그리고 무전기를 지닌 군인도 함께 있었다. 그래서 빠르게 이필목 대령의 지시대로 움직였다.

"대장님!"

이필목 대령은 꽤 많은 숫자의 사람이 오는 것을 보고 소리쳤다.

공격할 것인지 묻는 것이었다.

"기다려요."

"알겠습니다."

하지만 이필목 대령은 언제든지 공격할 수 있게 준비했다.

방울토마토와 닭들이 빠르게 도착했다. 방울토마토의 움직이는 속도가 느리니 닭들이 입에 물고 온 것이었다.

야방토의 경우 덩치가 너무 커서 닭 몇 마리가 등에 지고 왔다.

"바로 배치하죠."

"네."

방울토마토와 닭들이 제대로 정렬해서 섰다.

그때 남자 한 명이 달려오는 것이 보였다. 거대한 돌 인형은 막으려고 하는 것 같았다. 그것을 보니 돌 인형은 싸울 마음이 없는 것 같았다. 그렇다면 남자가 달려오는 이유는 한 가지뿐이었다. 포격 실수로 인해 죽은 이들의 복수.

좀 씁쓸했다.

그리고 뒤에 나타난 사람들도 달려오기 시작했다. 그때 야방토와 방울토마토 나무 그리고 닭들이 전면에 나섰다. 달려오던 남자가 먼저 멈췄다. 그리고 뒤따르던 이들도.

내가 바라보는 방향 왼쪽에서 거대한 덩치로 변한 까망이와 고양이 무리가 나타났다. 그리고 조금 늦게 오른쪽에서 애꾸와 들개 무리가 나타났다.

저들이 당황하는 것이 보였다. 이제 내가 나서야 할 때인 것 같았다. 나는 감췄던 힘을 드러냈다. 그러자 가장 먼저 달려왔던 남자가 더 당황하는 것 같았다.

나는 앞으로 걸어갔다. 그리고 소리쳤다.

"우리는 싸울 생각이 없습니다!"

내 말에 가장 먼저 달려왔던 남자가 소리쳤다.

"싸울 생각이 없다면서! 왜 우리 사람들을 헤친 건가!"

"그건 사고였습니다."

"사고? 사고라고 말하면 끝인가? 그 사로고 죽은 사람이 당신 가족이라 해도?"

이런. 죽은 사람 중에 가족이 있었으면 저렇게 나오는 것도 이해가 된다. 하지만 이해만 되는 것이었다.

"사과는 하겠지만, 싸우지 않았으면 합니다. 하지만! 그렇다고 해서 걸어오는 싸움을 피할 생각은 없습니다."

저 거대한 돌 인형은 몰라도 이곳에 있는 사람들 정도는 충분히 전멸시킬 수 있었다. 문제는 돌 인형이었다. 돌 인형이 날뛰기 시작하면 막기 힘들 것 같았다. 어떤 능력을 지녔는지도 모르니 더 그랬다. 그렇다고 진짜 걸어오는 싸움을 피할 생각은 없었다.

피해는 생기겠지만, 어떻게 보면 이번이 기회일 수도 있었다.

"그래? 그럼 나와 일대일로 싸우자."

이건 예상하지 못했다. 솔직하게 말해서 내 전문은 싸움이 아니었다. 노 씨 아저씨나 이연희와 일대일로 싸우면 내가 질 것이다. 두 사람은 싸움 전문가니까.

그런데 뒤에서 이연희의 목소리가 들렸다.

"어이. 감히 누구하고 싸우자고 하는 거야? 우리 대장님에게 덤비기에는 100만 년은 빠르지."

이연희가 나를 빠르게 지나쳐 앞으로 가는 것이 보였다.

"이연희 씨!"

"오빠. 제가 해결할게요."

검을 뽑은 이연희는 그대로 남자에게 접근했다.

* * *

김시우는 갑자기 검을 든 여자가 나타나 자신에게 달려오자 당황했다. 이 여자 역시 만만치 않은 힘을 지녔기 때문이었다.

그렇다고 계속 당황한 상태로 있을 수는 없었다. 여자의 검이 빠르게 가슴을 향해 찔러오고 있었다. 김시우는 왼쪽 발을 빼며 오른팔로 이연희의 검을 때렸다.

깡.

김시우는 순간 검이 너무 쉽게 튕겨 나간다는 생각을 했다. 등골이 오싹하다는 것을 느끼자 김시우는 뒤로 뛰었다.

서걱.

뒤로 뛰지 않았다면 오른팔이 잘렸을 것이다. 다행히도 옷만 자르고 지나갔다. 문제는 검이 어떻게 움직였는지 제대로 못 본 것이었다.

김시우는 제자리에서 뛰면서 약간의 거리를 두기 시작했다. 아웃복싱 스타일이었다.

쉬익.

이연희가 찌르는 검에서 소리가 들릴 정도였다. 그런데 소리는 한 번인데 찌르기는 최소 두 번이었다.

김시우는 머리를 좌우로 흔들며 검을 피했다.

그리고 이연희가 검을 회수하는 순간 땅을 박차며 이연희의 품 안으로 들어갔다.

"하압!"

김시우의 오른팔이 2배로 커졌다. 근육이 부풀어 오른 것이다. 힘을 순간적으로 오른팔에 집중했기 때문이었다. 김시우의 능력 중 하나였다. 이 능력을 사용하면 평소보다 8배 이상의 위력이 나온다. 50cm 두께의 콘크리트도 깨는 주먹이 되는 것이었다.

쾅.

검과 팔이 부딪쳤다는 것으로 보기 힘든 소리가 들렸다.

이연희도 본능적으로 김시우의 오른팔을 검으로 막은 것이었다.

김시우는 이연희가 뒤로 날아갈 줄 알았다. 그래서 앞으로 더 나아가면 이연희를 따라잡아 왼팔로 공격하려 했다.

그런데 이연희는 뒤로 날아가지 않았다. 위로 떠올랐다.

검을 살짝 틀어 힘의 방향을 위로 한 것이었다.

이연희는 공중에서 한 바퀴 공중회전을 하며 김시우의 뒤편으로 떨어져 내렸다.

사악.

하지만 그냥 떨어진 것은 아니었다.

"으윽."

오른쪽 어깨를 베인 김시우는 앞으로 몸을 숙이며 굴렀다.

그가 벌떡 일어나는 순간 이연희의 검이 목에 닿았다.

오른팔이 제대로 움직이지 않아 막을 수가 없었다.

"100만 년은 이르다고 했지? 죽어."

이연희는 김시우가 이성필을 모욕했다고 생각했다. 그래서 목을 벨 생각이었다. 이연희가 팔에 힘을 주려는 순간 무언가 날아왔다. 이연희는 그것을 느꼈다.

찰나의 순간. 김시우의 목을 그대로 베어야 하나. 아니면 포기하고 피해야 하나. 둘 중 하나를 결정해야 했다.

이연희는 본능적으로 피하는 것을 선택했다.

퍼억.

"악!"

그런데 피했다고 생각한 것이 손목에 맞았다. 간신히 검을 떨어뜨리지 않았지만, 팔에 제대로 힘이 들어가지 않았다.

쿵. 쿵.

거대한 돌 인형이 두 발자국 만에 이연희와 김시우 사이에 섰다.

이연희는 자신의 팔목을 때린 것이 돌멩이라는 것을 알았다. 이연희를 공격한 돌멩이가 돌 인형에게 다시 돌아가는 것을 봤기 때문이었다.

"치사하게 기습이냐?"

이연희는 돌 인형을 이길 자신이 없었다. 느껴지는 힘도 힘이지만, 온몸이 돌인 것도 문제였다. 검으로 베어 낼 수 없을 것 같았다.

돌 인형의 팔이 올라가는 것이 보였다. 그대로 이연희를 향해 떨어졌다.

이연희는 옆으로 뛰려고 했다. 그런데 움직일 수가 없었다. 보이지 않는 힘이 자신을 묶어 놓은 것처럼 느껴졌다.

저 돌주먹을 맞으면 죽는다는 생각이 들었다.

쾅!

* * *

이연희가 저렇게 잘 싸울 줄은 몰랐다. 예전에 노 씨 아저씨와 싸울 때보다 더 발전한 것 같았다. 아마도 내가 보지 않는 곳에서 피나는 훈련을 했겠지.

몇 번의 공격도 하지 않고 이연희가 남자의 목에 검을 대는 것이 보였다. 죽이지 말라고 소리치려는 순간 돌멩이가 날아오는 것이 보였다. 이연희도 알고 피하는 것 같았다.

그런데 돌멩이가 이연희를 따라 움직였다. 마치 유도탄처럼.

이연희의 손목을 정확하게 때린 돌멩이는 땅에 떨어졌다.

그리고 돌 인형이 뛰어와 이연희와 남자 사이에 섰다.

나는 파이프 렌치를 들었다. 이연희가 위험하다는 생각이 들었기 때문이었다.

돌 인형이 팔을 드는 순간 나는 그대로 뛰었다. 돌 인형이 팔에 힘을 집중하는 것이 분명했다.

다리에 힘을 집중했다. 발끝으로 더 빠르게 뛰려고 생각했다.
그런데 내 생각보다 더 빠르게 뛰는 것 같았다.

두 번 만에 나는 이연희의 앞에 설 수 있었다.

그리고 파이프 렌치에 힘을 주면서 들어 올렸다.

돌 인형의 팔이 파이프 렌치에 부딪혔다.

꽝!

나는 살짝 무릎을 굽히며 충격을 흡수했다. 생각보다 충격이
크지 않았다.

'치료자.'

돌 인형의 소리였다. 모두가 듣는 소리는 아니었다. 머릿속에
울리는 그런 목소리였다.

"치료자?"

'너는 치료자. 나는 수호자.'

무슨 헛소리인지.

"그래서 싸우지 말자고?"

'그렇다.'

놈이 마지막에 팔의 힘을 뺀 것 같았다. 그렇지 않았다면 내
몸이 땅에 박혔을 것이다.

"오빠. 미안해요."

뒤에서 이연희의 말이 들렸다.

"연희 씨, 일단 돌아가요."

"오빠는요?"

"나는 이 돌덩어리와 대화 좀 해야 할 것 같아요."

"그럼 저도 같이 있을게요."

돌 인형이 팔을 뺐다.

공격할 생각은 없는 것 같았다.

"그냥 돌아가는 것이 도와주는 겁니다."

단호하게 말했지만, 이연희는 갈 생각이 없어 보였다. 그리고 더 큰 문제는 방울토마토와 닭들 그리고 전차가 움직인 것이었다.

이필목 대령이 선두에 있었다. 일제히 나를 향해 오고 있었다. 까망이와 애꾸도 예외는 아니었다.

이러다가 진짜 죽고 죽이는 그런 일이 벌어질 것 같았다.

"이봐. 저 사람을 말려 줘. 둘이 대화 좀 하자."

내 말에 돌 인형은 한 발을 뒤로 뺐다.

퍼억.

남자는 돌 인형이 뒷발차기로 자신을 공격할 줄 몰랐는지 피하지도 못하고 맞았다. 그리고 그대로 기절한 것 같았다.

"같은 편을 그렇게 해도 돼?"

'이 정도로는 안 죽는다.'

"좋아."

나는 다가오는 이필목 대령에게 소리쳤다.

"여기 돌덩어리하고 둘이서만 대화할 거니까 이연희 씨 좀 데려가요."

그리고 돌 인형이 데려온 사람들을 향해서도 소리쳤다.

"이 남자 좀 데려가죠?"

한 명이 뛰어왔다. 그리고 기절한 남자를 들었다. 하지만 바로 돌아가지는 않았다.

돌 인형을 빤히 쳐다봤다.

'가라. 원하는 대로 해라.'

돌 인형의 말을 듣고 나서야 움직였다. 우리 쪽에서도 이필목 대령이 왔다.

"연희 씨, 가죠."

이연희는 풀이 죽은 얼굴로 이필목 대령을 따라 움직였다.

나는 이필목 대령에게 다시 소리쳤다.

"더는 접근하지 마요."

돌 인형이 데려온 사람들에게 소리칠 필요는 없어 보였다. 이제 남은 것은 돌 인형과 나뿐이었다.

"나를 치료자라고 불렀나?"

'그렇다.'

"너는 수호자고?"

'맞다.'

"인간을 수호하는 건가?"

'그렇다.'

나는 고개를 갸웃거릴 수밖에 없었다.

지금까지 괴물은 인간을 죽이려고만 했었다. 그 어떤 괴물도 인간을 지키려 하지 않았다.

그런데 눈앞에 있는 돌 인형은 인간을 지키려 하는 것 같았다.

그리고 괴물은 모두 생명체였다. 이런 돌멩이 같은 것이 아니고.

"왜지? 왜 인간을 수호하려고 하는 거지?"

'그들이 원했으니까.'

"인간이 원했으니까 수호해 주겠다? 말이 안 되는데?"

돌 인형은 잠시 침묵하는 것 같았다.

나에게 해 줄 적절한 대답을 찾는 것인가 싶었다.

이내 돌 인형의 목소리가 들렸다.

'나는 성황당의 돌멩이였다.'

의외의 단어였다. 성황당. 내가 알기로는 중국의 성황묘에서
유래했다. 한국의 무속 신앙에서 신을 모시는 사당을 성황당이라고
한다. 사람들이 성황당을 지나가며 무사 안녕을 바라는 마음으로
돌을 쌓는 풍습이 있었다.

"그러니까 성황당에 쌓은 돌멩이가 너라고?"

'그렇다.'

"도봉구의 성황당은 사라졌잖아."

도봉구에 성황당이라는 지역명이 있다. 예전에 성황당이 어떤
곳인지 보려고 가 본 적이 있었다. 하지만 도봉구의 성황당은
한국 전쟁과 도시화 과정에서 사라졌다는 말만 들었다. 지금은
그냥 건물과 도로만 있었다.

'사라졌지만, 사라지지 않았다. 나는 곳곳에 흩어져 어둠 속에

있었다.'

말을 들어 보니 사당은 사라지고 그 앞에 있던 돌멩이는 사방으로 흩어져 있었던 것 같았다.

'그리고 나는 인간들의 간절한 염원을 들었다. 살려 달라는 염원을.'

처음부터 무사 안녕을 바라는 마음으로 쌓은 돌이니 사람들의 염원을 들은 것 같았다.

'하지만 힘이 없었다. 그러다 힘이 있는 돌을 발견했다.'

내가 흡수한 그 돌멩이를 말하는 것 같았다.

'나는 인간의 간절한 염원과 힘이 있는 돌을 통해 힘을 얻었다.'

뭐 온갖 것이 괴물이 되는 세상이니 이런 일도 가능하다 싶었다.

'힘을 얻은 나는 인간을 지켰다. 그렇다고 모든 인간을 지킨 것은 아니다.'

"그건 무슨 소리야?"

'힘이 없어 죽을 수밖에 없는 인간들을 지켰다. 힘이 없는 인간을 죽이는 인간은 나 역시 죽였다.'

아이러니하다는 생각이 들었다. 인간을 지키기 위해 인간을 죽인다. 하기는 세상 모든 일이 아이러니다. 하나를 얻으면 하나를 줘야 하는 것이 기본이다. 어떤 경우는 하나를 얻으려다가 두세 개를 빼앗기기도 했다.

'점점 더 힘이 강해지던 나는 치료자를 느꼈다.'

"나를?"

'그렇다. 아주 작은 힘이지만, 의지가 강한 너를.'

작은 힘이라고 표현한 것을 봐서는 초기부터 나를 느낀 것 같았다.

"그게 가능해?"

'인간이기를 포기하지 않았기 때문에 가능했다.'

"마치 나를 살펴본 것처럼 말한다?"

'도망쳐 온 까마귀에게 물었고, 도망쳐 온 나무에게 물었다.'

이거 은근 소름이 돋았다.

예전부터 나를 감시하고 있었다는 것을 알았기 때문이었다.

'나는 더 강해진 치료자와 같이할 것인지 선택해야 했다. 그래서 그들을 보냈다.'

"그들이라니?"

'모든 것을 먹어치우는 것들.'

잠깐만. 머리에 열이 나는 것 같았다.

"그러니까 두꺼비 무리를 네가 보냈다는 건가?"

'그렇다. 그들을 치료자인 네가 해결한다면 더 큰 힘을 얻을 것이기 때문이었다.'

"만약, 실패했다면?"

'다른 치료자가 나타날 때까지 기다릴 생각이었다.'

누군가에게 시험을 받았다는 것이 좀 짜증 났다.

그것도 죽을지 모를 그런 시험을.

"그랬군."

나는 고개를 끄덕이며 생각을 정리한 다음 말했다.

"그래서 뭐를 어떻게 하자는 거야? 싸우지 말고 같이 인간을 지키자는 건가?"

'그렇다. 나는 지키고 너는 치료한다.'

나는 순순히 '네. 그렇게 하시죠.' 이렇게 말할 생각은 없었다.

"제안은 고마운데……. 나도 충분히 지킬 수 있어."

'싸우자는 것인가?'

"네가 싸움을 걸지 않는 이상 싸울 일은 없겠지."

'그럼 왜 거절하는가.'

기분 나빠서.

이렇게 말할 수는 없었다.

"너하고 같이 하면 어떤 이익이 있는데?"

'내가 지킨다. 나는 강하다.'

"나도 강해."

'나보다는 약하다.'

"그럴지 모르지. 하지만 강함의 차이만으로 살아남을 수 있는 것은 아니야. 그랬다면 나는 벌써 죽었겠지."

'나도 신기했다.'

"신기해? 그럼 이거 하나는 알아 뒀으면 하네."

'무엇인가?'

"나 혼자였다면 절대 살아남지 못했을 거야."

'이해가 안 된다.'

"나를 믿고 따르는 사람들과 함께했기 때문에 살아남은 거라고. 이해가 안 돼?"

'안 된다. 강해야 살아남을 수 있다.'

힘은 강한데 어째 금비가 더 똑똑한 것 같았다.

"이해 안 되면 어쩔 수 없지. 어쨌든 나와 내 사람들이 얻을 이익이 없다면 거절이야."

눈치를 보아하니 돌 인형은 나를 필요로 하는 것 같았다.

'적이 되는 건가?'

이런 반응이 나올 줄은 몰랐다.

"적이 아니라니까. 서로 건드리지 말자고."

'그럼 적이다.'

단순 이분법이냐?

"건드리지 말자고 하는데 왜 적이야?"

'치료자가 없으면 내가 수호하는 인간은 다 죽는다.'

"그건 또 무슨 궤변이냐. 왜 죽어? 니가 지킨다며."

'나는 힘으로만 지킨다. 치료자는 힘이 아닌 다른 것으로 지킨다.'

"못 알아듣겠다."

진짜 이해가 되지 않았다. 돌 인형은 나에게 계속 말했다.

'인간은 먹어야 산다. 곧 먹지 못하게 된다.'

"식량이 부족하다는 건가?"

'맞다. 치료자가 없으면 힘으로 먹을 것을 빼앗아야 한다.'

"나만 안 건드리면 되잖아. 근처에서 힘으로 먹을 것을 구할 수 있을 텐데?"

나는 슬쩍 한 발 더 뒤로 뺐다. 내가 아쉬운 것이 아니거든.

'힘으로 빼앗을 수 있는 것은 한계가 있다. 하지만 치료자는 한계가 없다.'

순간 의문이 한 가지 생겼다. 내가 작물을 재배할 수 있다면 다른 사람도 재배할 수 있다. 그 증거가 나와 함께 하는 이들이었다. 그리고 지금 눈앞에 강대하다고 표현할 정도의 힘을 지닌 돌인형이 있었다.

놈도 가능할 것 같았다.

"너도 먹을 것 만들면 되잖아."

'나는 할 수 없다. 인간이 아니다.'

돌멩이라서 그런가?

"그럼 인간에게 시켜."

'어렵다. 내가 지키는 인간 중에 치료자만큼 하는 인간은 없다.'

어째 놈은 내가 무슨 말을 하든 원하는 대로 행동할 것 같았다.

'이제 결정해라. 치료자는 적인가?'

"하아. 그렇게 단순한 문제가 아니라니까!"

'나는 지키고 치료자는 인간을 살린다.'

"그러니까 내가 왜 네가 지키는 인간을 살리냐고!"

'적이 아니라면 살리는 것이 맞다.'

내 예상이 맞았다. 이놈은 완전 단순했다. 자기편이 아니면 적이다. 어째 내가 박무진에게 써먹었던 것을 그대로 당하는 것 같았다. 논리가 안 통하는 단순함.

나도 논리가 안 통하게 말해 볼 생각이었다.

"좋아. 적이면 서로 죽이는 거네. 그러면 저 인간들 다 지킬 수 있어? 다 죽을 텐데?"

'지킬 수 있다. 하지만 살릴 수는 없다.'

돌 인형이 팔을 들었다.

'치료자 적이 아닐 때까지 때린다.'

젠장. 말이 안 통하니까 두들겨 패겠다는 거네.

"그래? 그럼 때려 봐."

나는 땅을 박차고 도봉구에서 온 사람들을 향해 뛰었다.

등 뒤에서 무언가 바람을 가르는 소리가 들렸다.

돌 인형이 몸에서 돌멩이를 던진 것이 분명했다.

나는 더 빠르게 달렸다. 유도 기능을 지닌 돌멩이니 앞에 보이는 사람들을 인질로 삼기도 그랬다.

힘이 강해졌으니 몸도 더 튼튼해졌기를 바라면서 이를 악물었다.

퍼억.

등에 제대로 맞았다.

하지만 나는 힘을 주지 않았다. 반대로 돌멩이가 때리는 힘을 이용해 앞으로 더 빠르게 날아갔다. 진짜 날아간 것이다.

젠장 아프긴 더럽게 아프네.

나를 공격하려는 사람들이 보였다. 하지만 그들은 그럴 수 없었다. 내가 장미 향을 뿜어냈기 때문이었다.

200m 안쪽에 모두 있었다. 그들은 어떻게 할 사이도 없이 픽픽 쓰러졌다. 쓰러진 그들 사이에 떨어졌다.

"금비야."

내 주머니 안에서 금비가 튀어나왔다.

나는 계속 날아오는 돌멩이를 파이프 렌치로 쳐 내며 말했다.

"아빠가 말하면 다 먹어 버려."

'네!'

금비의 덩치가 커지기 시작했다.

나는 날아오는 돌멩이를 다 쳐낸 다음 돌 인형에게 소리쳤다.

"지킬 수 없는 것 같은데? 어떻게 할까? 다 죽일까?"

돌 인형은 돌멩이 날리는 것을 멈췄다. 돌멩이들이 돌 인형에게 돌아가는 것이 보였다. 돌 인형은 천천히 나를 향해 걸어왔다.

"워워. 멈춰."

내 말을 잘 듣는 것 같았다. 돌 인형은 멈춘 다음 말했다.

'내가 어떻게 하면 되나.'

"그냥 돌아가."

'대답이 아니다. 내가 어떻게 해야 치료자와 함께할 수 있는가.'

"그걸 내가 왜 말해야 하지? 네가 어떻게 할 것인지는 네가 결정해야지."

돌 인형은 무언가를 생각하는 것 같았다.

그러더니 다시 말했다.

'나를 죽여라. 그리고 힘을 가져라. 대신 인간을 지켜라.'

나는 어이가 없었다.

"결론이 이상하게 나온다? 너를 죽여?"

'인간은 살고 싶어 했다. 그리고 나는 그들의 염원을 들어주기로 했다. 그 어떤 것을 주더라도 약속은 지키고 싶다.'

"그런데 네가 왜 죽어?"

'나보다는 치료자가 인간을 지키는 것이 낫기 때문이다. 살아 있을 수 있다.'

이놈은 결론이 무조건 극과 극인 것 같았다.

중간이 없다. 타협할 생각도 없는 것 같았다.

"네가 죽지 않을 방법도 있어."

'무엇인가?'

"네가 내 명령을 들으면 되잖아."

단순하게 생각하는 돌 인형에게 슬쩍 미끼를 던졌다.

'명령만 들으면 되는 건가?'

어라? 너무 쉽게 넘어오는 것 같았다.

"명령이 무슨 의미인지는 알지?"

'적이 아니다.'

내 이럴 줄 알았다.

"부하라는 말은 알아?"

'알고 있다.'

"그러니까 네가 내 부하가 되는 거야. 부하는 명령을 따라야 하는 거야."

돌 인형이 대답하지 않았다. 부하가 되기 싫은가 싶었다.

그렇다면 미끼를 더 던져야겠다.

"네가 부하가 되면 네가 지키는 인간도 내 부하야. 먹을 것도 줄 수 있지. 내 부하인데."

'그런가?'

"그래. 그럼 내 부하 할래?"

아기를 어르고 달래는 것 같은 기분이 들었다.

가끔 아이들은 엉뚱한 대답을 하기도 하지만.

'친구 하겠다.'

"어?"

'친구가 좋다. 나 외롭다. 인간 지키기 힘들다.'

이놈 혹시 똑똑한데 일부러 멍청한 척 한 거 아니야?

"친구?"

'치료자와 수호자는 친구가 되고 싶다.'

어째 약간은 돌 인형의 마음이 이해가 되는 것 같았다.

사실 나도 어느 정도는 외로웠다. 그나마 노 씨 아저씨도 있고 세민이도 있으니 덜 외로운 것뿐이었다.

그렇다고 노 씨 아저씨와 세민이가 친구인 것은 아니었다. 좀 많이 친한 고용자와 고용인의 관계였다. 지금은 가족 같은 사이긴 하지만 친구는 아니었다. 그냥 내 고민을 아무렇지 않게 털어놓을 수 있고 농담처럼 하는 한마디에 그냥 위로되는 그런 친구.

돌 인형은 무엇보다도 인간을 지켜야 한다는 그런 부담을 이해하고 나눌 친구가 필요했을 것이다.

그렇다고 '그래 친구 하자.' 바로 말하기는 쑥스러웠다.

"친구 하자는 놈이 주먹부터 날리냐?"

'친구는 싸우면서 친해진다고 들었다.'

"그건 또 어디서 들은 거야?"

'싸우고 화해하던 친구들이 돌멩이를 올리며 한 말이었다.'

아무리 생각해 봐도 이놈 일부러 멍청한 척하는 것이 분명했다.

"그럼 나 지켜 줄 거냐?"

'친구 지킨다.'

"네가 죽는다 해도?"

'친구가 살아야 인간도 산다. 나는 죽을 수 있다.'

이거 약간 감동인데.

조금은 다르지만, 친구를 위해 죽을 수 있다니.

"그럼 저 사람들을 설득할 수 있어?"

'어떤 것을?'

"너와 내가 친구가 됐으니까 이제는 같은 편이라고. 싸우지 않아야 한다고."

'할 수 있다.'

"만약, 싸운다고 한다면? 네가 기절시킨 사람 말하는 거야."

'죽인다.'

이럴 때는 너무 단순하게 생각하는 것 같았다.

어떻게 보면 단순한 것이 더 나을지도 모른다.

한 사람이 죽어서 모두가 평화롭게 지낼 수 있다면.

하지만 정말 어쩔 수 없다면 몰라도 그냥 죽이게 두고 싶지는 않았다.

"됐다. 내가 설득할게."

'고맙다.'

아우.

얼굴도 돌이라 표정을 볼 수 없는 것이 답답했다.

지금 느낌은 저 돌 인형이 씨익 웃는 것 같았다.

나에게 떠넘긴 것 같거든.

나는 잠든 사람 중에서 이연희와 싸웠던 남자를 찾아냈다. 그를 어깨에 들쳐멨다.

"내가 설득할 때까지 여기서 기다려."

'그렇게 하지.'

너무 당연한 듯이 말하고 있었다.

"금비야. 가자."

'네. 아빠.'

다시 작아진 금비는 내 주머니 속으로 들어왔다.

나는 우리 편이 있는 곳으로 갔다.

* * *

장미 향을 맡고 잠들면 약 30분 정도 후에 깨어난다.

남자가 깨어날 때까지 30분 정도 기다려야 했다.

그렇다고 그냥 놔둘 생각은 없었다. 깨어나자마자 죽겠다고 달려들지도 모르니까. 그래서 무기가 될 만한 것은 모두 빼앗고 손과 발을 쇠사슬로 묶은 다음 몸까지 칭칭 감아 버렸다. 쇠사슬을 끊으려면 시간이 조금 걸릴 테니까 그사이 제압하면 된다.

나는 이필목 대령과 이연희에게 돌 인형과 친구가 되기로 한 것을 말해 줬다. 그리고 이 남자를 설득해야 하는 것도.

남자가 깨어나기 전에 이연희의 손목도 치료했다. 어떻게 한 것인지 모르겠지만, 이연희의 손목에 붉은색 점이 생겼다.

그리고 그 붉은색 점은 점점 다른 곳으로 퍼져 나가고 있었다. 치료하지 않으면 팔을 못 쓰게 될 것 같았다.

"으음."

30분이 지난 것 같았다. 남자가 눈을 떴다.

그리고 이곳이 어디인지 무슨 일이 일어났는지 아직 파악이 안 되는 것 같았다. 하지만 곧 남자의 눈에서 불꽃이 튀었다.

"으아아아!"

힘을 줘서 쇠사슬을 끊어 버리려는 것 같았다.

이연희가 검을 뽑아 남자의 목에 댔다. 하지만 남자는 아랑곳하지 않고 쇠사슬을 끊으려 했다.

그러자 이연희가 말했다.

"진짜 목을 벤다. 그만해."

"죽여!"

남자는 쇠사슬 끊는 것을 포기하지 않았다. 쇠사슬이 조금 늘어나는 것 같았다. 이러다가 진짜 끊어질 것 같았다.

"수호자와 친구 하기로 했다."

"⋯⋯."

남자의 눈이 흔들렸다. 쇠사슬을 끊으려 하던 것도 멈췄다.

"거짓말."

"거짓말이었다면 당신이 여기 어떻게 있겠어. 뒤를 돌아봐."

남자는 고개를 돌렸다. 그곳에는 돌 인형과 이제 막 정신을 차리는 사람들이 있었다.

"포격은 사고였어."

"그걸 말이라고 하나? 사고?"

"그래. 사고. 의도하지 않은 사고지. 사고가 아니었다면 내가 저 사람들을 살려 놨을 리가 없잖아."

어느 정도 설득력 있게 말한 것 같았다. 하지만 남자는 믿지 않았다.

"수호자님 때문에 못 한 것은 아니고?"

"그 이유도 어느 정도는 있지."

"흐. 역시⋯⋯."

남자는 자신의 예상이 맞았다는 듯한 표정을 지었다.

"계속 태도를 안 바꾸겠다면 나도 어쩔 수 없어. 섭섭하게 들리겠지만, 수호자도 너를 죽이는 데 동의했거든."

돌 인형이 직접 죽이려고 했다는 말은 하지 않았다. 그런데 남자는 그것을 아는 것 같았다.

"나를 죽이겠다고 말씀하셨겠지. 그 무엇보다 인간의 생존이 우선이신 분이니까."

"그걸 알면서도 죽겠다고 발악하는 건가?"

"살아야 할 의미가 사라졌으니까."

한숨이 나왔다.

"하아. 살아야 할 의미? 그런 것이 어디 있어. 살아 있으니까 사는 거지."

남자는 허탈한 듯 웃었다.

"당신은 그런 의미를 찾지 못한 것 같군. 불쌍해."

어이가 없었다. 누가 누구를 불쌍해하는 것인지.

그런데 남자의 말에 이연희가 발끈했다.

"오빠가 왜 불쌍해. 오빠는 우리를 위해서 많은 것을 희생했어. 그리고 그 희생이 오빠가 살아가는 의미라고 생각해. 나는 그것을 알기에 고마워하고 따르는 거야. 주위를 봐 봐."

남자가 슬쩍 주위를 둘러봤다.

"이 많은 사람들 그리고 말도 안 되는 괴물 부하들……. 이게 그냥 된다고 생각해?"

"그럴지도 모르지. 저 사람도 이 모든 것이 사라지면 죽고 싶을까?"

광기처럼 보이는 눈빛이었다.

그냥 놔 주면 사고를 칠 것 같았다.

"연희 씨. 어쩔 수 없네요."

이연희도 씁쓸한 표정을 지었다.

"그럼 죽이기 전에 물어나 봅시다. 당신 삶의 의미가 무엇이었는지."

"하하. 내 삶의 의미라…… 내가 사랑했고, 사랑하는 그녀. 사랑했지만, 사랑을 주지 못해서 아팠던 그녀."

남자는 연인을 말하는 것 같았다. 갑자기 떠오르는 것이 있었다.

"혹시 어깨 근처까지 오는 단발에 키는 165cm 정도인가?"

남자의 눈이 또 흔들렸다. 남겨 둔 정찰대 중 여자는 자신의 부인뿐이었다. 이성필이 말하는 사람이 자신의 부인일 가능성이 높았다.

"영이가 살아 있다는 건가?"

"영이인지는 모르지만, 포격 장소에서 생존자 한 명을 찾기는 했지."

"어디 있어? 살아는 있어?"

"살아 있고 안전한 곳에서 치료받고 아직 깨어나지 못했어."

남자의 몸이 떨리는 것 같았다.

"나를 영이가 있는 곳에 데려다줄 수 있나?"

나는 고개를 저었다.

"아니."

"왜!"

남자가 버럭 소리쳤다.

"당신이 싸우지 않겠다는 약속을 하면 이곳으로 데려오지. 약속
할 수 있어?"

남자는 주저하지 않고 대답했다.

"영이가 맞다면 약속하겠다."

"아니라면 계속 싸우겠다는 거네."

"……."

남자가 대답하지 않았지만, 표정이나 눈빛을 봐서는 대답한
것이나 다름없었다.

"그럼 기다려. 이필목 대령님."

"네. 대장님."

"노 씨 아저씨에게 여자 데리고 오라고 해 주세요."

"알겠습니다."

이필목 대령은 무전을 보냈다. 노 씨 아저씨는 바로 여자를
데리고 온다는 답변을 했다.

* * *

약 10분 후 노 씨 아저씨가 여자를 데려왔다. 김수호도 따라왔다.

하지만 여자는 아직 깨어나지 못하고 있었다.

여자를 본 남자는 소리쳤다.

"영아! 괜찮아? 영아!"

남자가 소리쳐도 여자는 깨어나지 않았다.

남자가 내게 소리쳤다.

"영이를 어떻게 한 거야!"

"그냥 잠자고 있을 뿐이야. 상처가 꽤 심했거든."

"다른 짓을 한 것은 아니고?"

남자의 말에 같이 온 김수호가 나섰다.

"어? 김 형사님?"

김수호는 남자를 아는 것 같았다. 남자 역시 김수호를 알아봤다.

"김 박사님……."

김수호는 웃으며 남자에게 다가갔다.

"오해가 있으신 것 같네요. 여자분은 우리 대장님이 아니셨다면 죽었을 겁니다. 그 어떤 치료로도 회복하기 어려운 상황이었습니다."

남자의 눈이 흔들리는 것 같았다. 김수호는 내게 몸을 돌렸다.

"예전에 범인이 자상을 입고 왔을 때 제가 치료했었습니다. 그때 인연으로 몇 번 김시우 형사님과 만났었고요."

남자의 이름이 김시우인 것을 알았다.

"인연이네요."

일부러 인연을 강조했다. 김시우의 표정도 좀 풀린 것 같았다.

김수호는 고개를 끄덕였다.

"몇 번 제게 자문을 구하러 온 적도 있었습니다. 노원 경찰서인데도요. 좋은 형사입니다."

어째 김수호의 말투가 김시우를 잘 봐 달라고 하는 것 같았다.

내가 웃자 김수호도 웃었다. 그리고 김수호는 김시우에게 몸을
돌려 말했다.

"언제 부인과 함께 보자고 했는데 이렇게 볼 줄은 몰랐네요.
저분이 부인 맞으시죠?"

"맞습니다."

"성함이 남궁영이었던가요?"

"그걸 기억하고 계시군요."

"성이 특이해서 기억할 수밖에 없었습니다. 남궁이란 성은 흔하
지 않으니까요."

"네. 그런데 아내는 어떻습니까?"

김시우는 김수호의 말을 신뢰했다. 아내가 이성필 덕분에 살아났
다는 것 역시. 의사인 김수호의 실력이 뛰어나다는 것을 알기
때문이었다.

"생명에는 지장이 없습니다. 아무래도 큰 상처를 입었기 때문에
회복하기 위해 잠을 자는 것 같습니다."

"그렇군요."

김시우의 적의는 완전히 사라진 것 같았다.

하지만 그렇다고 해서 내게 호의가 생긴 것은 아니었다.

"아내를 살려 줬다고 해서 내가 당신을 좋아할 수는 없습니다."

말투는 좀 공손해진 것 같았다.

"좋아하는 것까지는 바라지도 않습니다."

나 역시 말투를 바꿨다.

"쇠사슬을 풀어 줄 테니 아내분을 데리고 가시죠."

"정말입니까?"

"네. 거짓말하거나 속일 이유가 없죠. 약속을 지킬 것 같으니까요."

김시우가 고개를 끄덕였다.

"죽은 동료들에게는 미안한 말이지만……. 약속은 약속이니까."

김시우는 죽은 동료의 복수를 하지 못한 것을 미안해했다.

하지만 그뿐이었다. 동료라고 해 봤자 알게 된 것도 2개월 남짓이었다. 사랑하는 사람과 안 지 2개월뿐인 동료의 중요도는 다를 수밖에 없었다.

"풀어 줘요."

내 말에 이필목 대령이 군인에게 지시를 내렸다.

이연희는 검을 치웠다. 곧 김시우를 꽁꽁 싸맸던 쇠사슬이 풀렸다. 김시우는 팔과 다리를 만지며 굳었던 근육을 푸는 것 같았다. 그리고 아내에게 가기 전 이연희 앞에 멈췄다.

"다음번에는 제대로 싸워 봅시다."

"그래도 안 될걸?"

"말이 짧군요."

"그럼 어떤 것을 기대했는데? 나는 우리 오빠에게 호의적이지 않은 사람은 싫거든."

김시우는 고개를 절레절레 흔들며 아내에게 갔다.

그리고 아내를 양손으로 들어서 안았다.

"아내를 살려 준 것은 고맙습니다."

김시우는 내게 살짝 고개를 숙인 다음 돌 인형과 동료들이 있는 곳으로 뛰어갔다.

김시우가 도착하고 돌 인형과 대화를 하는 것 같았다.

대화가 끝나자 돌 인형이 내가 있는 곳으로 걸어왔다.

'이제 우리는 친구인가?'

"친구니까 저 사람 설득한 거지."

씨익.

표정이 없는 줄 알았던 돌 인형의 입꼬리가 올라가는 것이 보였다.

'좋군.'

"너 아무래도 멍청한 척하면서 나를 이용하는 것 같단 말이야."

돌 인형의 입꼬리가 내려왔다. 완전 무표정이었다.

'그럴 리가.'

"됐다. 뭐를 바라겠냐."

'치료자 내 친구.'

"치료자라고 부르지 마. 내 이름은 성필이야. 이성필."

'치료자 성필.'

"하아. 마음대로 해라."

'치료자 성필. 나도 이름이 있었으면 좋겠다.'

"정하면 되잖아."

'나는 이름이 없다. 정할 수 없다.'

마치 나에게 이름을 지어 달라는 것 같았다.

아이 같은 모습에서 벗어나라는 이름을 지어 주면 될 것 같았다.

"성인이라고 해라."

'성인? 좋다.'

"좋아?"

'그렇다 아낌없이 주고 인간을 보호하는 이들을 성인이라고 하는 것을 알고 있다.'

잠깐만 내 의도하고 다르잖아. 그런 좋은 의미가 아니라고.

'나는 수호자 성인이다. 치료자 성필과 친구다.'

어라. 돌 인형……. 아니 성인의 목소리가 귀에 들렸다.

옆을 보니 노 씨 아저씨나 이연희, 김수호 등도 들은 것 같았다.

그리고 지금까지 보이지 않았던 붉은색 점이 보였다.

그런데 그 붉은색 점이 파란색으로 변하기 시작했다.

성인의 약점은 배꼽 부분에 있었다. 문제는 진짜 단단해 보이는 배를 뚫어야 하는 것이었다. 아무래도 수호자인 성인의 약점을 제대로 공격할 방법이 없을 것 같았다.

뭐 이제는 친구니까.

"그래서 먹을 것이 필요하다고?"

'그렇다.'

"얼마나 필요한데?"

'그건 김시우가 말해 줄 거다.'

수호자 성인은 고개를 돌렸다.

'김시우!'

수호자 성인의 중후한 목소리가 천둥처럼 울려 퍼졌다.

수호자 성인이 보호하는 이들이 깜짝 놀란 표정을 지었다.

그리고 김시우가 뛰어왔다.

수호자 성인 앞으로 달려온 김시우도 놀란 표정이었다.

"드디어 모두에게 말을 하시는 겁니까?"

'치료자 성필 친구 덕분이다.'

김시우는 이해가 안 가는 것 같았다.

"왜……."

'치료자 성필이 내게 이름을 줬다. 내 이름은 성인. 수호자 성인이다.'

"아! 수호자에 걸맞은 이름이시군요."

어째 김시우도 내 의도와는 다르게 해석하는 것 같았다.

'시우. 치료자 성필 친구에게 먹을 것이 얼마나 필요한지 말해라.'

나를 보는 김시우의 표정이 이상해졌다.

서먹한 것 같았다. 조금 전까지만 해도 죽이네 살리네 했는데 아쉬운 소리 하려니 그렇겠지.

어색한 표정으로 내가 다가온 김시우는 작은 목소리로 말했다.

"……명분이 필요합니다."

"몇 명이요?"

"2……명분입니다."

"하아. 2천 명이요?"

의정부와 포천을 합쳐 생존자가 5천 명을 좀 넘겼다.

수호자 성인이 있다고 해도 3천 명은 안 넘겼을 것 같았다.

그래서 2천 명이라고 생각했다.

"2천 명분이면 조금 무리해서라도 줄 수 있어요."

김시우는 얼굴이 벌겋게 변하는 것을 느꼈다. 부끄럽기 때문이었다. 하지만 더 목소리를 크게 내며 말했다.

"2만 명이 조금 넘습니다."

"……."

나는 잘못 들었나 싶었다.

김시우를 빤히 쳐다봤다. 그러자 김시우가 다시 말했다.

"2만 명입니다."

잘못 들은 것이 아니었다. 나는 김시우가 아닌 수호자 성인을 쳐다봤다. 수호자 성인이 고개를 옆으로 돌렸다.

"야. 너 나가 말하기 그래서 김시우 씨한테 시킨 거지. 도둑놈아."

수호자 성인은 고개를 돌린 그대로 말했다.

'도둑놈 아니다. 친구다.'

"도둑놈이지. 갑자기 와서 친구 하자고 해 놓고 2만 명을 먹여 살리라고? 안 줘! 아니 못 줘!"

수호자 성인이 고개를 돌려 나를 봤다.

'친구다.'

"친구라고 해도 갑자기 2만 명이 먹을 것을 어디서 구하라고! 너네 다 주면 우리는 굶나?"

말하다 보니까 더 화가 났다. 한마디 더 하려는데 김시우가
말했다.

"역시 안 되는군요."

"하아. 안 된다는 것이 아니라 당장 못 준다는 겁니다. 현재
먹을 것이 얼마나 남아 있나요? 며칠이나 버틸 수 있습니까."

김시우는 이성필의 말에서 희망적인 단어를 들었다. 그래서
급하게 물었다.

"당장 못 준다니요? 그 말은 줄 수 있다는 것처럼 들립니다."

"시간이 걸릴 뿐이지 줄 수는 있어요. 단, 맛은 보장 못 해요."

"맛이 중요합니까. 먹을 수 있다는 것이 중요하죠. 진짜 줄
수 있으십니까?"

어째 김시우의 태도가 더 공손해진 것 같았다.

"현재 하루 한 끼만 먹으면 한 달 정도는 버틸 수 있습니다."

"한 달이면 충분하기는 한데."

콩과 달걀의 생산을 쉽게 늘릴 방법이 있었다.

어차피 빠르게 늘기는 하지만 대규모로 재배할 장소가 문제였다.

그 문제를 해결할 방법이 눈앞에 있었다.

하지만 그냥 해 줄 생각은 없었다.

"한 달 동안 한 끼 먹으면서 일할 수 있어요?"

"일하다니요?"

"그럼 2만 명이 먹을 것을 그냥 얻으려고 했어요?"

김시우의·얼굴이 붉어졌다.

"그건 아닙니다."

"작물을 심으면 그것을 관리하고 수확하는 일은 해야 하잖아요."

"그……. 그렇죠. 그런데 어디서……."

"확인해 봐야겠지만, 두꺼비들이 이 주변을 아주 깨끗하게 만들어 놨잖아요."

괴물 두꺼비가 지나간 자리는 흙만 남아 있었다. 얼마 지나지도 않았는데 벌써 풀이 조금씩 자라고 있었다.

이성식을 데려와서 땅의 지력을 확인해 보긴 할 것이다.

하지만 풀이 자랄 정도면 괜찮을 것 같았다.

"의정부하고 도봉구 사이에 있으니까 양쪽에서 지키기도 쉬울 거고요."

"그렇습니다."

김시우는 자신이 자꾸 작아지는 듯한 기분이 들었다.

이성필의 말에 뭐라 반박할 수 없었기 때문이었다.

"사람이 많으니 전문가들도 많겠죠?"

"어떤 전문가를……."

"농사를 지었다든가, 기계를 고쳤다거나 그런 사람들이요."

"아. 있기는 합니다. 그런데 말씀하시는 것을 보니 작물을 재배할 것 같은데요. 맞나요?"

"맞아요."

"진짜 작물 재배가 가능합니까? 우리도 해 봤지만, 피해가 너무 커서 포기했습니다."

피해가 컸다는 말을 들으니 어떤 일이 일어났는지 알 것 같았다. 어떤 작물이 괴물이 되는지 모르니 그런 것이다.

기껏 심어 놨더니 작물 중에 괴물이 된 놈이 모두 잡아먹고 사람도 공격했을 것이다. 아니면 괴물만 자라서 공격했거나.

"괴물로 변한 놈들 때문이군요."

"그쪽도 아시는군요."

"그건 걱정 안 해도 됩니다. 우리는 괴물이 될 놈과 아닌 놈 구분 가능합니다. 그리고 괴물이 돼도 공격하지 않습니다. 같은 편이죠."

"진짜입니까?"

김시우는 쉽게 믿을 수가 없었다. 도봉구에서도 수많은 방법을 찾아봤었다. 하지만 도봉구의 수호자가 나서야 같은 편이 됐다.

처음부터 같은 편이 되지는 않았다.

"못 믿으면 안 해도 됩니다."

김시우는 당황해 손을 내저었다.

"안 한다는 것이 아닙니다."

"어쨌든 전문가들도 보내세요. 교육하고 능력을 키워 작물 재배가 가능한지 알아보게요."

"그렇게 하겠습니다."

김시우는 어느새 자신이 이성필의 명령을 듣고 있다는 것을 모르고 있었다.

"한 달 정도면 풍족하지는 않지만 2만 명이 먹을 만한 식량을 확보할 겁니다."

괴물 두꺼비들이 지나온 땅은 엄청나게 넓었다.

이곳 전체를 작물 재배할 수 있다면 2만 명이 아니라 10만 명도 먹여 살릴 수 있을 것 같았다.

"저기 그런데 진짜 괴물이 같은 편이 되나요?"

김시우는 계속 마음에 걸리는 것을 물은 것이었다.

"네. 그 증거가 저기 있죠."

나는 아방토와 방울토마토 나무를 가리켰다.

"아! 그렇군요. 한 종류의 괴물을 저렇게 모을 수는 없으니."

김시우가 경험한 것은 괴물은 처음부터 복종하지 않는다는 것이었다. 우두머리를 죽이면 살아남은 나머지가 복종했다. 그러다 보니 생각보다 많은 괴물을 같은 편으로 만들 수가 없었다. 그래서 종류가 다양할 수밖에 없었다.

"그럼 군이 노원구를 공격해 식량을 구할 필요가 없겠습니다."

나는 고개를 갸웃거렸다.

"왜요? 왜 공격을 안 해요?"

"그거야 당연히 한 달만 버티면 이곳에서 식량을 얻을 수 있으니까요."

"당신들 바보예요?"

"네?"

"한 달 동안 한 끼 먹으면서 일하는 것과 세 끼 다 챙겨 먹으면서 일하는 것 중 어느 것이 낫죠?"

"그거야 당연히 세 끼 먹으면서······."

"알면서 그래요?"

"하지만 노원구를 공격하면 피해가 생깁니다. 굳이······."

김시우와는 말이 안 통할 것 같았다.

"수호자 성인!"

'치료자 성필 친구, 불렀나?'

"다 듣고 있었잖아. 너는 노원구 공격하는 것 어떻게 생각해?"

'친구 생각이 곧 내 생각이다. 마음대로 먹으면서 일해야 한다.'

"이유가 그것뿐만이야?"

'다른 이유가 있나?'

"노원구를 공격하겠다는 것을 봐서는 노원구를 장악한 사람들이
좋은 사람들은 아닌 것 같은데. 맞아?"

내 질문에 수호자 성인 대신 김시우가 대답했다.

"좋은 사람들은 아닙니다. 사람들을 노예처럼 부리면서 주변을
공격해 힘을 키우고 있습니다."

김시우의 대답을 들은 나는 수호자 성인에게 다시 말했다.

"수호자 성인. 너는 인간을 지킨다고 하지 않았어?"

'지킨다. 인간.'

"그럼 노원구의 인간 중에도 지켜야 할 인간이 있지 않을까?"

'······.'

수호자 성인은 무언가 생각하는 것 같았다.

"아니야?"

'맞다. 나는 인간을 지킨다. 치료자 성필 친구는 인간을 구한다. 그러니 치료자 성필 친구의 말이 맞다.'

"그럼 노원구를 공격해서 식량도 얻고 사람들도 구하자고."

'좋다. 치료자 성필의 말대로 한다.'

수호자 성인은 김시우에게 몸을 돌렸다.

'시우.'

"네. 수호자 성인님."

'노원구를 공격하자. 가자.'

미치겠네.

"바로 가겠다고?"

'지금 간다. 치료자 성필의 말대로 한다.'

"그냥 가면 김시우 씨 말대로 피해가 커지지. 계획을 세워야지. 계획을."

'그런가?'

"그래. 압도적인 전력으로 한 번에 확 찍어 누르자고."

내 말을 수호자 성인이 알아들은 것 같았다.

'치료자 성필, 도와주는 건가?'

"그래. 대신에 식량을 제외한 물품은 다 우리 거야."

그냥 무료 봉사할 생각은 없었다.

'좋다.'

"그럼 준비해 보자고."

* * *

노원 롯데 백화점.

이곳을 장악한 임성수는 짜증이 잔뜩 나 있었다.

"그래서 도봉구 놈들이 공격한다는 거야? 안 한다는 거야?"

"그걸 잘 모르겠습니다."

"야! 강찬. 도대체 네가 하는 일이 뭐야!"

임성수는 2인자인 강찬을 질책하고 있었다.

"어제까지만 해도 공격할 것이 분명하다며!"

강찬은 입술을 깨물었다. 분명 어제만 해도 도봉구 놈들이 공격할 것처럼 움직였다. 그런데 갑자기 철수한 것이었다.

"함정일 거라며. 네 말 믿고 헛짓거리 한 거잖아!"

강찬은 도봉구의 수호자를 본 적이 있었다. 그리고 도봉구의 수호자가 쉽게 움직이지 않는다는 것도 알았다. 그런데 도봉구 놈들이 자신들의 근거지에서 조금 멀리 떨어진 곳에서 공격하겠다는 움직임을 보였다.

너무 뻔히 보이는 수작이었다. 전력을 끌어낸 다음 본진인 롯데 백화점을 치겠다는 계획. 그래서 임성수에게 함정이라고 말한 다음 반대로 함정을 팠다. 힘을 지닌 일부와 일반인을 섞어 본진이 빈 것처럼 보내는 것이다. 그리고 본진을 공격하는 놈들을 잡아 죽인다. 이 계획을 실행하기 위해 많은 것을 준비했었다.

"어떻게 할 거냐? 거지새끼들 배불리 먹이고 옷과 무기까지 줬는데."

임성수가 가장 아까워하는 것은 먹을 것이었다. 하루에 빵 한 조각 정도만 주던 일반인에게 배부르게 먹도록 식량을 줬다. 싸우는 척이라도 하려면 힘이 있어야 하기 때문이었다.

"죄송합니다."

"쯧. 잘 좀 해라. 없어진 식량은 주변으로 애들 보내서 더 끌어와."

"네."

이곳에서 일반인은 치료제이자 고기 방패였다. 아직도 곳곳에 괴물이 있었다. 이런 상황에 힘을 지닌 이들과 일반인이 식량과 물자를 찾으려 함께 움직였다. 그리고 위험하다 싶은 곳은 일반인이 먼저 들어갔다.

괴물이 일반인을 사냥하는 동안 힘을 지닌 이들은 괴물을 사냥했다. 자신들이 당해내지 못할 것 같으면 도망쳤다가 더 강한 힘을 지닌 이를 데리고 왔다 거기에 생존자 사냥까지. 이곳은 힘이 없는 이들에게는 지옥이었다.

임성수가 나가라는 손짓을 하자 강찬은 고개를 숙이고는 밖으로 나갔다. 임성수는 더는 강찬에게 신경 쓰지 않았다. 옆에 거의 벗은 것이나 다름없는 여자들에게 관심이 있었기 때문이었다.

문을 닫은 강찬은 복도를 걸어가며 중얼거렸다.

"조금만 참자."

강찬은 임성수를 죽일 계획이었다.

* * *

　수호자 성인과 친구가 된 후 도봉구의 중요한 사람들과 간단하게 인사를 했다. 수호자 성인 아래에서 실질적으로 도봉구를 관리하는 10명이었다.

　도봉구는 힘을 지닌 이들을 5등급으로 나눈다고 했다.

　1급인 10명 중에 1명이 힘의 크기를 정확하게 파악할 수 있었다.

　하지만 나나 수호자 성인 같은 경우 파악이 불가능했다. 그냥 엄청난 힘을 지녔다는 것만 알 정도라고 했다. 그리고 내가 힘을 감추자 힘을 느끼지 못했다. 1급 10명의 중심에 김시우가 있었다. 수호자 성인의 절대적인 지지를 받기 때문이었다.

　그런데도 그를 망설임 없이 죽이려 한 수호자 성인이었다.

　1급 10명과 노원구 롯데 백화점을 어떻게 공격할 것인지 계획을 세웠다.

　말이 계획이지 간단했다. 그냥 롯데 백화점을 공격하는 것이 중심 계획이었다. 전력 차이가 너무 많이 나기 때문이었다.

　어느 부분을 책임지고 공격하느냐 정도만 협의했다.

　북쪽에서는 의정부 쪽이 공격하면서 동쪽까지 장악한다.

　서쪽에서는 도봉구 쪽이 공격하면서 남쪽까지 장악한다.

　포위 공격이었다.

　2일 뒤 해가 뜰 때 공격하기로 했다.

* * *

"흐읍."

임성수는 강찬이 가져온 파란색 액체가 든 병의 뚜껑을 열고 냄새를 맡았다.

장미 향이 코를 타고 올라와 온몸에 퍼졌다.

"크윽. 이거 좋은데? 예전 것보다 몇 배는 좋아."

짜릿한 느낌과 흥분이 솟구쳐 올라왔다.

마약과는 비교도 할 수 없는 쾌감이었다.

"역시 성공할 줄 알았어."

"감사합니다."

"대량 생산은 언제쯤 가능하지?"

강찬은 아쉽다는 표정을 지었다.

"장미 괴물이 얼마 없어 대량 생산까지는 멀었습니다."

"그럼 장미 괴물을 사냥해야지."

임성수과 강찬은 마약상이었다.

임성수는 판매와 관리를 했다. 강찬은 제조를 했다. 둘은 장미 괴물을 이용해 마약을 대체할 물질을 만들어 낸 것이었다.

"이것만 제대로 유통되면 이 근처를 장악하는 것은 문제가 아니야. 하하."

임성수는 확신했다. 힘을 지니면 마약에 중독이 안 된다. 이미 실험해 봤다. 하지만 이것은 힘을 지닌 이들도 끊을 수 없을 정도였다. 마약을 끊지 못해서 임성수의 말을 따를 수밖에 없는 사람이 많았었다.

임성수는 다시 병에 코를 댔다.

"흐읍!"

"농축액이라 그렇게 하면 위험합니다."

강찬은 일부러 농축액을 가져왔다. 임성수가 약에 취해 잠들기를 바라서였다.

하지만 임성수는 기분 좋은 표정으로 말했다.

"이 정도로는 기분만 좋을 뿐이야."

강찬은 자신의 계획이 실패했다는 것을 알았다.

고통을 못 느끼는 것이 임성수의 능력 중 하나였다.

고통을 느끼지 못하니 겁도 없었다. 잠도 안 잔다. 그리고 예전에 마약을 많이 해서 그런지 약 같은 것에 영향을 받지 않았다.

장미 괴물을 잡을 수 있었던 것도 임성수의 이런 능력 때문이었다.

"더 강한 약을 만들까요?"

"그럼 좋지."

강찬은 포기할 생각이 없었다.

그때 문이 벌컥 열리며 누군가 뛰어 들어왔다.

"보스! 공격입니다."

"공격?"

임성수는 놀라기보다는 좋아하는 것 같았다.

"이 약을 시험해 볼 좋은 기회야. 찬."

"네."

"약을 나눠 줘."

임성수는 손에 든 병을 입에 댔다.

그리고 벌컥벌컥 마셨다.

* * *

원거리에서 공격할 수단이 있는데 무턱대고 돌격해서 싸울 이유가 없었다. 포탄이 힘이 있는 이들에게도 효과적이라는 것은 증명됐다. 전차 역시 원거리에서는 꽤 위력적인 것은 분명했다. 그래서 전진 배치한 전차대대를 보냈다. 전차대대뿐만이 아니었다.

괴물 닭 2천 마리, 까망이와 고양이 무리, 애꾸와 들개 무리 그리고 나와 노 씨 아저씨를 포함한 군인 500명도 포함이었다.

도봉구 1급 능력자가 힘을 측정한 결과 괴물 닭은 2급에서 3급 사이였다. 까망이는 1급 중에서도 최상급이었다. 고양이 무리는 2급에서 3급이었다. 애꾸는 1급 상급이었다. 김시우와 비슷한 힘을 지녔다고 했다. 들개 무리 역시 2급에서 3급이었다.

의외인 것은 군인 500명 모두 1급에 가까운 2급이었다.

단순히 힘의 크기만 놓고 구분 지은 것이라 실제 전투 능력은 어떤지 알 수 없었다. 하지만 이 정도 전력이면 노원구 정도는 그냥 밀어 버릴 수 있었다.

도봉구에서 준 정보에 의하면 롯데 백화점을 장악한 이들은 힘을 지닌 1천 명 중 기껏해야 1급이 2명이고 나머지는 2급에서 3급 사이라고 했다. 숫자에서도 능력에서도 차이가 나는 것이었다.

"배치가 끝났습니다. 대장님."

이필목 대령은 의정부에 남았다. 대신 전차대대를 지휘할 이정주 대위를 보냈다.

"고생했어요."

"아닙니다."

이정주 대위의 눈은 나무였다. 이성필에게 새로운 눈을 받은 것이었다. 그런데 괴물 두꺼비와의 전투가 끝난 뒤 다른 능력이 생겼다. 엄폐물 뒤에 숨은 생명체를 감지하는 것이었다.

그리고 그 거리가 얼마인지 정확하게 파악할 수 있었다.

"대장님 525m 전방 우측면 무너진 담장 뒤에서 2명이 있습니다. 망원경으로 이곳을 살피는 것 같습니다. 어떻게 할까요"

"다른 사람은 없나요?"

"없습니다."

"놔두죠."

우리 쪽의 전력이 엄청나다는 것을 알려 줘야 했다. 그래야 싸울 의지가 떨어진다. 도봉구 쪽은 어떻게 되어 가는지 궁금했다.

* * *

도봉구는 1급 5명과 2급과 3급을 합친 1,500명 그리고 빠르게 움직일 수 있는 들개와 삵 같은 괴물 1천여 마리를 동원했다. 들개와 삵 같은 괴물 역시 2급에서 3급 정도였다.

총 2,500 이상의 병력이었다.

수호자 성인은 도봉구를 지키기 위해 남았다. 빈집털이를 당할 수 있기 때문이었다.

수호자 성인이 오지 않았음에도 지금 전력이면 노원 롯데 백화점 병력과 정면으로 부딪쳐도 무조건 이길 수 있다고 자신했다. 북쪽과 동쪽을 의정부에서 맡게 되었으니 전력을 집중할 수 있었기 때문이었다. 그래서 롯데 백화점 측이 공격하는 것을 알아도 상관없다는 듯이 천천히 움직였다. 북쪽과 서쪽에서 대규모로 공격하니 롯데 백화점 측이 당황할 것으로 생각했기 때문이었다.

롯데 백화점에서 일정 거리에 도착한 도봉구 측은 멈췄다.

의정부 공격대의 연락을 기다리기 위해서였다.

* * *

"처음 보는 놈들도 있다고?"

"네. 보스. 탱크도 끌고 왔더라고요."

롯데 백화점 측의 정찰대는 도봉구 공격대를 먼저 확인한 후 의정부 공격대를 확인했다.

도봉구 공격대를 공격하기 위해 준비가 거의 끝난 상황이었다.

그런데 의정부 공격대가 나타나니 당황스러울 수밖에 없었다.

임성수는 옆에 서 있는 강찬에게 물었다.

"찬. 군대가 남아 있는 걸까?"

"제대로 된 군대는 아닐 겁니다. 탱크 8대뿐입니다. 군인보다는 괴물 무리가 더 많습니다."

"도봉구 놈들도 괴물 무리를 데리고 왔으니……. 도봉구 놈들이 군대를 포섭한 건가?"

"그럴지도 모릅니다."

"전자기기가 작동 안 되는데……. 어떻게 탱크를 끌고 왔을까?"

임성수가 물었지만, 강찬은 대답할 수 없었다. 강찬 역시 어떻게 가능한지 모르기 때문이었다.

임성수는 강찬의 대답을 기대하지도 않았다는 듯이 말했다.

"도봉구 놈들 숫자가 더 적다는 거지?"

"그렇습니다."

"탱크 같은 것도 없고."

"네."

임성수는 씨익 웃었다.

"그럼 도봉구 놈들을 먼저 친다. 그리고 그대로 우회해서 탱크가 있는 놈들을 친다."

임성수는 탱크가 있는 곳을 정면으로 공격할 생각이 없었다.

"약은?"

"다 나눠 줬습니다."

"마시라고 해. 가자."

임성수의 지시에 강찬은 부하들에게 약을 마시게 했다. 임성수가 마신 것을 100배로 희석한 것이었다.

약을 마시는 순간 고통은 물론, 겁도 사라진다. 약을 마신 부하들은 몸을 부르르 떨었다. 주체할 수 없는 쾌감 때문이었다. 가뜩이나 붉었던 눈이 더 붉어졌다. 아니 검붉은 색이 되었다.

"으아아아!"

"끼아!"

"흐흐흐흐."

별의별 소리를 다 내며 미친 것처럼 행동하기 시작했다.

하지만 그들은 그냥 미치지 않았다.

"얘들아! 가자. 다 죽여!"

임성수가 소리치며 달려가자 그 뒤를 따라 달리기 시작했다.

* * *

[와아!]

김시우는 롯데 백화점 방향에서 엄청난 속도로 달려오는 사람들을 보고 깜짝 놀랐다. 맨 앞에서 달려오는 사람은 멀리 있어도 임성수라는 것을 알아볼 수 있었다. 알루미늄 배트에 가시 철망을 둘둘 말은 무기를 들고 있었기 때문이었다.

'크르르.'

'카앙!'

그런데 들개와 삵 같은 괴물들이 자세를 낮추며 긴장하기 시작했다. 무언가 위험한 것을 만난 것처럼.

"하율아! 괴물들 먼저 보내!"

"네."

1급 능력자이면서 괴물을 통솔하는 정하율.

그는 수진이와 비슷한 능력을 지니고 있었다. 그 역시 돌멩이로부터 능력을 얻었기 때문이었다.

"얘들아! 공격해!"

정하율의 명령에 들개와 삵 등이 튀어나갔다. 인간보다 빠르게 움직이기 때문이기도 했지만, 인간보다는 괴물이 죽는 것이 낫기 때문이기 했다.

롯데 백화점 놈들과 숫자는 비슷했다. 문제는 임성수였다.

1급 중에서도 최상의 힘을 지닌 것으로 예상됐다.

그래서 김시우는 옆에 있는 이들에게 말했다.

"태호하고 주성이는 나하고 간다."

주짓수 선수였던 김태호와 유도 선수였던 이주성이 고개를 끄덕였다. 처음부터 세 사람이 임성수가 나타나면 상대하기로 되어 있었다.

"성우 씨는 기회를 봐서 사람들 투입해 주세요."

"알겠습니다."

마지막 1급 능력자 문성우. 그는 어떤 운동도 하지 않았다. 하지만 처절하게 싸우면서 싸움 기술을 몸으로 직접 익힌 사람이었다. 그의 능력은 상황 파악이었다. 그 덕분에 이길 수 없는 상황에서도 이길 수 있었다.

"가자."

김시우와 김태호 그리고 이주성이 뛰어나갔다.

정하율은 싸움을 잘하지 못하니 문성우와 남았다.

김시우 일행이 임성수에게 도착하기도 전에 들개와 삵 등이 먼저 부딪쳤다.

펵. 펵.

들개와 삵 등은 임성수를 건드리지도 못하고 알루미늄 배트에 맞아 나가떨어졌다. 어지간한 부상에도 그냥 일어나서 달려드는 것이 괴물이었다. 하지만 임성수의 알루미늄 배트에 맞아 쓰러진 다음에는 그렇지 않았다. 머리를 맞으면 그대로 즉사하는 것은 어쩔 수 없었다. 그런데 죽지 않았는데도 몸을 부들부들 떨며 쓰러져 있는 것이었다.

그런데 문제는 그뿐만이 아니었다. 임성수의 부하들이 미친 듯이 날뛰고 있었다. 팔이 물어뜯겨도 아랑곳하지 않고 공격했다. 급소인 목을 물렸는데도 쓰러지지 않았다.

김시우는 이상하다고 생각했다. 들개와 삵 등은 점점 더 많이 쓰러지는데 임성수와 부하들은 단 한 명도 쓰러지지 않고 있었다.

하지만 이상하다고 생각만 할 뿐 멈출 수는 없었다. 임성수만 제거하면 나머지는 항복하거나 도망칠 것으로 생각했기 때문이었다. 임성수가 1급 능력자 중 최상급이라고 하지만 김시우와 김태호 그리고 이주성 역시 1급 능력자였다. 3명이면 충분히 제거할 수 있다고 생각했다.

"임성수!"

깡!

임성수는 김시우의 주먹을 알루미늄 배트로 막았다.

"이게 누구야! 김 형사님이잖아. 도봉구에 계셨수?"

"그래."

"어이쿠."

퍼억.

김태호의 발이 임성수의 옆구리에 박혔다.

하지만 임성수는 몸을 약간 구부리며 인상을 쓸 뿐이었다.

"좀 아프네."

김태호가 뒤로 물러나며 눈을 크게 떴다.

분명 임성수의 갈비뼈가 부러지는 감촉이 왔다. 그런데 임성수가 아무렇지 않게 몸을 폈기 때문이었다. 이 정도 타격이면 갈비뼈는 물론, 장기까지 상했을 것이 분명했다.

깡.

"어어. 오래간만에 만났는데 말 좀 합시다. 김 형사님."

아무리 임성수라 해도 김시우의 주먹을 제대로 맞는 것은 위험했다. 그것도 머리라면 더더욱. 그래서 김시우의 주먹은 알루미늄 배트로 막을 수밖에 없었다.

"헛소리 집어치워라."

사악.

"응?"

사각지대에서 이주성이 나타나 임성수의 등 뒤로 갔다. 그리고 몸을 양손으로 잡았다.

"웃차!"

이주성은 있는 힘껏 임성수를 들어 머리 뒤로 넘겼다. 일명 백 드롭이라는 기술이었다.

하지만 약간 다른 점은 이주성이 임성수를 일부러 머리부터 바닥에 떨어지게 한 것이었다.

퍼억.

제대로 땅에 떨어지며 임성수의 목이 부러졌다. 죽지는 않았다고 해도 한동안은 제대로 움직이지 못할 정도의 부상이었다.

그런데 임성수는 이주성보다 먼저 일어나 한 손으로 부러진 목을 잡아 제대로 세웠다. 그리고 목을 돌리며 이상이 없는지 확인까지 했다.

"이건 꽤 아프네."

김시우는 임성수의 회복력이 비정상적이라는 것을 알았다. 그리고 임성수의 부하들 역시 부상을 당해도 빠르게 회복된다는 것도.

"무슨 짓을 한 거냐? 약쟁이 새끼야!"

"약쟁이 새끼가 하는 짓이 뭐겠수. 약을 만들어 먹였지. 흐흐."

김시우는 분노에 몸이 부들부들 떨렸다. 임성수가 예전에 한 짓 때문이었다. 약에 취해 제정신이 아니게 한 다음 범죄를 저지르게 했었다. 증거 불충분으로 임성수를 잡아넣을 수는 없었다. 심증은 있는데 확증이 되지 않는 그런 상황이었다.

"그래. 이제 법 따위는 필요 없겠지."

김시우는 임성수를 향해 빠르게 다가갔다. 그러자 임성수는 알루미늄 배트를 크게 휘두르며 김시우의 접근을 막았다.

스윽.

퍼억.

"으윽."

"한 번 당하지 두 번 당하나? 멍청한 새끼."

임성수는 뒤로 돌아오는 이주성을 알루미늄 배트로 쳤다.

이주성은 머리로 날아오는 알루미늄 배트를 가까스로 팔로 막을 수 있었다. 하지만 왼쪽 팔뚝 절반이 날아갔다. 뼈가 훤하게 보일 정도였다. 이제 왼쪽 팔은 사용할 수 없었다.

"어억."

그런데 이주성이 휘청이더니 무릎을 꿇듯 쓰러졌다.

김시우가 이주성을 보호하기 위해 임성수를 공격했다. 임성수는 뒤로 빠지며 입술을 핥았다.

"아쉽네. 한 방만 더 때리면 죽었을 텐데."

임성수의 비아냥거림에도 김시우는 동요하지 않았다.

"태호야. 주성이 챙겨."

김태호가 쓰러진 이주성을 살폈다. 그리고 김시우에게 소리쳤다.

"주성이 형 몸이 마비된 것 같아요."

후웅.

잠시 김태호의 말에 신경 쓴 김시우에게 임성수의 알루미늄 배트가 날아왔다. 저 피로 물든 가시에 긁기는 순간 이주성과 똑같이 쓰러질 수도 있다는 것을 깨달은 김시우는 몸을 뒤로 뺐다. 아슬아슬하게 몸을 스치고 지나갔다.

"역시 김 형사님. 실력 좋다고 하더니만."

"아직 내 실력 보려면 멀었어."

김시우는 뒤로 조금 물러나며 소리쳤다.

"태호야. 주성이 데리고 가라."

"형사님은요?"

"내 걱정하지 말고. 빨리 가."

주변을 살펴보니 들개와 삵 등은 거의 일방적으로 학살당하고 있었다. 조금만 시간이 더 지나면 포위될 것 같았다.

문성우가 사람들을 보내지 않은 것을 보니 이길 수 없다고 생각하거나 때가 아닌 것이 분명했다. 문성우는 불리하면 뒤도 돌아보지 않고 사람들을 데리고 후퇴할 것이다.

"조금만 기다려요."

김태호는 이주성을 어깨에 들쳐메고 뛰었다.

훙훙.

임성수가 알루미늄 배트를 소리 나게 돌리기 시작했다.

"셋이서도 안 되는 것을 혼자서 되겠수?"

"된다."

김시우는 이연희와 싸울 때를 떠올렸다. 이연희의 검에 비하면 임성수의 알루미늄 배트는 빠르지도 않고 위협적이지도 않았다.

저 가시에 긁히지만 않으면 됐다.

다행히도 주먹에 꼈던 너클은 이성필에게 잡혔을 때 빼앗겼기 때문에 다른 것을 끼고 있었다. 가죽 장갑 형태의 너클이었다.

"자, 간다."

김시우는 있는 힘껏 임성수를 향해 달렸다.

그리고 팔에 힘을 집중했다. 김시우의 팔이 2배로 커졌다. 그것을 본 임성수는 알루미늄 배트로 김시우의 팔을 막으려 했다.

김시우의 팔이 뻗어지고.

임성수는 알루미늄 배트를 다가오는 팔을 향해 댔다.

휘두르는 것으로는 막을 수 없다는 것을 알았기 때문이었다.

꽈앙!

폭탄 터지는 듯한 소리가 들리고.

우직.

알루미늄 배트가 휘어지면서 그대로 임성수의 가슴을 때렸다.

"우욱."

임성수가 다리에 힘을 주며 뒤로 날아가지 않으려고 했다. 하지만 뒤로 밀리는 것은 어쩔 수 없었다.

그리고 알루미늄 배트가 임성수의 몸에 박혀 있었다.

"한 방 더 간다."

김시우는 이 한 방에 임성수가 죽을 것을 확신했다.

하지만 제대로 힘을 실었을 때 이야기였다.

휘청.

김시우는 몸에 힘이 안 들어가는 것을 느꼈다.

분명 가시에 찔리지도 긁히지도 않았는데.

그것을 본 임성수가 몸에 박힌 알루미늄 배트를 빼면서 말했다.

"왜? 어지럽수? 이상하지?"

김시우는 주저앉으려 하는 것을 최대한 버텼다.

"왜 다들 내 침이나 피 같은 것에 닿아도 마비된다고 생각 못 할까 몰라?"

임성수와 강찬만 아는 비밀이었다.

"하기는 이 능력에 당한 사람 중에 살아 있는 사람은 없으니까."

임성수는 부하들이 들개와 삵 무리를 전멸에 가깝게 죽인 것을 보면서 김시우에게 다가갔다.

"옛정을 봐서 빨리 끝내 주겠수."

임성수가 휘어진 알루미늄 배트로 김시우의 머리를 치려는 순간.

피이익.

쾅!

뒤에서 터진 포탄 때문에 그럴 수가 없었다.

22. 약

이제 곧 공격을 개시할 시간이었다.

그런데 적을 살피던 이정주 대위가 다가왔다.

"대장님, 아무래도 이상합니다."

"뭐가요?"

"약 1천 명 정도가 빠르게 움직이고 있습니다."

"무슨 소리인가요?"

"혹시나 해서 제 능력을 최대한 발휘해 주변에 무언가 있는지
확인했습니다. 그런데 2km 정도 거리에서 1천 명 정도가 움직였습
니다."

이건 놀라웠다.

2km 정도 밖에 있는 사람까지 감지할 수 있다니.

"그렇게 멀리까지 볼 수 있어요?"

"간신히 보일 정도입니다. 좀 흐릿하기는 합니다."

"그래도 그게 어디에요. 그런데 그 1천 명이 이쪽으로 오나요?"

"아닙니다. 서쪽으로 달려갔습니다."

"그럼 도봉 쪽이네요."

"그런 것 같습니다."

"도봉 쪽 인원이 적다고 그쪽 먼저 공격하려는 건가요?"

"아마 선택지가 그것밖에는 없었을 겁니다."

이정주 대위의 의견이 맞는 것 같았다. 하지만 왜인지 모르게 조금 불안했다. 도봉 쪽 병력이 우리 쪽보다 적다고 해도 그냥 정면으로 공격하기에는 무리였다. 오히려 롯데 백화점을 요새로 삼아 방어하는 것이 났다.

"이 대위님."

"네. 대장님."

"전차대대와 군인을 도봉 쪽으로 보내 후방 지원을 해 주세요."

이정주 대위는 군이 그래야 하나 싶었다. 하지만 이성필의 이런 명령을 내리면 그 이유가 무엇이든 따라야 한다고 생각했다. 자신은 이성필에게 충성을 바치는 사람이니까.

"알겠습니다."

"나와 아저씨는 롯데 백화점 상황 보고 갈 테니까요."

"네."

이정주 대위는 바로 전차대대에 진격 명령을 내렸다.

나는 까망이와 고양이 무리를 보내 우리를 관찰하는 놈들을 먼저 제거했다. 전차대대와 이정주 대위 그리고 군인들이 도봉 쪽으로 가는 동안 나와 노 씨 아저씨, 괴물 닭, 까망이와 고양이 무리 그리고 애꾸와 들개 무리는 롯데 백화점으로 향했다.

롯데 백화점으로 가는 동안 생각이 바뀌었다. 롯데 백화점을 장악한 놈들 중 힘을 지닌 이들은 약 1천 명 정도라고 했었다.

괴물 닭만 2천 마리였다. 까망이만 해도 1급이다.

"까망아."

'네.'

"롯데 백화점에 갈 수 있지?"

'당연하죠. 거긴 걱정하지 말고 가세요.'

다른 놈도 아니고 까망이니 믿을 만했다.

"아저씨. 롯데 백화점은 까망이에게 맡기고 우린 도봉 쪽으로 가죠."

"네. 대장님."

까망이와 애꾸를 포함한 괴물 숫자만 2,500마리가 넘어갔다. 롯데 백화점을 차지하는 데에는 충분했다.

나와 노 씨 아저씨가 빠르게 달려갔다.

노 씨 아저씨의 손에는 일본도가 아닌 검이 들려 있었다. 지난번 일로 일본도의 손상이 심해 더는 사용할 수 없었기 때문이었다.

"나중에 다른 일본도를 찾아 드릴게요."

"괜찮습니다."

노 씨 아저씨가 괜찮을지 몰라도 내가 안 괜찮았다. 하지만 지금은 이것으로 허비할 시간이 없었다. 전차대대가 바로 앞에 있었기 때문이었다.

이정주 대위가 나와 노 씨 아저씨를 발견하고 손을 흔들었다. 나와 노 씨 아저씨는 그곳으로 달려갔다.

이정주 대위는 내가 도착하자마자 앞을 가리켰다. 이미 나도 보긴 했다. 치열하게 싸우는 이들이 있었다. 그런데 저 멀리 도봉 쪽 사람들은 경계만 할 뿐 움직임이 없었다. 도봉 쪽 괴물들만 싸우고 있었다. 거기에다 거의 전멸 직전이었다.

"저기 김시우가 혼자 싸우는 것 같습니다."

이정주 대위의 말에 그제야 김시우가 누군가와 싸우고 있다는 것을 알았다.

"상황이 어려운 것 같네요."

누가 봐도 도봉 쪽이 밀리고 있었다. 이제 곧 경계만 하던 도봉 쪽 사람들도 싸울 수밖에 없을 것 같았다. 그런데 잘 싸우는 것 같았던 김시우가 휘청이는 것이 보였다.

"이 대위님."

"네. 대장님."

"김시우 씨를 전차로 지원해 줄 수 있나요?"

거리가 꽤 멀어서 뛰어가도 김시우를 도울 수 없었다.

"약간 위험하기는 하지만 가능합니다."

"위험해도 어쩔 수 없죠. 죽는 것보다는 나으니."

이정주 대위는 김시우가 있는 곳까지의 거리를 정확하게 파악했다. 그리고 전차를 전진시키면서 명령을 내렸다. 전차에서 포탄 한 발이 김시우가 있는 곳으로 날아갔다.

* * *

"으윽."

임성수는 폭발 때문에 앞으로 날아갔다. 누워 있는 김시우는 임성수가 폭발을 막아 준 덕분에 괜찮을 수 있었다.

바닥을 구른 임성수는 벌떡 일어났다. 그리고 저 멀리 전차가 보였다. 전차의 포신이 번쩍하는 순간 임성수는 자신도 모르게 엎드렸다. 하지만 포탄은 임성수를 지나쳤다.

쫘앙.

임성수를 지나친 포탄은 약에 취한 부하들에게 떨어졌다. 몰려 있는 곳이라 순식간에 5명 정도가 움직일 수 없게 됐다. 그리고 전차가 달려오며 계속 포탄을 쏘기 시작했다.

임성수는 자신의 계획이 틀어진 것을 알았다. 이렇게 된 것 그동안 눈엣가시 같았던 김시우를 죽이고 도망칠 생각이었다.

살아만 있다면 기회는 언제든 다시 찾아오는 것이니까.

"김 형사님. 우리 악연도 여기서 끝냅시다."

김시우는 임성수가 다가오는 것을 알면서도 어떻게 할 수가 없었다. 아직 마비가 풀리지 않았기 때문이었다.

임성수는 김시우 근처에 떨어져 있는 구부러진 알루미늄 배트를 집었다. 그리고 힘을 줘서 폈다.

"아직은 쓸 만하네요."

임성수는 알루미늄 배트로 김시우의 머리를 내리쳤다.

까앙.

하지만 임성수의 알루미늄 배트는 어느새 다가온 노진수의 검에 막혔다. 김시우가 위험한 것을 본 노진수가 빠르게 움직이는 능력으로 온 것이었다. 그 능력이 아니었다면 임성수의 알루미늄 배트를 막을 수 없었다.

임성수도 갑자기 나타난 노진수를 보고 놀랐다.

"뭐…… 뭐야?"

"너도 피비린내가 진동을 하는구나."

노진수는 임성수에게서 느껴지는 피비린내에 눈살을 찌푸렸다.

임성수는 슬쩍 주변을 살폈다. 전차가 다가오면서 계속 포탄을 쐈다. 부하들은 전차의 포격에 우왕좌왕하고 있었다. 겁이 없는 것과 당황하는 것은 다르기 때문이었다.

사방에서 포탄이 터지고 몸이 찢겨 나가는 사람이 있는가 하면 팔다리가 날아가 제대로 움직이지 못하기도 했다.

"멍청한 놈들아! 탱크를 막든지! 아니면 도봉 놈들에게 달려들어야지!"

임성수가 노진수를 경계하며 소리쳤다. 그제야 부하들은 더 가까이 있는 도봉구 사람들을 향해 달려갔다.

노진수는 김시우를 보호하느라 임성수를 섣부르게 공격하지 않았다. 임성수는 부하들이 자신을 도와주지 못하는 것을 알았다. 조금 더 시간이 지나면 전차와 함께 달려오는 군인들에게 포위당할 것 같았다.

"아쉽지만, 김 형사님 잘 부탁하겠수. 독에 중독되어서 빨리 치료 안 하면 죽을 거요."

임성수가 한 말은 절반만 맞는 말이었다.

피부가 긁히거나 해서 피부 안으로 독이 침투한 것은 아니었다.

김시우는 그냥 몸만 안 움직일 뿐이었다. 하지만 그것을 노진수는 모르고 있었다. 노진수가 김시우를 보호하기 위해 안 움직일 것으로 예상했다. 그때 도망칠 생각이었다. 하지만 언제나 생각대로 되는 것은 아니었다.

"그래? 그럼 보호할 필요가 없군."

"뭐?"

노진수는 임성수의 얕은 생각을 뚫어 본 것이었다. 임성수의 눈이 이리저리 움직이는 것을 봤다. 다른 생각이 있다는 것이었다.

그리고 상황을 봐서는 임성수는 기회를 봐서 도망치려는 것이라는 결론을 낼 수 있었다.

"죽을 놈을 보호하는 것보다 위험한 놈을 제거하는 것이 낫지."

사악.

"어?"

임성수는 노진수가 어떻게 움직였는지 보지도 못했다.

그런데 노진수가 어느새 자신의 왼쪽에 있었다. 그리고 왼쪽 허벅지가 베어졌다. 고통을 느끼지 못하긴 하지만 그렇다고 감각이 아예 없는 것은 아니었다.

"젠장. 너무 빠르잖아!"

임성수는 허벅지에서 흘러나오는 피를 손으로 잡아 노진수를 향해 뿌렸다.

노진수는 본능적으로 위험하다는 생각이 들자 피했다.

사악.

하지만 그냥 피한 것은 아니었다. 임성수의 오른쪽 허벅지를 벤 것이었다. 양쪽 다리에 상처를 입혀 도망가지 못하게 하려는 의도였다.

"젠장."

임성수가 무릎을 꿇었다. 노진수는 다시 움직여 임성수의 양쪽 어깨 근육을 잘랐다. 임성수의 팔이 헐렁하게 흔들렸다. 알루미늄 배트도 떨어뜨렸다.

"이제 죽어라."

노진수가 임성수의 목을 베려고 했다. 그런데 임성수가 웃고 있었다. 섬뜩한 느낌이 든 노진수는 뒤로 빠지려고 했다. 그런데 제대로 몸이 움직이지 않았다. 그 순간 임성수가 일어났다.

"새끼. 잘난 척하더니만."

임성수는 움직이지 못하는 노진수의 손에서 검을 빼앗았다.

하지만 노진수를 죽이지는 않았다.

노진수 때문에 도망칠 기회를 놓쳤기 때문이었다.

이미 주변은 군인들로 둘러싸여 있었다.

전차는 도봉 쪽 사람들과 임성수의 부하들이 뒤엉켜 싸우고 있기 때문에 포격을 멈췄다.

노진수의 목에 검을 댄 임성수는 이성필을 발견했다. 그리고 직감적으로 이성필이 보스라는 것을 알았다. 군인들과 다른 복장인 데다가 옆에 장교로 보이는 군인이 깍듯하게 대하고 있었기 때문이었다. 임성수는 이성필을 향해 소리쳤다.

"어이. 이놈 죽는 것 보기 싫으면 나를 놔줘라."

* * *

하아. 노 씨 아저씨가 잡힐 줄은 몰랐다. 내가 무리한 부탁을 한 것 같았다. 김시우를 살리려다가 노 씨 아저씨가 죽게 생겼다.

노 씨 아저씨를 잡은 놈이 자신을 놔 달라고 소리쳤다. 나는 대답 대신 그놈에게 걸어갔다. 뒤에서 이정주 대위가 따라오는 소리가 들렸다.

"이 대위님은 도봉 사람들 도와주세요."

"혼자는 위험하십니다."

"이곳에서 가장 강한 사람이 접니다. 걱정 안 해도 됩니다."

"그래도……. 노진수 씨가 저렇게 쉽게 잡힐 사람이 아니지 않습니까."

이정주 대위의 말대로 나도 그것이 궁금하기는 했다.

"걱정 안 해도 됩니다. 따라오지 마세요. 명령입니다."

"알겠습니다."

이정주 대위는 명령이라는 말에 도봉 사람들을 돕기 위해 움직였다. 당연히 군인들도 같이 움직였다. 그동안 나는 놈에게 다가갔다.

놈은 어이가 없는 표정을 지으며 말했다.

"진짜로 나를 놓아줄 생각인가 보네?"

"그럴 리가."

나는 웃으며 파이프 렌치로 손바닥을 쳤다.

"혼자서 나를 상대하시겠다?"

"혼자는 아니고."

내 말에 놈이 힐끗 주변을 훑는 것 같았다.

나는 주머니에서 금비를 꺼냈다. 손바닥 위에 올라갈 정도로 작은 금비의 모습을 본 놈은 웃음을 터뜨렸다.

"애완 두꺼비냐?"

비아냥거리는 놈의 표정에는 무엇인지 모르는 자신감이 넘쳐 보였다.

나는 노 씨 아저씨가 갑자기 움직이지 못하게 된 것을 봤다. 놈의 능력 같았다. 정신 조종은 아닌 것 같았다.

"이거나 먹어라."

나에게 빈손을 휘두르는 것이 보였다.

핏방울이 날아왔다. 맞으면 안 된다는 생각에 옆으로 피했다.

하지만 손동작은 속임수였다.

"푸우!"

놈의 입에서 무수히 많은 침방울이 분무기처럼 뿜어져 나왔다.

순식간에 사방으로 퍼져 나갔다.

"내가 이것까지는 안 보여 주려고 했는데 값어치 있는 인질이 한 명 더 있으면 좋겠지."

놈이 숨겨 뒀던 능력 중 하나인 것 같았다.

"곧 너도 이놈들처럼 될 거야."

노 씨 아저씨와 김시우처럼 된다는 말이다.

그렇다면 나도 마비가 된다는 것인데.

"호흡을 멈춰도 소용없어."

내가 가만히 있지 호흡을 멈춘 줄 아는 것 같았다.

"피부를 통해서도 흡수되거든."

놈이 노 씨 아저씨의 목에 댄 검을 내렸다.

그리고 노 씨 아저씨의 목덜미를 잡고 질질 끌며 내게 다가왔다.

"그래서?"

멈칫.

놈의 표정이 불만했다. 있을 수 없다는 듯한 표정이었다.

"그거야 나도 모르지."

나도 진짜 모른다. 어쨌든 놈의 독이 나에게는 안 통하는 것은 분명했다.

"이익."

놈이 다시 검을 노 씨 아저씨에게 대려고 했다.

내가 괜히 금비를 꺼낸 것이 아니었다.

"금비야!"

작은 금비의 입이 열리고 혓바닥이 10m 넘게 있는 놈에게로 날아갔다.

찰싹.

금비의 혀는 놈의 검에 정확하게 붙었다. 그리고 놈은 금비에게 끌려가지 않으려고 검을 놓을 수밖에 없었다. 금비가 덩치가 작아 보여도 힘은 원래 그대로이니 어쩔 수 없었을 것이다.

'먹어도 돼요?'

"아니. 그건 노 씨 아저씨 거잖아."

나는 놈을 가리켰다.

"대신 저놈은 먹어도 돼."

나는 금비를 던졌다. 금비가 공중에서 커지기 시작했다.

쿠웅.

엄청난 크기로 변한 금비가 놈과 노 씨 아저씨 앞에 아슬아슬하게 떨어졌다.

츄릅.

아! 혀로 입은 다시지 말지.

놈이 덜덜 떨고 있었다. 압도적인 크기 때문이 아니었다. 금비도 나처럼 힘을 숨길 수 있게 됐다. 그 힘을 드러냈기 때문이었다.

찰싹.

금비의 혀가 놈의 몸에 붙었다. 그리고 순식간에 입으로 들어갔다.

"금비야! 아저씨는 먹으면 안 돼!"

놈이 노 씨 아저씨를 놓지 않았기 때문에 같이 금비의 입안으로 들어간 것이었다. 금비는 몸을 돌리더니 나를 보며 입을 열었다.

퉤!

내 앞에 떨어진 것은 노 씨 아저씨뿐만이 아니었다.

나는 금비가 내 앞에 떨어뜨리고 간 검을 들어 놈의 팔을 잘랐다. 그리고 과감하게 놈의 다리도 잘라 버렸다.

팔과 다리가 잘리는데도 놈은 비명 하나 지르지 않았다. 대신 약간 멍한 표정을 지을 뿐이었다. 정신이 반쯤 나간 것 같았다.

나는 노 씨 아저씨 목 부근에 보이는 붉은색 점에 손을 댔다.

놈의 독은 뇌에 작용하는 것 같았다. 곳곳에 붉은색 점이 있기는 해도 목에 있는 붉은색 점이 가장 진하고 컸다.

노 씨 아저씨 목의 붉은색 점을 만지면서 더 확신이 갔다. 일명 경추라고 부르는 곳이었기 때문이었다. 경추 신경이 마비되면 하반신 마비가 온다. 말도 못 하는 것은 뇌에 다른 작용이 있을지도 모른다는 생각이 들었다.

노 씨 아저씨 목에 있는 붉은색 점이 사라졌다. 그러자 노 씨 아저씨가 벌떡 일어났다.

"죄송합니다."

"아니에요. 이런 독이 있는 줄 몰랐잖아요."

사실 그 누구라도 놈의 능력을 제대로 모른 상태에서는 당할
수밖에 없다고 본다.

나는 왜 놈의 독에 영향을 안 받는지 모르겠지만.

"그런데 이놈 웃기네요. 잘린 곳이 아물고 있어요."

말도 안 되는 회복력이었다. 더군다나 사람이나 괴물을 죽이지
않았는데도 회복이 되고 있었다.

"여기 검이요."

"감사합니다."

노 씨 아저씨는 검을 들더니 놈의 남은 한 팔을 바로 잘라
버렸다. 이제 김시우를 살펴야 할 것 같았다.

그런데 김시우의 얼굴이 파랗게 변하고 있었다. 나는 바로 김시우
를 살폈다. 김시우 역시 목에 진한 붉은색 점이 가장 컸다. 하지만
노 씨 아저씨보다 더 진했다. 나는 손을 대서 붉은색 점을 없애기
시작했다. 생각보다 시간이 좀 걸리는 것 같았다.

노 씨 아저씨가 내 옆에 서서 경호하듯 지키고, 나는 김시우를
치료하면서 조금 떨어진 곳에서 일어나는 전투를 지켜봤다.

* * *

문성우는 조금 더 빨리 도망치지 않은 것을 후회했다.

조금의 망설임. 하지만 망설일 수밖에 없었다.

김시우가 쓰러졌고 의정부 쪽에서 지원을 왔다. 혼자였다면 벌써 도망쳤을 것이다. 감각이 그렇게 말하고 있으니까. 하지만 버티고만 있으면 의정부 쪽 병력이 적을 더 많이 죽여 줄 것 같은 희망이 더 망설이게 했다.

그리고 전차의 포격에 당황하던 적들이 달려들었다. 어쩔 수 없이 적들과 뒤엉켜 싸워야 했다. 누가 누군지 모를 정도로 뒤엉켜 싸우니 당연히 전차의 포격도 멈췄다.

"형! 조심해요."

문성우가 흠칫하며 오른쪽을 봤다. 악귀처럼 보이는 남자가 날카로운 창 비슷한 것을 찌르고 있었다. 평소였다면 충분히 피할 수 있었다. 하지만 지금은 너무 당황한 상태였다.

퍼억.

김태호가 날아올라 남자의 머리를 다리로 찼다.

얼마나 강하게 찼는지 남자의 머리가 그대로 터져 나갔다.

풀썩.

머리가 사라진 남자는 그대로 쓰러졌다.

김태호는 힘든 표정으로 말했다.

"이놈들 무슨 좀비 같아요. 상처를 입어도 그냥 달려들어요."

문성우가 당황한 이유 중 하나였다. 적들은 상처 따위는 아랑곳하지 않았다. 어지간한 상처는 그냥 나아 버렸다.

당연히 도봉 쪽 사람들 피해가 커질 수밖에 없었다.

도봉 쪽 사람이 1,500명.

괴물과 전차의 피해를 입고 남은 적은 800명. 2배 이상의 전력이었는데도 밀리고 있었다. 가장 안전한 위치에 있는 문성우가 공격받을 정도니까.

1급 능력자 중에 실질적으로 싸울 수 있는 사람은 주짓수 선수였던 김태호뿐이었다. 유도 선수였던 이주성은 독에 마비되어 움직이지 못하고 있었다. 문성우는 어느 정도 싸울 수 있어도 전문가는 아니었다. 정하율은 괴물을 조종하는 것에 특화되어 있으니 더더욱 싸움은 못했다.

이대로 가다가는 다 죽을 것 같았다.

그때 누군가 소리쳤다.

"도봉구 사람들은 원형으로 방어진을 만드세요!"

문성우는 정신이 번쩍 들었다. 각자 떨어져서 싸우는 것은 불리하다는 것을 깨달았다.

"태호야. 네가 좀 나서서 사람들을 모아라."

"알았어요."

김태호가 움직이기 시작했다. 위험한 동료를 도와주며 문성우가 있는 곳으로 보내기 위해서였다.

문성우도 주변의 몇몇을 도와 사람을 모으기 시작했다.

그리고 누가 원형으로 방어진을 만들라고 한 것인지 알게 됐다.

군인들이 달려오고 있었다. 그중 한 명이 소리쳤다.

"도봉구 사람들은 우리를 공격하지 마시오. 실수라고 해도 공격하면 반격합니다."

문성우는 동료들이 저 말을 제대로 못 들을 것으로 생각했다. 삶과 죽음이 결정되는 싸움을 하는 중이었다. 말이 제대로 들릴 리가 없었다. 있는 힘껏 소리쳤다.

"군인들 공격하지 마. 이곳으로 모여! 제발!"

문성우는 가까이 있는 동료만 반응하는 것을 보고 간절한 마음으로 소리쳤다.

[군인들 공격하지 마. 이곳으로 모여 줘! 내 말을 들어 줘!]

문성우의 말은 소리가 아닌 머리로 전달됐다. 그것도 도봉구 사람들에게만. 문성우의 능력이 하나 늘어난 것이었다.

멀리 떨어진 이들도 문성우의 말을 들었다. 조금 당황했지만, 문성우의 목소리라는 것 정도는 알았다.

그리고 문성우의 말대로 해야 살아남을 수 있다는 것도.

조금씩 문성우의 말대로 모여들기 시작했다.

* * *

난전이 벌어지는 곳에 도착하기 직전 이정주 대위는 부하들에게 명령을 내렸다.

"공격하는 사람은 무조건 적으로 간주한다. 책임은 내가 지겠다."

군인들은 오른손에는 권총을, 왼손에는 단검을 들었다.

"적은 상처를 입어도 싸운다. 약에 취한 것 같다."

이정주 대위는 예전에 들은 적이 있었다. 아프리카 내전에서 마약을 먹여 고통과 두려움을 모르는 군인을 만들었다고.

"머리를 노려라."

이정주 대위 역시 권총과 단검을 들었다. 이정주 대위를 포함한 500명의 군인은 모두 괴물과 치열하게 싸워 살아남은 베테랑이었다. 그냥 괴물을 상대할 때와 힘을 지닌 인간을 상대할 때 사용하는 방법이 달랐다.

인간은 노진수 정도 되는 힘을 지니지 않고서는 근거리에서 발사되는 총알이 피부와 뼈를 뚫을 수 있었다. 그 기준이 1급이라는 것을 도봉구 능력자 덕분에 알게 됐다. 현재 적 대부분은 2급과 3급이었다. 충분히 총알이 피부와 뼈를 뚫을 수 있었다.

드디어 치열하게 싸우는 장소에 이정주 대위와 군인들이 뛰어들었다. 본능적으로 군인을 공격하는 이들이 있었다. 이정주 대위는 자신을 공격하는 남자 한 명을 가볍게 피하면서 뒤통수에 권총을 쐈다.

타앙.

상처가 빨리 낫고 고통을 느끼지 못한다 해도 총알이 뇌를 뚫고 지나간 이상 살아 있을 수가 없었다.

남자는 그대로 쓰러졌다. 그때 다른 놈이 이정주 대위의 등을 노리고 달려들었다. 이정주 대위는 휘두르는 쇠몽둥이를 가볍게 단검으로 막으면서 놈의 품 안으로 들어가며 턱에 권총을 댔다. 놈은 당황하는 눈빛을 보였다. 두려움은 느끼지 못해도 당황은 할 수 있었다. 이정주의 동작이 빠르면서 물 흐르듯이 이루어질 줄은 몰랐으니까.

타앙.

이정주 대위는 한쪽 발을 축으로 회전하듯 쓰러지는 놈을 빙그르르 돌아 단검을 수평으로 그었다.

서걱.

이정주 대위의 단검에 목이 절반쯤 잘린 남자가 양손으로 목을 움켜잡았다.

타앙.

이정주 대위는 그대로 이마에 총알을 선물했다.

이정주 대위뿐만 아니었다. 군인들 대부분이 총과 단검을 적절하게 사용하면서 적을 죽이기 시작했다.

군인들이 접근하자 양손을 드는 이들도 있었다. 군인들은 그들은 건드리지 않았다.

양손을 들었다가 지나가는 군인의 등을 노리는 놈들도 있었다. 도봉 사람인 척한 것이었다. 하지만 놈들은 베테랑 군인들을 얕본 것이었다. 군인들은 4인 1조로 약간 거리를 두고 움직이고 있었다. 조직적으로 서로를 지켜 주는 것이다.

타앙. 퍼억.

권총으로 머리를 쏘고, 단검을 들지 않은 군인은 나무 팔이 늘어나 적의 머리를 꿰뚫었다. 단검을 사용하다가 버린 것이었다. 이성필에게 받은 나무 팔이 더 효율적이기 때문이었다.

적의 공격을 막아도 아프지 않았다. 강도도 강철처럼 단단해서

어지간한 공격에도 상처를 입지 않았다.

더군다나 적이 예상하지 못하는 공격이 가능했다. 팔을 변형할 수 있었다.

이정주 대위와 군인들의 개입으로 상황이 변하기 시작했다.

도봉 사람들은 한곳으로 모여 원형 진을 만들기 시작했다.

이정주 대위와 군인들은 조금 넓게 퍼져 외곽에 원을 만들었다.

적은 도봉 사람들과 군인들 사이에 끼게 된 것이었다.

이제 적의 숫자가 빠르게 줄어들기 시작했다.

그리고 도봉 사람 중 한 명이 미친 듯이 날뛰고 있었다.

영화에서나 볼 수 있는 것처럼 붕붕 날아다녔다.

그 사람 덕분에 도봉 사람들이 꽤 많이 위험에서 벗어났다.

어느새 이정주 대위 근처까지 왔다.

"감사합니다."

김태호는 이정주 대위에게 고개를 살짝 까딱했다.

적과 싸우는 중에 고개를 완전히 숙일 수는 없었기 때문이었다.

"감사는 우리 대장님에게 하시죠."

이정주 대위는 김태호에게 권총을 겨눴다. 그리고 바로 방아쇠를 당겼다. 김태호는 당황하며 고개를 옆으로 숙였다.

타앙.

김태호는 뒤로 접근하는 놈을 이정주 대위가 쏜 것을 알았다.

김태호는 웃으며 이정주 대위에게 달려들었다.

이정주 대위는 인상을 썼다. 김태호가 자신의 어깨에 손을 올렸기 때문이었다. 그리고 김태호는 이정주 대위의 어깨를 짚고 몸을 띄워 뒤에 있던 적의 머리를 찼다.

"갚은 겁니다."

김태호가 땅에 떨어지면서 말했다.

"알고 있었습니다. 제 눈은 특별하거든요."

"그런가요?"

"자. 같이 다니면서 적이 아닌 사람을 알려 주시죠."

"그렇게 하겠습니다."

이정주 대위와 김태호가 같이 움직이기 시작했다. 두 사람은 은근 잘 맞았다. 그러니 더 빠르게 적을 제거할 수가 있었다.

* * *

시간이 조금 걸렸지만, 김시우도 제정신을 차렸다.

"헉헉……. 감사합니다."

제대로 숨을 쉬지 못해서 그런지 숨이 좀 찬 것처럼 말하고 있었다.

"괜찮은가요?"

"네."

김시우는 일어나서 도봉 쪽 사람들이 있는 곳을 봤다.

"죄송합니다만 저는 저쪽을 도우러 가도 되겠습니까?"

"그러세요."

김시우가 거의 정리가 끝나 가는 싸움터로 달려갔다.

나는 금비에게 말했다.

"금비야. 이놈 네 입에 잠시 넣어 둘래?"

'먹지 말고요?'

"나중에 먹게 해 줄게."

'알았어요.'

금비는 아직 제정신을 차리지 못하는 놈을 혀로 낚아채서 입안에 넣었다.

"아저씨, 우리도 가죠."

"네. 대장님."

전차가 육중한 굉음을 내며 접근하고 있었다. 나와 노 씨 아저씨 그리고 금비는 전차와 함께 움직였다. 나와 노 씨 아저씨가 도착할 때쯤 적은 100명도 남지 않았다. 이정주 대위와 군인들에게 완벽하게 포위되어 있었다. 그러자 한 명이 양손을 들며 소리쳤다.

"항복하겠습니다. 살려만 주시면 제가 아는 것을 모두 알려 드리겠습니다. 약도 만들어 드리겠습니다."

약이란 소리에 호기심이 들었다. 그래서 나는 소리쳤다.

"이정주 대위님! 죽이지 마세요."

이정주 대위는 내 말을 들은 것 같았다.

이정주 대위의 목소리가 들렸다.

"모두 양손을 머리 위에 올리고 무릎을 꿇어라. 5초 주겠다. 5초 후에도 서 있다면 죽인다."

5초는커녕 1초도 걸리지 않았다.

나와 노 씨 아저씨는 그곳으로 다가갔다.

이정주 대위가 내 앞으로 와서 살짝 고개를 숙였다.

"우리 측 피해는 없습니다. 대장님."

"그런 것 같네요. 너무 잘 싸우던데요. 권총술인가요?"

"그냥 자연스럽게 권총과 검을 이용해 싸우는 방법을 터득한 것입니다."

"피해가 없어서 좋네요."

도봉 쪽에는 미안하지만, 내 사람이 다치지 않은 것이 좋을 수밖에 없었다. 슬쩍 도봉 쪽 사람들을 봤다. 그들은 지쳤는지 대부분 주저앉아 있었다. 주저앉지 않은 사람은 주변에 쓰러진 부상자를 챙기고 있었다.

그들은 아직 이곳을 신경 쓸 겨를이 없어 보였다.

"이 대위님."

"네. 대장님."

"조금 전 항복하겠다고 소리친 사람 좀 데려와요."

"알겠습니다."

이정주 대위는 무릎을 꿇은 사람들 중에 한 명을 일으켜 세운 다음 내 앞으로 데려왔다. 그리고 다시 무릎을 꿇렸다.

나는 그에게 물었다.

"이름이 뭐죠?"

"강찬입니다."

"약을 만들었다고요?"

"네. 부하들이 먹은 약을 제가 만들었습니다. 임성수 개새끼가 먹은 약도 제가 만든 겁니다."

임성수는 금비 입안에 있는 놈 같았다.

"약의 효과가 뭔가요?"

"마약처럼 기분을 좋게 해 주는 데다가 고통을 느끼지 못하고 회복력을 빠르게 합니다."

"나도 봤어요. 회복력이 비정상적으로 빠르던데……. 부작용은 없나요?"

"그게……."

머뭇거리는 강찬을 향해 나는 웃으며 말했다.

"살고 싶나요?"

"살고 싶습니다."

"그럼 말해요."

입술을 잠시 깨문 강찬은 이내 입을 열었다.

"상처를 많이 입고 회복을 할수록 생명력이 줄어듭니다. 약 효과가 떨어지면 죽을 수도 있습니다."

나는 어이가 없었다. 뭐 이런 놈이 다 있어?

이런 표정을 짓자 강찬이 다급하게 말했다.

"하지만 그전에 괴물이나 인간을 죽여서 회복하면 됩니다."

나도 모르게 한마디가 튀어나왔다.

"이거 미친놈이네."

"저는 하기 싫었습니다. 하지만 임성수 그 개새끼가 안 하면 죽인다고 해서……."

"금비야!"

다 말하지도 않았는데 금비는 내가 무엇을 원하는지 알고 입안에 있던 임성수를 뱉었다.

침인지 뭔지 모를 액체에 범벅이 되어 있었다.

"그 개새끼가 이 새끼인가요?"

강찬은 앞에 떨어진 임성수를 처음에는 못 알아보는 것 같았다.

팔과 다리가 없는 데다가 액체 범벅이니.

거기에 임성수의 눈에는 초점이 없었다.

이내 임성수를 알아본 강찬은 웃음을 터뜨렸다.

"하하하하. 이제야 효과가 나타났구나! 효과가 나타났어!"

미친듯한 강찬의 말투였다. 강찬은 무릎 꿇은 상태에서 그대로 임성수를 향해 날아올랐다. 무릎의 힘만으로 한 것이었다.

노 씨 아저씨와 이정주 대위가 내 앞을 가로막았다. 하지만 그럴 필요가 없었다. 강찬은 임성수의 목을 잡더니 그대로 졸랐다. 하지만 임성수는 아무런 반응이 없었다.

강찬의 목적이 임성수라는 것을 안 이정주 대위가 나섰다.

퍼억.

발로 강찬을 차 버린 것이었다. 하지만 강찬은 임성수의 목을 놓지 않았다. 강찬과 임성수가 같이 날아갔다. 그러자 이정주 대위가 단검을 뽑았다.

"팔을 자르기 전에 놔라."

강찬은 임성수의 목을 놓지 않고 소리쳤다.

"죽어! 죽어!"

이내 임성수의 목을 흔들었다. 이정주 대위가 어쩔 수 없다는 듯이 다가갔다. 하지만 그 전에 금비가 나섰다.

착.

금비의 혓바닥이 강찬과 임성수를 잡았다. 그리고 순식간에 입안으로 넣었다.

"금비야!"

금비는 입을 열지도 않고 말했다.

'내 건데······.'

"이따가 줄게. 내놔."

금비가 큰 눈알을 굴리더니 입을 열었다.

털썩.

강찬과 임성수가 떨어졌다. 강찬은 임성수의 목을 잡지 않고 있었다. 공포에 질린 듯한 눈을 하고 있었다.

'얘 내 거야. 건들지 마.'

금비의 경고에 강찬은 기겁을 했다.

"히익."

강찬은 임성수가 더러운 것이라도 된 듯 팔로 땅을 짚으며 뒤로 물러났다. 그럴 수밖에 없었다. 난생처음 괴물의 입안에 들어갔기 때문이었다.

금비의 입안에서 이리저리 굴려지며 죽음을 기다리는 그 기분은 말로 표현할 수가 없었다.

강찬은 무릎을 꿇고 고개를 땅에 박았다.

"네. 네."

나는 겁을 잔뜩 먹은 강찬에게 다가갔다.

"아까 효과가 나타났다고 했지? 무슨 효과지?"

강찬은 겁에 질린 나머지 말을 제대로 하지 못하는 것 같았다.

"다시 금비 입에 집어넣어 줄까?"

협박이 제대로 먹힌 것 같았다. 고개를 든 강찬은 거세게 고개를 저었다.

"아닙니다. 그렇게 죽기는 싫습니다."

"그럼 대답해."

"임성수를 죽이기 위해 약에 조금 장난을 쳤습니다. 농도를 더 진하게 하고 신경 안정제도 넣었습니다."

"왜 그랬지? 같은 편 아니었나?"

"같은 편이요? 이 새끼는 같은 편이라고 할 수도 없습니다. 언제든지 자신에게 필요 없어지면 버리는 개새끼라고요."

세상이 바뀌기 전 강찬은 재판을 받기 직전이었다. 마약 제조 및 유통의 배후가 강찬이라고 모든 증거가 가리키고 있었다.

임성수가 조작한 것이었다.

어디로 도망도 못 갔다. 경찰이 감시하는 것은 물론 임성수도 감시하고 있었기 때문이었다. 그리고 그뿐만 아니었다.

"제 동생도 이 새끼 때문에 죽었습니다."

강찬은 임성수에게 복수하기 위해 접근했었다.

9살과 7살에 고아가 된 두 형제. 각각 다른 보육원으로 보내졌다. 그리고 동생 강수는 보육원이 사라지면서 실종됐었다.

강찬이 동생 강수의 행방을 찾아냈을 때 그는 임성수가 유통한 마약 때문에 죽은 뒤였다.

아무런 힘도 없는 강찬은 자신이 전공으로 공부한 화학을 이용해 마약 제조를 시작했다.

"동생의 복수를 한 것이라고 말하고 싶은 것 같네?"

"그렇습니다."

"그럼 당신은 죄가 없다? 임성수 밑에서 착한 일만 했다?"

"……."

역시 그럴 리가 없을 것 같았다. 복수를 위해서 다른 사람의 인생을 망치는 일에 강찬 역시 가담한 것이었다.

"한 가지만 더 묻지. 그 약은 뭐로 만든 거지?"

강찬은 이성필을 빤히 쳐다봤다. 사실 매일 이렇게 살아도 되나 하며 갈등했다. 애써 동생의 복수 때문이라고 자신을 세뇌하며 외면했다. 하지만 이성필의 말을 들으니 외면하고 묻어 놨던 것들이 올라왔다.

"약은 뭐로 만든 거지?"

강찬은 자신이 죽을 것을 예감했다. 그리고 죽을 만한 짓을 했다는 것도 인정했다. 그렇게 마음을 먹으니 마음이 편해졌다.

"장미꽃 괴물을 이용해 만들었습니다."

나는 깜짝 놀랐다. 장미꽃 괴물을 이용해 약을 만들 줄은 몰랐다.

"어떻게?"

"장미꽃 괴물을 사로잡아 몸 안의 향샘에서 액을 채취해서……."

강찬의 설명을 들으니 장미꽃 괴물을 이용해 약을 만드는 것은 그만 가능한 일이었다. 중간에 화학적으로 증류를 해서 알코올을 섞어서 하는 방식 같은 것은 화학적 지식이 있는 사람이라면 누구나 가능할 것 같았다. 하지만 마지막에 강찬이 직접 손으로 가루로 만들어 물에 섞어야지만 제대로 된 효과가 나타난다고 했다.

강찬의 표정과 말투를 보니 속일 생각은 없는 것 같았다. 그리고 내가 왜 임성수의 독에 마비가 되지 않았는지 알 것 같았다.

나는 장미 향을 내뿜을 수 있었다. 당연히 장미 향에 면역일 것이다.

"그 약을 적절하게 사용하면 좋을 것 같은데?"

내 말에 강찬은 고개를 끄덕였다.

"힘이 없는 일반인은 아주 적게 희석해서 마시게 하면 강력한 진통제가 됩니다. 힘이 있는 사람들은 상황에 따라 적절하게 사용하면 상처 회복에 좋습니다."

강찬이 너무 자세히 말하는 것 같았다.

"이미 실험해 봤군."

"네."

"살고 싶나?"

강찬은 무슨 소리냐는 듯 나를 빤히 쳐다봤다.

"살고 싶냐고 물었어."

"살고 싶다고 하면 살려 주실 겁니까?"

"그냥은 살려 줄 수 없지."

"혹시 당신도 제 능력이 필요하신 겁니까?"

"그러니까 살려 준다는 거야. 그렇다고 자유를 줄 생각은 없어. 어느 정도 제약은 할 거다."

강찬은 흔들릴 수밖에 없었다. 죽을 줄 알았는데 살 수 있는 기회가 생겼다. 거기에 임성수는 무조건 죽을 것이 분명했다.

"어떻게 하면 됩니까."

"나에게 진심으로 충성을 맹세해야지. 그럴 수 있나?"

강찬이 진심인지 아닌지는 알 수 있었다. 만약, 진심이 아니라면 능력을 어느 정도 없앤 다음 세뇌할 생각이었다.

"하겠습니다."

"내 손을 잡고 충성을 맹세해."

강찬은 무릎 꿇은 상태로 내 손을 잡았다.

"죄송하지만……. 저는 당신의 이름도 모릅니다. 이름을 알아야 제대로 충성을 맹세할 수 있습니다."

"그러네. 내 이름은 이성필."

강찬은 고개를 끄덕였다.

"나 강찬은 죽은 내 동생 강수의 이름을 걸고 맹세합니다. 이성필

님에게 저의 모든 것을 바치는 충성을 맹세하겠습니다. 그것이
설혹 저의 생명이라 할지라도."

강찬의 손에 힘이 들어가기 시작했다. 얼굴이 일그러지고 있었
다. 두통이 심한 것 같았다.

"머리가 아플 거야. 참아. 곧 나아지니까."

"……."

강찬은 이를 악물었다. 그래서인지 대답하지 못했다. 하지만
얕게 고개를 끄덕였다. 곧 두통이 사라졌는지 강찬의 표정이 편안해
졌다.

"이런 기분은 처음 느낍니다."

강찬은 꽉 막혔던 무언가가 뚫린 듯한 느낌을 받았다. 마치
구원을 받은 것도 같았다. 그리고 그동안 복수라는 핑계로 해
왔던 일들이 얼마나 잘못되었는지도 알게 됐다.

주르륵.

강찬은 자신도 모르게 눈물을 흘렸다.

"어?"

임성수와 함께 일하면서……. 아니 복수를 다짐하면서 눈물
따위는 말라 버린 줄 알았다. 그런데 지금 눈물이 흐르고 있었다.

인간이기를 포기했는데 다시 인간이 된 것 같았다.

"이제 일어나죠?"

강찬은 자연스럽게 일어났다. 자신이 이성필을 진심으로 따르게
됐다는 것을 알았다. 한순간에 이렇게 된다는 것이 이상한 일이었

다. 하지만 강찬은 상관없었다.

"혹시 그 약 남아 있나요?"

"백화점에 남아 있습니다. 그리고 말씀 편하게 해 주시면 감사하겠습니다."

"난 내 사람을 중요하게 여겨요. 그리고 존대 받아야 한다고 생각하고요."

사실 내 사람이기는 하지만 진짜 내 마음에 들어온 사람은 아니었다. 신세민과 강찬 둘 중 한 명을 살려야 한다면 나는 신세민을 살릴 것이다. 신세민은 내 마음에 들어온 가족이니까.

그러고 보니 세민이는 지금 뭐 하고 있을까.

또 투덜거리면서 일하고 있을 것 같았다.

"이성필 님의 뜻대로."

강찬은 고개를 숙였다.

"약을 가져올까요?"

"내가 약을 왜 찾는지 궁금하지 않아요?"

"이성필 님께서 원하시니 궁금하지 않습니다."

이거 세뇌가 강하게 된 것 같았다.

"그 약으로 저 사람들 치료하려고요."

나는 도봉구 사람들이 있는 곳을 가리켰다.

강찬은 내 손을 따라 그곳을 보더니 고개를 끄덕였다.

"알겠습니다."

"약은 어디에 있나요?"

"백화점 옥상에 있습니다."

지하 깊숙한 곳에 숨겨 놓은 줄 알았는데 반대로 옥상에 있다니 의외였다.

이정주 대위를 보내 까망이에게 약을 보내라 하려고 할 때 김시우와 남자 2명이 내가 있는 곳으로 왔다. 그들은 정신을 잃은 남자 한 명을 데리고 왔다. 얼굴이 파랗게 질린 것을 봐서는 그 남자 역시 중독된 것이 분명했다.

김시우가 다급한 표정으로 말했다.

"이 사람 좀 살려 주십시오."

"중독됐네요."

"네."

나는 바로 숨을 거의 멈춘 남자의 목을 만지기 시작했다.

그 역시 목 부근에 붉은색 점이 있었다. 붉은색 점이 옅어지자 얼굴색이 돌아왔다. 그것을 본 강찬이 놀랐다.

"어떻게 해독을……. 해독제는 없는데."

강찬이 중얼거리자 김시우와 같이 온 남자 한 명이 달려들어 그의 멱살을 잡았다.

"이 새끼가."

내 기억에 멱살을 잡은 남자는 김태호였다. 잠깐 인사만 했었다. 그 옆에 같이 온 남자는 문성우였던가?

"너 같은 새끼는 죽어야 해. 약쟁이 새끼가."

김태호가 팔에 힘을 주는 것 같았다. 강찬의 얼굴이 붉어지기 시작했다. 피가 안 통해서 그런 것 같았다.

"거기! 이제 그 사람은 대장님 부하다."

노 씨 아저씨가 나섰다. 김태호의 팔을 꽉 잡았다.

"당신은 빠지지."

김태호는 노 씨 아저씨에게 말하면서 나를 슬쩍 봤다. 나에게 말하는 것 같았다. 나에게 직접 말하기는 부담스러운가 싶었다.

"빠질 수 없다면?"

노 씨 아저씨도 강하게 나갔다.

"중간에 기절이나 하는 주제에."

노 씨 아저씨가 임성수에게 잡혔던 것을 김태호가 본 것 같았다. 자존심 건드리는 말은 안 하는 것이 나을 것 같은데.

"도망친 당신보다는 낫지."

"한번 해보자는 거야? 그렇지 않아도 수호자님 때문에 참고 있었는데."

김시우가 끼어들려는 것 같았다. 그런 그의 어깨를 내가 잡았다.

"왜?"

"그냥 놔두죠. 약간의 서열 정리는 있어야 한다고 생각하는데요."

"하지만……."

"이 사람 치료는 끝났어요."

"아. 감사합니다."

치료는 끝났어도 노 씨 아저씨와 김태호의 신경전은 안 끝났다.

"참지 않으면 되지."

"좋아."

김태호가 강찬의 멱살을 놨다. 그리고 입꼬리를 올리며 말했다.

"내가 이기면 이 약쟁이 새끼는 내 거다."

노 씨 아저씨는 피식 웃으며 말했다.

"내가 이기면?"

"형님으로 깍듯하게 모시지."

"그건 아니지. 한 생명을 걸었으면 너도 생명을 걸어야지. 왜 겁나나?"

노 씨 아저씨는 슬쩍 나를 봤다. 허락을 구하는 것이었다. 나는 고개를 끄덕였다. 나는 노 씨 아저씨를 믿는다.

"좋다. 내 생명을 걸지."

김태호는 말이 끝나는 동시에 노진수의 허벅지를 향해 다리를 날렸다.

로우킥. 허벅지를 공격해 잘 움직이지 못하게 하기 위해서였다.

노진수가 빠르게 움직인다는 것을 알기 때문이었다.

뻐억!

엄청난 소리가 들렸다. 다리가 부러지거나 근육이 파열된 것 같은 소리였다. 하지만 노진수는 아무렇지 않게 서 있었다.

"약하군. 그리고 너무 정직해."

노진수는 김태호가 허벅지를 노리고 있다는 것을 알고 있었다. 눈이 슬쩍 움직이는 것을 봤기 때문이었다.

모르고 있다면 모를까.

알고 있다면 대응은 간단했다. 김태호와 자신의 힘 차이가 있다는 것을 안다. 허벅지에 힘을 집중하면 큰 타격을 입지 않을 수 있었다. 조금 얼얼하기는 하지만 괜찮았다.

그리고 당황하는 김태호의 어깨와 목 그리고 명치 부분을 빠르게 쳤다.

뚜둑.

"커억."

양쪽 어깨 부근이 빠지고 목을 강하게 맞아 숨을 잠시 못 쉬는 순간 맞은 명치는 김태호의 상체를 구부리게 했다.

퍼억.

노진수의 주먹이 김태호의 턱을 아래에서 위로 올려 쳤다.

그대로 하늘로 떠오르는 김태호. 노진수는 김태호의 뒤로 돌아가 다리를 들어 그대로 내리쳤다.

꽈앙.

김태호가 바닥에 박혔다. 노진수는 얼굴부터 박힌 김태호의 목을 밟으며 말했다.

"졌다고 하지 않으면 목이 부러진다."

"젠장."

김태호의 목소리였다.

"졌소."

노진수가 발을 치웠다. 김태호는 벌떡 일어났다. 타격이 크긴 했지만 몸을 움직이는 데는 문제가 없었다.

어깨가 빠져서 팔을 제대로 움직일 수 없는 김태호는 순간적으로 날아올라 다리로 강찬의 머리를 노렸다.

"그래도 같이 죽어야지!"

하지만 김태호는 강찬의 머리를 찰 수 없었다.

뻐억.

어느새 다가온 노진수가 김태호를 쳐 냈기 때문이었다.

다시 바닥에 누운 김태호. 노진수는 그대로 김태호의 양다리를 밟았다.

뚜둑.

"아악!"

"그러길래 가만히 있지."

이제 두 다리마저 부러진 김태호는 아무것도 할 수 없었다.

그것을 본 나는 김시우에게 말했다.

"이렇게 하죠."

"무엇을 말이십니까?"

"강찬 씨가 지은 죄가 있는 것은 인정합니다. 하지만 그 죄를 씻을 기회를 줬으면 합니다. 강찬 씨도 억지로 한 일도 있으니까요."

"그 이야기는 저기 임성수를……."

"네. 임성수는 죽고 도봉구 사람들은 강찬 씨가 책임지고 치료할 겁니다. 동의하면 바로 치료를 시작하죠."

김시우는 바로 결정할 수 없는 것 같았다. 옆에 있는 문성우를 쳐다봤다.

문성우가 나섰다.

"그것으로 강찬에게 면죄부를 주려는 겁니까?"

수호자 성인은 나를 완전히 믿어도 도봉구 사람들은 아직 그렇지 않은 것 같았다.

사람이니까 당연한 일일지도 모른다. 하루아침에 자신들 위에 누군가가 나타난 것일 테니까.

원래 사람은 새로운 것에 어색함을 느낀다. 아직 서로 알지도 못하는데 배려나 양보가 쉽지 않은 것이다. 더군다나 동료를 죽인 사람이 눈앞에 있는데.

하지만 그렇다고 내가 필요하다고 생각해 거둔 강찬을 저들에게 넘길 생각은 없었다. 또한, 굽히고 들어갈 생각도 없었다.

"내 사람이 된 순간 면죄부를 준 겁니다. 치료는 호의를 보이는 것뿐이고요. 싫다면 굳이 치료를 받지 않아도 됩니다. 이 사람도 데리고 가시죠."

나는 내 앞에서 간신히 정신을 차리고 앉은 이주성을 가리켰다.

치료하면서 유도 선수였다고 인사한 것이 기억났다.

"주성이를 치료해 주신 것은 감사한 일입니다. 하지만 강찬은 범죄자입니다. 우리 쪽에도 그를 처벌할 권한이 있습니다."

나는 문성우가 강하게 나오는 것이 이상하다고 생각했다.

강찬 한 명 때문에 나와 이렇게 실랑이를 한다?

관계가 틀어질 수도 있는데?

아니 반대로 생각해 보면 수호자 성인 때문에 절대 관계가 틀어지지 않는다는 판단을 하고 말하는 것이라면? 답은 주도권 싸움 내지는 나에게 무언가 더 얻어 내려는 수작 같았다.

"이거 물에 빠진 사람을 구해 주니 보따리 내놓으라는 것 같군요."

내 말에 문성우의 표정이 굳어졌다.

"무슨 소리입니까?"

"계획대로 우리가 북쪽과 동쪽만 틀어막고 지원을 오지 않았다면 당신들은 어떻게 됐을까요?"

할 말 없지?

"……."

조금 더 밀어붙일 생각이었다.

"임성수와 부하들이 롯데 백화점을 나서는 것을 보고 불안한 느낌에 지원을 온 겁니다. 그냥 무시할 것을 그랬군요."

문성우는 진짜 할 말이 없었다. 이성필이 지원을 오지 않았다면 자신들은 전멸했다.

"롯데 백화점을 장악한 다음 임성수와 부하들을 상대해도 됐습니다. 그랬다면 더 쉽게 이겼겠죠."

맞는 말이었다. 그 누가 봐도 도봉구 사람들과 싸운 후 전력이 깎인 임성수와 부하들을 상대하면 더 쉽다고 생각할 것이다.

"다른 사람은 몰라도 김시우 씨와 이주성 씨는 확실하게 죽었겠네요."

문성우는 더 할 말이 없어졌다. 이성필이 지원을 오기 전에 김시우와 이주성이 임성수에게 중독됐기 때문이었다.

"솔직하게 당신들이 한 일은 별로 없어요. 롯데 백화점을 장악한 것도 우리니까. 아닌가요?"

문성우의 얼굴이 일그러졌다.

"그래도 수호자 성인의 체면을 생각해서 롯데 백화점을 넘겨주려고 했는데 그것도 어렵겠군요."

"그건……."

"식량 문제도 주는 대로 받아 가시죠."

문성우의 얼굴이 하얗게 변했다. 그는 입술을 깨물더니 말했다.

"수호자께서 가만히 안 계실 겁니다."

나는 피식 웃었다.

"그래서요? 수호자에게 쪼르르 달려가서 징징대기라도 할 건가요?"

"말이 심하십니다!"

"하나도 안 심해요. 당신들 수호자 성인에게 너무 기대더군요. 아닌가요?"

"그러는 이성필 당신 사람들은 당신에게 안 기댑니까?"

"기대죠. 하지만 자신들이 할 일은 알아서 하려고 노력합니다. 그리고 이런 이상한 자존심을 내세우거나 욕심을 부리지도 않죠. 설마 내가 롯데 백화점을 안 줄까 봐 이렇게 나온 겁니까?"

"……"

정곡을 찌른 것 같았다.

"좋아요. 롯데 백화점 주죠. 그거 가져도 그만 안 가져도 그만이니까요."

식량 자급자족이 가능한 상황에 굳이 롯데 백화점이 필요하지 않았다. 그리고 처음부터 롯데 백화점은 도봉구 사람들에게 주려고 시작한 일이었다.

"대신 이거 하나는 알아 뒀으면 하네요. 나는 호의로 시작한 일입니다. 당신들이 나를 믿지 못하면 나 역시 당신들을 믿지 못합니다."

솔직히 이런 갈등이 일어날 줄은 몰랐다. 다 내 마음 같지는 않다는 것을 또 깨달았다. 매번 깨달으면서도 잊는 것이기는 하지만. 그래도 상관없었다. 지금 내 옆에는 나를 믿고 따르는 이들이 있으니까. 그것만으로 충분했다.

"금비야. 먹어."

'네. 아빠.'

찰싹.

금비가 임성수를 입에 넣었다.

"다시 아빠 주머니에 들어가자."

'네.'

금비가 작아지더니 내가 펼친 손바닥 위로 올라왔다.

나는 금비를 주머니에 넣었다.

"자. 임성수는 죽었고, 강찬과 저기 잡힌 포로들은 우리가 데려갑니다. 롯데 백화점은 알아서 하시고."

나는 몸을 돌렸다.

그러자 문성우의 다급한 목소리가 들렸다.

"미안합니다."

"늦었습니다."

"이 대위님."

"네. 대장님."

"포로들 데리고 철수합니다. 아저씨."

"네. 대장님."

"까망이하고 애꾸에게 철수하라고 해 주세요."

"그렇게 하겠습니다."

나는 문성우에게 시선 한 번 주지 않고 가장 가까운 전차에 올라탔다. 곧 전차는 의정부를 향해 출발했다.

* * *

이성필이 탄 전차가 떠나고 군인들이 포로를 데리고 가는 것을 보면서 문성우는 한숨을 내쉬었다. 그것을 본 김시우가 말했다.

"왜 그렇게 한 겁니까?"

"내 얕은 생각이 일을 망쳤어."

"얕은 생각이라니요?"

"이성필이 말한 것처럼 우리가 한 일이 없잖아. 들어 보니 롯데 백화점도 이미 확보한 것 같고."

"그러니까 롯데 백화점을 얻기 위해 강찬을 걸고넘어진 겁니까?"

"후우. 맞아."

김시우는 문성우의 이런 행동이 이해가 되지 않았다.

"항상 나은 선택을 하시더니 오늘은 왜……."

"아무것도 보이지 않았거든."

문성우는 어떤 선택도 할 수 없었다. 이성필 앞에서는 어떤 것도 느껴지지 않았기 때문이었다. 그래서 자신이 생각한 최선의 선택을 한 것이었다. 그것이 일을 망쳤다는 것도 알았다.

"김 형사. 멀쩡한 사람들 데리고 롯데 백화점에 가 줘. 이곳은 내가 수습할 테니까."

김시우는 이미 일어난 일을 어떻게 할 수 없다는 생각에 고개를 끄덕였다.

"알겠습니다."

김시우는 살아남은 사람 중 제대로 움직일 수 있는 100명을 데리고 롯데 백화점으로 향했다. 문성우는 부상자를 돌보고 도봉구에 사람을 보내 지원을 요청했다.

* * *

의정부로 돌아오자마자 먼저 한 일은 포로로 잡은 100명의 힘을 빼앗는 것이었다.

힘을 빼앗긴 그들은 감옥에 갇히게 되고 재판을 받게 될 것이다. 아마 강제 노동형에 처해질 것 같았다.

그리고 내 관심은 강찬이 만드는 약에 있었다. 롯데 백화점 옥상에 있던 약과 시설은 노 씨 아저씨가 까망이를 이용해 가져왔다.

"약을 만들 곳은 만들어 줄게요. 필요한 것이 또 뭐죠?"

"가장 중요한 것은 장미꽃 괴물입니다."

"그건 가능해요."

민락동이나 외곽 지역에는 아직 장미꽃 괴물이 돌아다니고 있었다. 몇 마리 잡아 오는 것은 일도 아니었다.

"언제부터 약을 생산할 수 있죠?"

"장미꽃 괴물이 최소 3마리는 필요합니다. 그러면 시설이 완성되면 바로 생산할 수 있습니다."

"일반인도 치료가 가능한 거죠?"

"일반인은 아주 적은 용량으로 사용해 마취만 해야 합니다. 상처 회복용으로 사용했다가는 죽을 수도 있습니다. 다른 곳에 사용될 에너지를 빌려 오니까요."

하나를 얻으면 하나를 잃는 것이 맞다.

마취제 대용으로 사용할 수 있다는 것만 해도 대단한 일이었다.

"뭐 얼마 지나지 않으면 일반인은 없을 테니. 상관없을지도 모르네요"

새로 탄생한 정부에서 계획하는 것이 있었다. 작물 괴물 재배도 가능하니 일반인도 기본적인 힘을 가지게 하는 것이었다.

이렇게 되면 이점이 많다.

첫 번째로 힘이 강해지니 노동력의 효율이 좋아진다.

두 번째로 일반인일 때와는 다르게 회복력이 좋아진다. 어지간한 상처로는 죽지 않는다.

세 번째로 예비군처럼 동원할 수 있게 된다. 의무적으로 군 복무를 하게 되는 것은 기정사실이었다. 기존과 다른 점은 여자도 군 복무를 하게 되는 것뿐이었다.

힘을 가지면 여자도 훌륭하게 싸울 수 있으니까.

단, 이것도 18세 이상 성인만 해당되는 사항이었다.

"마시는 것이 더 효과가 좋나요? 아니면 주사하는 것이 효과가 좋나요?"

내 질문에 강찬은 당연하다는 듯 대답했다.

"주사하는 것이 효과가 더 좋습니다. 빠르게 작용합니다."

"그럼 일반 치료제와 군용 치료제 두 가지로 만드는 것 가능한가요?"

"가능합니다."

"좋아요. 지금부터 강찬 씨는 제 직속으로 일하게 됩니다."

"감사합니다. 이성필 님."

나는 옆에 서 있는 노 씨 아저씨를 보며 말했다.

"아저씨. 강찬 씨를 이곳 사람들에게 인사시켜 주고 구경 좀 하게 해 주세요."

"네. 대장님."

노 씨 아저씨와 강찬이 나갔다.

나는 도봉구 사람들과의 마지막 대화를 생각하며 의자에 등을 기댔다.

"누가 오려나."

도봉구 사람들 중에는 다친 사람이 꽤 많았다. 현재 도봉구의 능력으로는 그들을 제대로 치료할 수 없었다. 더군다나 내가 식량도 제대로 주지 않을 것 같이 말했다.

아쉬운 것은 내가 아니라 도봉구였다. 그리고 롯데 백화점도 깔끔하게 줬다. 혹도 같이.

* * *

"천천히 가도 됩니다! 거기 그거 건드리지 마세요!"

김시우와 도봉구 사람들은 롯데 백화점에서 골치 아픈 일을 하고 있었다. 임성수가 데리고 있던 약 2천 명의 일반인들 때문이었다.

일반인들은 처음에 고양이 무리와 들개 무리 그리고 닭 괴물의 습격에 죽는 줄 알았다. 그런데 한곳에 모아 놓을 뿐 아무런 짓도 안 했다. 그리고 얼마 지나지 않아 도봉구 사람들이 왔다. 그들은 도봉구의 소문을 들어 알고 있었다. 사람이 사람답게 살 수 있는 곳이라고.

소문처럼 도봉구에서 온 이들은 친절했다. 그러자 억눌렸던 사람 중에 몇 명은 롯데 백화점에서 물건을 훔치기 시작했다.

그동안 제대로 먹지도 못하고 입지도 못했기 때문이었다.

그래도 도봉구 사람들이 강압적으로 제압하지 않으니 더 많은 사람이 물건을 훔치기 시작했다.

"거기. 움직이지 말라고요! 곧 도봉구로 갈 겁니다. 움직이면 파악해 놓은 인원 숫자가 안 맞잖아요!"

100명이 2천 명을 제어하기에는 벅찼다. 결국, 사고가 터졌다.

"이거 내가 먼저 잡았어!"

"니 거 내 거가 어디 있어?"

"통조림 다 가질 거야?"

"야. 이 새끼야. 어딜 쳐!"

서로 물건을 차지하기 위해 싸움이 일어난 것이었다.

한 곳에서만 일어난 것이 아니었다. 여기저기서 싸움이 일어났다. 수백 명이 싸우기 시작한 것이었다.

김시우는 그것을 보며 한숨을 내쉰 다음 소리쳤다.

"지금부터 통제를 따르지 않으면 제압하겠습니다!"

김시우가 소리쳤음에도 사람들은 멈추지 않았다.

김시우는 어쩔 수 없다고 생각했다.

"모두 제압해! 한두 군데 부러뜨려도 상관없다!"

김시우의 지시에 부하들이 움직였다. 싸움은 순식간에 정리됐다. 아무런 힘도 없는 일반인이었으니 당연했다. 하지만 수백 명을 제압하는데 사고가 안 일어날 리 없었다.

"살인자!"

누군가 소리쳤고 사람들은 도봉구에서 온 이들에게 살인자라고 소리치는 일에 동참했다.

김시우는 입술을 깨물었다. 단호하게 대처하지 않으면 이 사람들은 더 많은 사고를 칠 것을 알았기 때문이었다. 그리고 도봉구 쪽에서 보낸 지원 병력이 보였다. 김시우는 500명 정도의 지원 병력과 합류해 사람들을 강압적으로 통제하기 시작했다.

* * *

아침에 시작한 일이 밤이 돼도 끝나지 않고 있었다.

롯데 백화점의 물건도 꺼내서 도봉구로 보내야 하고 불만이 가득한 표정으로 모인 사람들도 달래야 했다.

하지만 그보다 더 중요한 것이 있었다. 그래서 롯데 백화점 일을 정하율과 문성우에게 맡겨 놓고 도봉구로 갔다. 수호자 성인을 만나기 위해서였다.

도봉구에 도착한 김시우는 수호자 성인을 찾아갔다.

"수호자 성인이시여."

'시우.'

"치료자 이성필을 만나 주셨으면 합니다."

수호자 성인은 고개를 저었다.

'나는 수호만 할 뿐.'

"지금 치료자 이성필을 설득할 분은 수호자 성인님뿐이십니다."

'결정은 치료자 성필이 한다.'

김시우는 한숨이 나왔다. 이것을 어디서부터 어디까지 설명해야 할지 몰라 답답했기 때문이었다.

"수호자 성인이시여. 저희가 치료자 이성필에게 잘못한 일이 있습니다. 그가 도움을 줬는데……."

김시우는 문성우에게 하고 싶었던 말을 수호자 성인에게 하고 있었다.

'치료자 성필을 못 믿었다?'

"그렇습니다. 식량도 제대로 주지 않을 것 같습니다."

'시우.'

"네. 수호자 성인이시여."

'가라. 가서 치료자 성필에게 용서를 구하라. 그것이 네가 할 일이다.'

수호자 성인이 몸을 돌렸다. 김시우는 어쩔 수 없이 자신이 가야 한다는 것을 알았다. 날이 밝는 대로 이성필을 찾아갈 생각이었다.

"알겠습니다."

김시우는 고개를 숙인 후 아내가 있는 곳으로 갔다. 김시우가 가자 수호자 성인의 몸 일부의 돌멩이가 떨어졌다. 그리고 돌멩이는 어린아이 정도의 크기로 뭉쳤다. 어린아이 모습이기도 했다.

돌멩이 어린아이는 소리 없이 어디론가 움직였다.

* * *

"오늘은 푹 잘 수 있으려나?"

롯데 백화점 공격을 준비하느라 신경을 써서 그런지 며칠 잠을
제대로 못 잤다.

잠을 자려고 눕는 순간 문을 무엇인가가 두드렸다. 노크는 아니었
다. 무언가 던져서 맞힌 것 같았다. 내 머리맡에 있던 금비도
눈을 떴다.

'아빠. 돌멩이인 것 같아요.'

돌멩이라면 짐작 가는 것이 있었다. 간 크게 고물상까지 와서
돌멩이를 던질 사람은 없었다.

"그런 것 같네. 직접 올 줄은 몰랐는데."

나는 일어나서 금비를 주머니에 넣고 밖으로 나갔다. 밖으로
나가자 수호자 성인의 힘이 느껴졌다. 그런데 힘이 그렇게 강하지는
않았다. 나는 수호자 성인의 힘이 느껴지는 곳으로 갔다.

"뭐야?"

수호자 성인의 힘이 느껴지는데 작은 돌무더기 하나가 있었을
뿐이었다. 돌무더기가 일어나자 작은 어린아이 모습을 한 수호자
성인이 보였다.

'치료자 성필 친구.'

"그 모습은 뭐냐고."

'작은 수호자 성인이다.'

"몸이 작아진 거야?"

'아니다. 큰 수호자 성인도 있다.'

"수호자 성인이 둘이라는 거야?"

'답답하다. 큰 수호자 성인에서 작은 수호자 성인 나왔다.'

진작 그렇게 말하지. 물어보는 내가 더 답답했었다.

분리됐다는 것이다. 그렇다면 여러 개의 작은 수호자 성인도 가능할 것 같았다. 좋은 정보 하나 얻었다.

"그런데 왜 온 거야?"

왜 온 것인지 알면서 묻는 것이다.

'친구 보러 왔다.'

이놈 말만 멍청하게 하지 절대 멍청하지 않은 것이 분명했다.

"그래? 봤으면 가라."

'……'

수호자 성인이 당황하는 것 같았다.

"안 가?"

'간다.'

진짜 가려고 그러나 싶었다.

이게 아닌데.

'하지만 친구 더 보고 싶다. 더 보고 간다.'

그럼 그렇지.

"나는 충분히 봤다고 보는데? 가라. 잠자려고 하는데 찾아와서 뭐 하는 짓이야. 예의 없게."

'예의 없었다. 미안하다.'

얼레. 너무 쉽게 사과하는 것 같았다.

'예의 없었으니 더 예의가 없어도 이해해라.'

은근슬쩍 넘어가는 것이 안 통할 것 같으니까 직설적으로 말하려는 것 같았다.

"또 무슨 예의가 없으려고?"

'알면서 그러지 마라. 친구 슬프다.'

이거 봐. 나에게 넘기잖아. 내가 먼저 말하라는 것 같은데. 이제 그런 것은 안 통한다.

"뭐를 알아? 수호자 성인께서 말하지 않았는데 내가 어떻게 알아. 상대방이 다 안다고 생각하는 것은 착각이야. 말해 줘야 알지."

'그런가?'

"그래."

나는 수호자 성인이 말하기까지 기다렸다.

10분 같은 1분이 지났다. 초조한 것은 내가 아니다. 수호자 성인이 더 초조할 것이 분명했다.

1분 더 기다려도 말을 안 하면 진짜 그냥 들어갈 생각이었다.

하지만 내가 보기에는 1분이 지나기 전에 수호자 성인이 말할 것 같았다. 아니나 다를까.

'치료자 성필 친구 너무한다. 친구 괴롭힌다.'

"누가 누구를 괴롭혀. 억지로 친구 하자고 해서 해 주고, 도움도

줬는데. 누가 누구를 괴롭힌다는 거야? 지나가는 사람 잡아서 물어봐라."

은근 열이 올라온다.

후우.

내가 흥분하면 안 된다. 수호자 성인의 술수에 말려드는 것 같았다.

'지금 사람 안 지나다닌다.'

"말 돌리지 마라. 할 말 없으면 가라. 난 잔다."

한 방향으로 주욱 나가는 것이 낫다. 수호자 성인이 알아서 말할 때까지. 진짜 갈 것처럼 몸을 돌렸다.

쿠웅.

땅이 울릴 정도로 무언가 떨어지는 소리가 났다.

놀라 뒤를 돌아봤다. 수호자 성인이 무릎을 꿇고 있었다.

'나 어떻게 말해야 할지 잘 모른다. 치료자 성필 친구에게 사과한다.'

"왜 이래……."

무릎까지 꿇으니 당황스러울 수밖에 없었다.

'인간을 지키기 위해서는 치료자 성필이 필요하다. 화내지 않았으면 한다.'

"내가 언제 화를 냈다고……."

'먹을 것 안 주는 것 화난 것이다.'

어째 말하는 것이 먹을 것 가지고 치사하게 협박하느냐는 것 같이 느껴졌다.

"안 주겠다는 것이 아니야. 준다고."

'넉넉하게 많이 줘라.'

"그냥은 안 돼."

'왜 안 되는지 모르겠다.'

"생각해 봐라. 너하고 나하고 친구지."

'친구다.'

"그리고 너하고 나는 한 집단의 지도자야. 맞지?"

'맞다.'

"너하고 나하고 동급이라고."

'동급이다.'

"그런데 네 부하가 나한테 무례한 행동과 말을 했어. 그럼 친구인 네게도 무례하게 한 것이나 같지 않아?"

'그렇다.'

너무 쉽게 수긍하니 불안했다. 어째 또 말려 들어가는 것 같았다.

"그런데 무례한 짓을 한 부하에게 사과도 받지 않고 그냥 주라고? 난 못 줘."

'그럼 사과하면 줄 거냐?'

"줘야지."

'알았다. 사과하러 올 거다.'

순간 수호자 성인의 작전에 당한 것 같았다.

"너. 이미 사과하러 오라고 했구나."

'아니다. 하지만 믿는다. 시우 그는 어떻게 행동해야 하는지 알고 있다.'

"언제는 죽일 것처럼 굴더니 김시우를 꽤 높게 평가하네?"

'시우. 지금은 정신이 멀쩡하다.'

그러니까 지난번에는 제정신이 아니어서 그랬던 것 같았다.

"김시우가 사과하러 온다는 거지?"

'시우가 올 것이다.'

"사과할지 안 할지는 모른다?"

'시우는 어떤 것을 해야 할지 알 것이다.'

어물쩍 넘어가려는 것 같았다. 그럴 수는 없지.

"너도 같이 와. 그게 조건이야."

'치료자 성필 친구가 원한다면 온다. 그럼 먹을 것 많이 주나?'

금비 같은 소리 하고 있네.

"제대로 사과한다면 먹을 것 많이 줄 거다."

'알았다. 같이 온다.'

"그래 가라."

'간다.'

수호자 성인은 천천히 일어나더니 도봉구 방향으로 사라졌다.

나도 고물상으로 가려고 몸을 돌렸다.

그런데 고물상 근처에 여러 명이 서 있는 것이 보였다.

"아저씨. 연희 씨?"

두 사람뿐만이 아니었다. 정수와 신세민도 있었다.

노 씨 아저씨가 다가왔다.

"대화는 잘 하셨습니까?"

"아저씨도 느낀 건가요?"

"대놓고 힘을 내뿜는데 못 느꼈다면 안 되죠. 대장님께서 먼저 느끼신 것 같습니다."

노진수는 이성필과 대화하는 것이 수호자 성인이라는 것을 알고는 주변을 조용히 시켰었다. 둘의 대화를 방해하지 않기 위해서였다. 둘의 대화는 의정부와 도봉구의 최고 수장의 회담이나 마찬가지였기 때문이었다.

"수호자 성인이 일부러 그랬겠죠. 그건 그렇고 내일 도봉구에서 사람들이 올 것 같네요."

"알겠습니다. 준비하겠습니다."

"네. 들어가서 잠이나 자죠."

내일 김시우와 수호자 성인이 와서 어떻게 할지 궁금했다.

* * *

김시우는 해가 뜨자마자 의정부로 출발했다.

의정부 경계인 호원동에 들어서자마자 군인들이 나타났다.

"김시우 씨죠?"

"네."

김시우는 군인들이 전에 자신을 봤기 때문에 안다고 생각했다.

"이쪽으로 오시죠."

군인들을 따라 조금 걸어가자 SUV 한 대가 서 있었다.

"타시죠."

김시우는 고개를 갸웃거렸다. 마치 자신이 올 것을 알고 있었다는 것 같은 행동과 준비였기 때문이었다.

SUV에 올라탄 김시우는 오래간만에 자동차를 타는 것이었다.

"어디로 가는 겁니까?"

"대장님께서 기다리고 계십니다."

김시우는 이성필이 자신이 오는 것을 알고 있다고 생각할 수밖에 없었다. 그리고 전차도 그랬지만, 제대로 움직이는 자동차를 탄다는 것은 새로운 느낌이었다. 의정부와 도봉구의 차이가 느껴졌다.

흙만 있는 곳을 지나자 아스팔트 도로가 나왔다. 한쪽으로 치워진 자동차들이 보였다. 더 편안한 승차감을 느낄 때 SUV가 천천히 움직였다. 바리케이드가 있기 때문이었다. 그리고 주변에 배치된 경계 병력까지.

김시우는 고물상에 가까워지면서 마치 요새 같은 느낌을 받기 시작했다. 곳곳에 바리케이드와 전차 그리고 경계 병력이 있었다.

SUV는 고물상을 지나쳐 성민 병원 사거리에서 멈췄다.

SUV에서 군인들이 먼저 내려 문을 열자 김시우가 내렸다.

김시우는 이성필과 노진수 그리고 몇 명이 자신을 기다리고 있는 것을 알았다.

* * *

SUV에서 김시우가 내리는 것이 보였다. 그런데 수호자 성인이 보이지 않았다. 안 왔나 싶었다.

"김시우 씨."

"다시 뵙습니다. 치료자 이성필 님."

김시우는 내게 정중하게 인사했다. 전의 적대감은 그 어디에서도 찾아볼 수가 없었다.

"온다는 말은 들었습니다."

"누구에게……."

"수호자 성인에게요."

"그분께서 말씀하셨다는 건가요?"

"네. 어젯밤에 직접 찾아왔었습니다."

"그러셨군요. 그럼 제가 왜 찾아왔는지 아시겠군요."

"그건 아직 모릅니다. 김시우 씨가 찾아온다는 것만 들었을 뿐."

수호자 성인도 김시우에게 그 어떤 말도 안 한 것 같았다. 이제 어떻게 할 것인가.

"먼저 고개 숙여 사과합니다."

수호자 성인의 말대로 김시우는 자신이 무엇을 해야 하는지 아는 것 같았다. 고개를 든 김시우에게 물었다.

"뭐를 사과한다는 거죠?"

"어제 있었던 일을 말하는 겁니다. 우리가 무례한 행동을 했습니다. 도움을 주신 것에 대한 감사를 못 할망정 욕심을 부렸으니까요."

"아니까 다행이네요. 그런데 문성우 씨도 같은 생각인가요?"

"같은 생각일 겁니다."

"확실하지 않다는 말처럼 들립니다."

"아닙니다. 어제 치료자 이성필 님께서 떠나신 후 문성우도 후회를 했습니다."

"그런가요?"

"네. 그러니 사과를 받아 주시고 용서해 주셨으면 합니다."

"그러죠."

"네?"

김시우는 이성필이 이렇게 쉽게 사과를 받아 줄 것으로 예상하지 못했다. 어떻게 해서든 이성필이 사과를 받게 할 생각이었다.

"무릎을 꿇으라고 하면 꿇을 생각이었는데 너무 쉽게 받아 주시니 좀 어안이 벙벙합니다."

"그 무릎 안 꿇어도 됩니다. 좀 무거운 무릎을 지닌 누군가 먼저 꿇었거든요."

"무슨 말이신지."

"아닙니다. 그럼 우리가 제공하려고 했던 것이 무엇인지 보여 주죠. 따라와요."

김시우는 이성필이 가는 방향을 이미 보고 있었다.

이성필을 뒤따라가며 속으로 놀라는 중이었다. 엄청난 밭이 보였기 때문이었다. 그냥 밭이 아니었다. 괴물을 재배하는 것이 분명했다. 말을 듣기는 했다. 하지만 이렇게까지 밭의 면적이 클 줄은 몰랐다.

"일단 주력으로 재배하는 것은 완두콩입니다. 저쪽은 상추나 고추 같은 채소 위주고요."

"그……그렇군요. 완두콩이 무슨 수박만 한 것도 있습니다."

"저건 좀 다른 겁니다. 대부분 멜론 정도 크기입니다. 오른쪽은 닭장입니다."

김시우는 조금 어이가 없었다. 닭이 안에 들어가 있으니 닭장이 맞기는 했다. 하지만 닭장의 넓이도 어마어마했다.

"전에는 적었는데 괴물 두꺼비 일로 닭의 숫자를 늘려서 어쩔 수 없이 닭장도 늘렸습니다."

나는 뒤에 있는 이성식을 가리켰다.

"여기는 이성식 씨. 현재 작물 재배를 책임지고 있습니다. 농림부 장관입니다."

"안녕하십니까. 이성식입니다."

"아. 네. 김시우입니다."

"앞으로 도봉구에서도 농사 경험이 있거나 재배에 관한 지식이 있는 사람은 이곳에 와서 교육을 받을 겁니다."

김시우는 발걸음을 멈췄다.

"왜 문제가 있나요?"

"그게 아니라. 지금 재배 기술을 알려 주신다는 건가요? 그

귀한 기술을?"

"네. 그럼 여기서 생산해서 줄 것으로 생각했어요?"

"그렇습니다."

"이곳에서 생산하는 작물은 의정부 안에서 소비하기도 벅찹니다. 새로운 밭을 만들어야죠."

김시우는 생각나는 것이 있었다.

"아. 호원동과 도봉구……."

"맞아요. 그곳에 대규모 밭을 만들 겁니다. 씨앗은 제공할 겁니다. 재배해서 수확한 양의 절반은 우리 것이고요. 일종의 로열티죠."

"당연히 드려야죠."

기술이전도 해 주는 데다가 안전한 씨앗까지 준다는데 당연하게 여길 수밖에 없었다.

"간단하게 먹어 볼까요?"

나는 미리 준비한 곳으로 갔다. 평소에는 점심 식사 때 완두콩을 찌는 곳이었다.

이미 김이 모락모락 나는 완두콩이 준비되어 있었다.

"먹어 보시죠."

김시우가 한 입 베어 물었다. 하지만 그리 좋은 인상은 아니었다.

"그냥 콩 맛이군요. 간도 안 되어 있어서."

"대신 영양 만점이기는 하죠. 한 알로 한 끼 식사는 되고요."

"그럴 것 같습니다."

"이것만 먹으면 아쉽겠죠?"

한쪽에 드럼통이 있었다. 드럼통 안에는 장작이 활활 타오르고 있었다.

"올려요."

괴물 닭의 알을 드럼통 위에 올렸다.

"저건 괴물 닭의 알인가요?"

"맞아요. 조금만 기다려 봐요."

드럼통의 화력으로는 괴물 닭의 알이 익는 시간이 오래 걸릴 것 같았다. 그래서 나는 드럼통으로 다가가 손을 댔다.

힘을 집중해 드럼통을 달구기 시작했다.

곧 알이 쩌저적 갈라졌다.

알이 완전히 갈라지고 형태를 갖춘 닭이 모습을 드러냈다.

형태만 닭이지 거의 대형 칠면조 수준의 크기였다.

"잘 익었을 겁니다."

다리 부분을 뜯어서 김시우에게 줬다.

김시우는 뜨거운데도 다리를 뜯어 먹었다.

"이거 생각보다 고소합니다. 맛있는데요? 괴물을 먹을 수 있다 니……. 어떻게 이런 생각을……."

"이것도 요령이 있습니다. 아! 달걀은 제한적으로 제공합니다. 나중에는 괴물 닭도 분양해 주죠."

"정말이십니까?"

"거짓말이면 좋겠어요?"

"아닙니다."

"배도 부르니 조금 더 산책 좀 할까요?"

나는 이제 막 발전기가 완성된 아파트로 향했다.

아파트는 멀지 않은 곳에 있었다.

놀이터에서 뛰어노는 아이들.

그리고 철제 휠에서 열심히 달리는 괴물 닭.

"나중에는 발전기도 만들어 드리죠."

내 말에 김시우의 눈이 커졌다.

"진짜 발전기인가요?"

"엘리베이터 한번 타 보시면 알겠죠."

나는 김시우를 데리고 가서 엘리베이터를 탔다.

19층을 눌렀다. 19층에서 내려 옥상으로 갔다.

근처가 다 보이는 풍경.

김시우는 아무런 말도 안 하고 있다가 옥상에서 내게 입을
열었다.

"그동안의 무례를 진심으로 사과드립니다. 여기는 문명이 살아
있군요."

"도봉구도 문명이 살아 있는 곳이 될 수 있습니다. 같이 협력하면
은요."

'협력할 거다.'

김시우의 주머니에서 아주 작은 돌멩이 하나가 튀어나왔다.

23. 친구의 소식

나는 물론이고 김시우도 깜짝 놀랐다.

"야. 너 안 온 줄 알았잖아."

'치료자 성필 친구와 약속 지킨다.'

"수호자님. 이런 모습도 가능하신 것이었군요."

김시우의 말을 들어 보니 수호자 성인은 그동안 이런 것을 보여 주지 않았던 것 같았다.

'가능하다. 치료자 성필 친구 덕분이다.'

"내 덕분?"

'나는 많은 것을 볼 수 있다. 치료자 성필이 친구의 모습도 볼 수 있다. 나는 치료자 성필에게 많은 것을 배운다.'

"나는 너처럼 분리되거나 작아지지 않았는데?"

'치료자 성필 옆에 있는 것들을 보고 할 수 있었다.'

수호자 성인의 말을 들으면서 나도 모르게 주변을 두리번거렸다.

분명 수호자 성인은 도봉구에 있다. 그런데 어떻게 나를 살필 수 있을까? 그런 의문이 들었기 때문이었다.

하지만 아무리 둘러봐도 나를 살필 만한 것은 없었다.

"너 나를 어떻게 볼 수 있어?"

'그냥 보인다.'

이건 거짓말이다. 아니면 알려 주기 싫은 것일지도.

"너 혹시 롯데 백화점 때도 다 보고 있었어?"

'그렇다.'

"그런데 왜 안 도와줬어?"

'치료자 성필 친구가 도왔기 때문이다.'

어쩌면 수호자 성인은 많은 것을 생각하고 계획을 세웠을지도 모른다는 생각이 들었다. 그가 나섰다면 도봉구 사람들의 피해는 적었을 것이다. 일부러 이런 상황을 만든 것이 수호자 성인일지도 모른다.

'나는 인간이 아니다. 언젠가는 사라질 존재다.'

내 의문을 아는 것처럼 말하고 있었다.

그러자 김시우가 화들짝 놀라며 말했다.

"사라지시다니요?"

작은 돌 인형의 모습을 한 수호자 성인은 아무렇지 않게 대답했다.

'시작이 있으면 끝이 있다. 모든 것이 치료되는 날이 끝나는 날이다.'

이번에는 내가 의문이 들었다.

"모든 것이 치료되는 날? 그건 무슨 의미야?"

'언제 올지 모르는 날이다.'

"아니. 무슨 의미냐고?"

'그냥 치료되는 날이다.'

답답하다는 생각이 들었다. 김시우는 다른 의미에서 답답한 것 같았다.

"어디로 사라지신다는 것입니까? 우리를 버리고 가시는 겁니까?"

'안 버린다. 나는 항상 시우 곁에 존재할 것이다.'

"그럼 사라진다는 말은 무엇입니까?"

'형태만 사라질 뿐이다. 그러니 걱정하지 마라. 시우 곁에는 치료자 성필 친구가 있을 것이다.'

김시우의 표정은 불안해 보였다. 그런 김시우의 어깨를 향해 작은 돌 인형인 수호자 성인이 뛰어올랐다.

'그날은 멀었다. 지금은 치료자 성필 친구와 협력하는 것이 더 중요하다.'

김시우는 고개를 끄덕였다.

"수호자님의 뜻대로 하겠습니다."

'치료자 성필 친구.'

"왜?"

'사과도 했고 찾아도 왔다.'

"그래서?"

'이제 용서해라.'

"용서했어. 안 했으면 이렇게 구경시켜 줬겠나?"

'치료도 해 줘라.'

수호자 성인은 이 말이 하고 싶었던 것이었다. 그는 인간을 좋아하며 지키고 싶었다.

하지만 더 큰 것을 보고 과감히 버릴 때는 버리는 일도 한다.

그것이 더 많은 인간을 살리는 일이라면 어쩔 수 없다고 생각했다.

"알았다. 치료도 해 주지. 하지만 김시우 씨."

김시우가 나를 쳐다봤다.

"네. 치료자 이성필 님."

"당신이 보고 느낀 것을 그대로 전한 다음 제대로 대화를 나눌 사람들을 뽑아서 데려와요."

"제대로 대화를 나눌 사람이라면……."

"김시우 씨 혼자서 모든 것을 할 수는 없잖아요. 도봉구는 1급 능력자 10명이 의논해서 결정한다면서요."

"그렇습니다."

"부상자들 데려올 때 한두 명씩 데리고 와요."

김시우가 설명하는 것보다 직접 보고 느끼는 것이 더 낫다고 생각했다.

"그렇게 하겠습니다."

"그럼 내려가죠."

나는 김시우와 함께 내려갔다. 수호자 성인은 김시우의 주머니 속으로 들어갔다. 그것을 보면서 수호자 성인도 금비를 따라 하는 것이 아닌가 싶었다.

아파트 1층에 도착했다. 1층에는 김수호와 안지연이 기다리고 있었다.

"지금부터 김수호 총리와 안지연 부총리가 안내할 겁니다."

부총리는 총리가 임명하는 방식이었다. 김수호는 실질적으로 정부 조직을 만든 안지연을 부총리로 임명했다.

"김수호입니다."

"네. 김시우입니다."

"가시죠."

나는 김시우에게 어설프지만, 의정부 지역이 어떻게 운영되는지 보여 줄 생각이었다. 김수호를 따라가는 김시우의 주머니에서 수호자 성인이 삐죽 나와 손을 흔드는 것이 보였다.

* * *

인천 공항.

한때는 아시아의 허브를 노리는 인천 공항이었다. 하지만 지금은 곳곳에 부서진 비행기와 불탄 흔적들이 가득했다. 전쟁이 일어났던 것처럼.

그런데 인천 공항에 1만 명 정도나 되는 생존자가 있었다. 그중에는 외국인도 많았다. 대부분 외국으로 나가기 위해 공항을 찾은 사람이거나 입국하려던 사람들이었다.

인천 공항에 생존자가 많은 이유는 한 사람 덕분이었다.

모든 것이 일어난 그 날 인천 공항에 도착한 사람. 마치 이런 일이 일어날 것을 알고 있었다는 것처럼 대응했다. 그는 상황을 정리하기 위해 사람을 죽여야 할 때는 과감하게 죽였다.

2달이 넘는 기간 동안 그는 인천 공항이 있는 영종도를 장악했다.

어떻게 보면 인천 공항이 있는 곳이 섬인 영종도이기 때문에 가능한 일이었다.

영종도만 정리하면 외부에서 다른 괴물이 들어오기 힘들었다.

영종도로 들어올 수 있는 곳은 영종대교와 인천대교뿐이었다.

거기에 인천 공항에는 각종 화물이 가득했다.

먹을 것은 물론, 사는 데 필요한 것까지.

인천 지역에서는 가장 안전한 곳이었다.

"필립. 진짜로 떠나실 겁니까?"

"그를 찾아야 합니다."

인천 공항의 지배자는 미국에서 온 필립이었다.

이성필이 산 책의 저자이자 멸망을 대비하라고 했었던.

"그가 이 모든 일을 끝낼 수 있다고 생각하십니까?"

"그렇습니다. 지금도 꿈을 꿉니다."

필립은 한국어를 유창하게 하고 있었다. 그리고 그동안 필립이 주장한 것들은 모두 꿈에서 본 것이었다.

필립이 처음 미래에 관한 꿈을 꾼 것은 어렸을 적 화재 사건이었다. 누전으로 인한 화재가 났었다. 집 안에서 그대로 잠자고 있었다면 필립은 물론, 부모님과 동생까지 죽었을 것이다.

그 이후로도 몇 번의 꿈을 꿨다. 언제 일어나는지는 몰랐다. 하지만 꿈에서 일어난 일은 반드시 일어났다.

"당신이 떠나면 이곳은 또 지옥이 될지도 모릅니다."

"그래서 종역 당신을 남기려고 합니다."

필립과 대화하는 남자는 김종역이었다.

필립이 목숨을 구해 줬다. 김종역은 인천 공항을 장악하는 일을 도왔다. 당연히 힘과 능력이 강해질 수밖에 없었다.

"어디에 사는지도 모르고 이름도 모르는 그를 어떻게 찾는다는 겁니까?"

"그래도 찾아야 합니다. 찾아서 경고를 해야 합니다. 지금 일어난 일은 시작에 불과하다는 것을."

김종역은 필립에게 꽤 많은 이야기를 들었다.

처음에는 흘려들었다. 하지만 시간이 지날수록 필립의 말이 사실이라고 생각할 수밖에 없었다.

그가 말하고 대비하라고 했던 일들이 실제로 일어났으니까.

"좋습니다. 그렇다면 사람들을 더 데리고 가십시오. 달랑 3명만 데리고 가는 것은 너무 위험합니다."

필립은 고개를 저었다.

"사람이 너무 많으면 이동하는 데 시간이 걸립니다. 적은 인원으로 빠르게 움직여야 합니다."

"그가 어디 있는지도 모르지 않습니까. 여기저기 많이 돌아다녀야 할 텐데요."

"대략적인 방향은 압니다."

"어디입니까?"

"강북구청이라는 표지판이 보였습니다."

"강북구청이라. 꽤 먼 길입니다."

교통에 제대로 움직일 때는 늦어도 3시간 안에 갈 수 있는 곳이었다.

승용차로 이동하면 2시간 안에 갈 수도 있었다.

하지만 지금은 아니었다. 직선거리로만 60km 정도 되는 거리였다.

인천과 강서 그리고 종로를 지나야 했다.

그곳들을 지나가면서 어떤 종류의 괴물을 만날지도 모른다. 하지만 그보다 더 위험한 것은 괴물보다 더한 사람을 만날 수도 있다는 것이었다.

"종역. 나는 내일 떠날 겁니다. 내가 부탁한 일 잊지 마세요."

"잊지 않습니다. 목숨이 달린 일인데요."

"그래요. 금이 간 건물이나 높은 건물 그리고 땅이 조금이라도 갈라진 곳은 절대 피해야 합니다."

"알고 있습니다."

필립은 지진이 일어날 것을 예언했다.

한국에 도착하고 나서 꾼 꿈이었다. 높은 건물이 무너지고 땅이 갈라져 사람들이 죽는다.

그래서 지진이 일어나기 전에 이성필을 찾아 떠나려는 것이었다.

지진이 일어나면 영종도를 잇는 다리나 한강 다리가 멀쩡할 리가 없었다.

물은 물속에서 숨을 쉴 수 없는 사람에게 가장 위험한 곳 중 하나였다.

물속에 어떤 괴물이 있는지 알 수 없었다.

아무리 필립이라고 해도 꿈속에서 보지 않은 것을 대비할 수 없으니까.

"지진 이후 다시 복구하는 것도 잊지 마세요."

"그렇게 걱정되면 떠나지 마세요."

필립은 대답하지 않고 저 멀리 녹색으로 물든 곳을 봤다.

놀랍게도 인천 공항 근처에 괴물을 재배하는 곳이 있었다.

각종 나무와 채소는 물론, 그 옆에 닭과 오리 그리고 소도 키우고 있었다.

인천 공항 역시 자급자족이 가능했다.

물 역시 가까운 바다에서 물을 끌어 올려 증류하는 방식으로 소금기를 없애고 얻었다.

어지간한 전자기기도 수리할 수 있는 능력자가 있어서 가능한 일이었다.

이것 역시 필립이 한 일이었다.

필립도 이곳을 떠나기는 아쉽지만, 어쩔 수 없었다.

필립이 한국에 온 목적은 이성필을 찾기 위해서였으니까.

* * *

김시우와 수호자 성인이 다녀간 후, 다음 날부터 부상자를 데리고 1급 능력자가 의정부를 방문했다.

부상자는 김수호와 성민 병원 의료진이 치료했다.

이제 상처를 낫게 하는 힘을 지닌 것은 김수호뿐만이 아니었다.

몇몇 의사와 최철민 역시 김수호와 비슷한 힘을 지니게 됐다.

1급 능력자는 김시우와 같은 코스로 의정부를 구경했다.

그리고 자신들이 의정부에 비하면 원시 시대에 살고 있었다는 것을 알았다.

먹을 것을 걱정하지 않으며 전기가 들어오고 자동차가 움직인다.

그들이 더 놀랐던 것은 괴물이 사람들과 친하게 어울린다는 것이었다.

고양이 괴물이나 들개 괴물이 아이들을 등에 태우고 뛰어노는 것은 도봉구에서는 상상도 못 할 일이었다.

괴물은 그저 명령만 듣고 움직이는 그런 존재였다.

일반인이 잘못 접근하면 사고가 나기도 했었다.

도봉구에서 7일에 걸쳐 부상자와 1급 능력자가 방문했다.

이성필이 직접 나섰다면 몇백 명의 부상자는 하루 안에 치료할 수 있었다. 하지만 이성필은 그러지 않았다.

그리고 마지막 날 1급 능력자 문성우는 이성필을 만나고 싶다는 말을 했다.

* * *

문성우가 만나자고 한 것을 나는 흔쾌히 승낙했다.

하지만 고물상이 아닌 아파트 옥상에서였다.

아파트 옥상으로 가자 문성우가 기다리고 있었다. 문성우를 안내한 치안대원은 내게 인사한 다음 한쪽으로 비켜섰다.

그것을 본 문성우가 허리를 굽혔다.

"지난번 일은 사죄드립니다."

"그건 수호자 성인과 김시우 씨가 먼저 사과했습니다. 끝난 일입니다."

"그래도 제가 직접 사죄하는 것이 맞다고 생각합니다."

"알았으니까 허리 펴세요."

문성우가 허리를 폈다. 하지만 그의 표정을 그렇게 좋지 않았다.

"끝난 일이라고 말했습니다. 그렇게 안 좋은 표정 계속 지으면 서로 불편하지 않을까요?"

나는 일부러 웃었다.

그러자 문성우의 표정도 조금은 편안해진 것 같았다.

"그렇게 말해 주시니 감사합니다. 제가 치료자 이성필 님은 제대로 알지 못했습니다."

그럴 수밖에 없었다. 문성우가 본 사람들 대부분은 어떻게 해서든 자신의 이익을 먼저 생각하려고 했으니까.

아직 잘 알지도 못하는 이성필 역시 그럴 것으로 생각한 것이었다.

하지만 지금은 다르게 생각하고 있었다. 생각이 바뀐 결정적인 이유는 의정부를 본 이후였다. 자신의 이익만 생각하는 사람이었다면 의정부가 이런 모습을 하고 있지 않았을 것이다.

활기가 넘치고 서로를 배려하는 그런 모습이 보였다.

"직접 뵙고 사죄를 드려야 한다고 생각했습니다."

"그렇군요. 하지만 그 이유 때문만은 아니란 생각이 드는데요?"

이성필의 말대로였다. 문성우는 의정부를 본 다음 강렬하게 드는 느낌이 있었다.

그것을 실행하려면 이성필의 도움이 필요했다.

"역시 제가 왜 만나자고 한 것인지 아시는 것 같군요."

"이렇게 따로 만나자고 할 이유가 없는 것 같아서요. 본론을 말하시죠."

"그럼 염치불구하고 말하겠습니다. 강북구를 공격하는 데 힘을 빌려주십시오."

항상 그렇듯 이렇게 나오면 나는 물어본다.

"내가 왜 그래야 하죠?"

그런데 문성우는 당황하지 않는 것 같았다.

"제가 잘못한 것이 있으니 그렇게 나오시는 것은 이해합니다."

이건 문성우가 잘못 생각하는 것 같았다.

"아직 이해가 안 된 것 같네요. 지나간 것은 지나간 겁니다. 내가 말하는 것은 무슨 이익이 있어서 문성우 씨의 말을 들어줘야 하느냐는 겁니다."

"아! 죄송합니다. 그럼 한 가지만 더 묻겠습니다."

"물어보세요."

"치료자 이성필 님께서는 왜 노원 공격을 도와주셨습니까? 인도적인 차원이었나요?"

나는 웃음이 나왔다.

"과연 그럴까요? 내가 인도적인 차원에서 도왔을까요?"

"아닙니까?"

"아니죠. 이익이 하나도 없다면 돕지 않았겠죠."

"그 이익이란 무엇인지요."

"반쯤은 수호자 성인의 협박이기는 했지만, 수호자 성인이 내 편이 된다면 든든하겠죠. 그리고 식량 문제도 해결해 주기로 약속했는데 내 것을 퍼주고 내 사람들 굶게 할 수는 없지 않나요?"

문성우는 고개를 끄덕였다.

"나름의 이유가 있으셨군요."

"맞아요. 노원 공격을 도운 것은 어느 정도 이익이 있으니 도운 겁니다. 하지만 강북구 공격은 어떤 이익이 있는지 모르겠네요."

"이익이 있습니다."

내가 보기에 문성우는 이 말을 꺼내기 위해 물은 것 같았다.

"어떤 이익이죠?"

"노원은 그렇게 큰 세력이 없기 때문에 곧 정리될 것입니다. 우리가 강북구까지 장악하게 된다면 남쪽에 의정부를 대신해 방패막이가 될 수 있습니다."

"그건 굳이 안 도와줘도 방패막이가 되는 것 같은데요?"

수호자 성인이 있는 한 그 어떤 놈들도 쉽게 도봉구를 넘을 수 없다는 것이 내 판단이었다.

"강북구까지 영역을 확장한다는 것은 욕심 아닌가요? 노원은 그렇다 해도 도봉구도 안정화되지 않은 것 같은데."

"욕심 맞습니다. 하지만 지금이 그래야 할 때입니다."

"근거는요?"

"제 감입니다."

"감? 막연하게 감만 믿고 한다고요?"

"그렇습니다. 그 감 덕분에 전 수없이 목숨을 건졌습니다. 제 능력입니다."

나는 고개를 갸웃거릴 수밖에 없었다.

"그런 감이 있는데 왜 노원에서는 가만히 있다가 피해를 입었죠?"

"그때는 어떻게 움직여도 위험하다고 느꼈습니다. 그나마 가만히 있는 것이 낫다고 생각했고…….."

문성우는 잠시 말을 멈췄다. 그리고 나를 빤히 봤다.

"그 판단 덕분에 치료자 이성필 님의 도움으로 살 수 있었습니다."

문성우는 더는 이성필에게 숨기거나 거짓말을 하지 않기로 생각했다. 진실되게 나가야지만, 이성필의 마음을 움직일 수 있다는 것을 알았기 때문이었다.

"김 형사에게 협력하면 도움을 주겠다 말씀하셨다고 들었습니다."

"맞아요."

"하지만 전 생각이 다릅니다."

"다르다니요? 강북 공격에 도움을 주지 않으면 협력 안 하겠다는 건가요?"

"아닙니다."

앞뒤가 안 맞는 말을 하는 것 같았다.

"혹시 문명이라는 게임을 아시나요?"

"압니다."

나도 한때는 문명을 해 본 적이 있었다. 문명 4에서 게임 주제곡인 바바예투를 듣고 나서였다.

아프리카 버전의 주기도문 송이라나?

게임보다도 게임 주제곡이 더 유명하다는 말도 있었다.

"그럼 더 쉽게 이해하시겠군요. 문명 게임의 승리 조건 중에 문화 승리라는 것이 있습니다."

문성우가 무슨 말을 하려는지 짐작이 갔다.

"현재 도봉구과 의정부 사이에는 큰 문화 차이가 있습니다.

조금 심하게 말해서 석기 시대와 철기 시대죠."

문성우가 심하게 말한 것은 맞다. 청동기 시대와 철기 시대 정도일 것이다.

"도봉구는 의정부……. 아니 치료자 이성필 님의 문화에 종속될 것이 분명합니다."

나는 문성우의 말을 중간에 끊었다.

"잠깐만요. 그러니까 도봉구는 의정부에 종속될 것으로 생각하는 건가요?"

"정확하게 말해서는 치료자 이성필 님에게 종속되는 것이죠. 의정부가 치료자 이성필 님에게 종속되어 있으니까요."

문성우는 내가 생각지도 못한 말을 하기 시작했다.

"며칠 동안 의정부에 왔던 1급 능력자 중 6명이 저와 생각이 같았습니다."

도봉구를 실질적으로 이끄는 1급 능력자 10명 중 6명이 저런 생각을 한다는 것은 결론이 난 것이나 다름없었다.

"2명은 중립이고요."

더 확실해지고 있었다.

"도봉구는 단순한 종속 관계가 아니게 될 것입니다. 당장은 아니더라도 언젠가는 흡수되겠죠. 하지만 그전까지는 치료자 이성 필 님을 섬기게 될 것입니다."

빙빙 돌려서 말하지만, 내가 해석한 것은 단순했다.

"어차피 내게 종속되는 것이니 도와 달라는 거네요."

"그렇습니다. 도봉구에서 이루는 것은 모두 이성필 님의 것이나 다름없습니다."

"도와주지 않으면요?"

"그래도 상관없습니다. 하지만 가까이 있는 강력한 적을 그냥 두면 언젠가는 문제가 될 것입니다."

강력한 적이라면 문성우의 말이 맞기는 했다.

"수호자 성인이 나서도 되잖아요."

문성우는 씁쓸한 표정을 지었다.

"수호자 성인께서 움직이는 경우는 극히 드뭅니다. 말 그대로 수호를 위한 일에만 적극적으로 나서십니다."

어쩐지 노원 공격에는 안 나선다 했다.

"더군다나 도봉구에서 멀어지려고 하시지 않습니다."

이건 처음 듣는 말이었다.

수호자 성인이 도봉구에서 멀어지면 문제가 있는 것일까 싶었다.

"도와주시면 절대 손해 보는 일이 아니실 것입니다."

"조금 생각이 바뀌기는 했지만, 결정적인 것이 없네요."

"그렇게 생각하시면 어쩔 수 없겠지만……. 다시 생각해 주시기 바랍니다."

"무슨 말인지 알겠어요. 강북구 공격은 나 혼자 결정할 사안이 아닌 것 같으니 정부 인사들과 의논해 보죠."

"감사합니다."

문성우는 이 정도만 해도 이성필을 꽤 많이 설득했다고 생각했다.

문성우는 다시 허리를 숙였다.

"부상자를 치료해 주신 것과 여러 가지를 나누어 주시는 것……. 이 은혜 잊지 않겠습니다."

"거래입니다. 그만 가 보세요."

내가 손짓하자 치안대원이 다가왔다. 문성우는 치안대원과 함께 아파트 옥상에서 내려갔다.

나는 잠시 바람을 맞으며 주변 풍경을 감상했다.

더는 사람을 위협하는 괴물은 없는 곳. 사람과 괴물이 공존하는 곳이 보였다. 하지만 이런 평화도 언제까지 갈지 모른다.

운이 좋아 여기까지 왔다. 힘도 늘어났다. 운이 언제까지 좋으리가 없었다. 힘도 나보다 강한 사람이나 괴물이 존재할 수 있었다.

수호자 성인을 봐도 그랬다.

"힘을 더 키워야 할까?"

결국, 지금 이 세상은 힘이 전부였다.

그렇다고 혼자서 모든 것을 할 수는 없었다.

나는 고개를 저었다. 그리고 몸을 돌려 엘리베이터가 있는 곳으로 갔다.

* * *

도봉구 사람들의 치료가 끝나고 작물 재배에 관한 것은 별도로 협의하기로 했다.

도봉구 사람들 중에 농사를 지어 봤거나 농사에 관한 지식이 있는 사람을 뽑아서 보내면 이곳에서 교육하고 능력이 생기는지 확인한다.

발전기나 전자 제품 수리 같은 것은 대규모 농장을 만든 다음에 진행하기로 했다. 그리고 김수호를 중심으로 한 정부 주요 관리들과 회의를 가졌다. 문성우가 말한 강북구 공격 때문이었다.

나는 문성우가 한 말을 그대로 김수호와 정부 주요 관리들에게 했다.

* * *

"전 반대입니다."

내 말을 들은 김수호가 말한 것이었다.

"이유는 현재 도봉구를 지원하는 것도 벅찬 일입니다. 거기에 강북구를 공격하는 데 도움을 주는 것은 무리라고 생각합니다."

현재 정부를 대표하는 총리인 김수호가 반대하고 나서자 분위기가 가라앉았다. 하지만 부총리인 안지연은 이런 분위는 아랑곳하지 않는 것 같았다.

"지원은 기술만 하는 것입니다. 군대는 전혀 관여하지 않고 있습니다."

안지연의 시선이 국방부 장관으로 임명된 이필목에게 향했다.

"이필목 장관님은 어떻게 생각하시나요? 군대를 보내는 것은 괜찮지 않나요?"

"저와 군은 대장님께서 명령하시면 언제든지 출동할 준비가 되어 있습니다. 하지만 이득 없는 움직임은 아니라고 생각합니다. 더군다나 아무런 정보도 없이는 더더욱이요."

이필목 장관은 안지연에게 묻는 것이었다.

강북구 공격을 도우면 어떤 이득이 있는 것인지.

그리고 도봉구 쪽에서 정보를 제대로 줄 것인지.

안지연도 그것을 아는 것 같았다.

"이익을 말해 달라고 하시는 것 같네요. 제가 생각하는 이익은 미래입니다."

안지연의 말에 김수호가 고개를 갸웃거렸다.

"미래요?"

"그렇습니다. 지금까지 상황을 잘 생각해 보십시오. 처음 작은 고물상으로 시작하신 대장님 옆에 한둘씩 모이기 시작해 지금에 이르렀습니다."

모두 고개를 끄덕였다.

"대장님께서 원하시지 않는다고 해도 이것은 시대의 흐름입니다. 힘 있는 곳을 중심으로 모이는 것입니다. 그리고 힘이 있는 곳 중에는 호전적인 곳도 있을 겁니다."

안지연이 한 말의 의미를 모르는 사람은 없었다.

그녀의 말대로 경험한 것이니까.

"그렇다면 덩치를 키우는 것도 괜찮다고 생각합니다. 의정부 시민 44만 명 중에 살아남은 사람이 겨우 6천 명입니다."

포천과 철원 일대의 생존자를 합친 숫자이긴 했다.

"노원도 생존자가 몇천 명이 안 된다고 들었습니다. 노원구도 20만 명이 넘는 사람이 살고 있었습니다. 간단하게 계산해도 1프로 정도나 생존했을까요?"

많은 사람이 죽기는 했다.

"도봉구의 경우는 특이합니다. 2만 명 넘게 생존했으니까요. 그 2만 명이 온전히 우리의 힘이 된다면 다른 곳의 10배나 되는 인구를 보유하게 되는 것입니다."

안지연이 하고 싶은 말이 이것이었다. 인구 보유량.

"인구가 많으면 호전적인 곳이라 해도 쉽게 넘보지 못할 것입니다. 또한, 인구가 곧 힘이 됩니다. 대장님 덕분에 알게 된 능력을 2만 명이 사용한다고 생각해 보세요."

안지연은 잠시 말을 멈췄다. 듣는 이들이 충분히 생각할 시간을 주기 위해서였다.

"발전의 속도가 다를 겁니다. 아니 다릅니다. 문성우 씨가 말했던 석기 시대와 철기 시대처럼 차이가 날지도 모르죠. 그래서 전 미래를 생각하면 강북구 공격을 도와야 한다고 생각합니다."

안지연은 입을 다물었다. 하지만 그 누구도 반박하는 말을 하지 않았다. 모두 나를 쳐다봤다.

"이래서 여러 사람의 말을 들어 봐야 하는 것 같네요. 전 안지연 부총리의 말이 설득력 있다고 생각합니다."

모인 모두의 표정을 봐서는 안지연의 말에 설득당한 것 같았다.

김수호 역시 고개를 살짝 끄덕이고 있었다.

"하지만 이필목 장관님이 말한 대로 무턱대고 도와줄 생각은 없습니다. 도봉구에 강북구에 관한 정보를 요구하는 동시에 자체적으로 강북구의 대한 정보를 수집했으면 합니다. 이필목 장관님, 가능한가요?"

"정보의 교차 검증은 기본입니다. 그러니 가능하지 않다고 해도 해야 합니다. 그리고 가능합니다. 특수전 교육을 받은 팀이 있습니다."

이필목 장관이 원래 있던 705 특공연대는 특수전이 기본인 부대였다.

"침투와 철수를 위해 까망이와 그 부하를 지원해 주시면 더 쉽게 할 수 있습니다."

나는 옆에 있는 노 씨 아저씨를 보며 말했다.

"가능하시죠?"

"네. 가능합니다."

"그럼 정보를 수집한 다음 강북구를 공격할 규모를 정하면 되겠네요."

내 말에 김수호가 물었다.

"대장님. 결정하신 겁니까?"

"미래를 생각하면 해야 한다고 하는데 해야죠. 대신, 할 때는 확실하게 합시다. 정보를 수집해서 최대 규모로 단숨에 끝내는 것으로요."

"알겠습니다. 그렇게 결정하셨으면 준비하겠습니다."

김수호의 눈이 반짝였다.

하지만 내 말은 아직 안 끝났다.

"도봉구 측과 협의하실 때 한 가지 조건을 더 걸었으면 합니다."

"어떤 것을……."

"강북구에서 얻는 전리품의 절반은 우리 겁니다."

"좋은 생각이십니다. 미래를 생각해서 하는 일이라고 하지만 지금 당장 얻는 이익도 필요하니까요. 그런데 전리품의 기준을 어디까지 생각하시는지."

김수호가 무엇을 묻는지 짐작이 갔다.

"포로로 잡은 능력자도 포함입니다."

도봉구에서는 포로로 잡은 능력자를 어떻게 할지 모른다.

하지만 이곳에서는 한 가지뿐이었다.

힘과 능력을 빼앗고 노역을 시킨다.

그들의 힘을 빼앗으면 내 힘이 늘어난다. 동시에 노동력도 생긴다.

"그럼 도봉구 측과 협의를 진행하세요."

"알겠습니다."

내가 일어나자 모두 일어났다.

이제 강북 지역의 절반 이상을 장악하는 일이 시작되고 있었다.

* * *

강북구 공격에 관한 회의를 하자는 연락에 문성우와 김시우는 의정부로 달려왔다.

회의는 김수호 총리, 안지연 부총리 그리고 이필목 장관과 성민 병원에서 하게 됐다.

"생각보다 빨리 오셨네요."

안지연의 말에 문성우가 고개를 숙였다.

"당연히 빨리 와야지요."

고개를 든 문성우는 누군가를 찾는 듯 두리번거렸다.

"저기……. 치료자 이성필 님께서는……."

문성우의 말에 안지연은 표정을 굳히며 말했다.

"이런 일에 대장님께서 직접 나서지는 않습니다. 아직도 이해를 못 하시는 것 같네요. 대장님은 문성우 씨 당신과 격이 다릅니다. 격이."

문성우는 다시 고개를 숙였다.

"죄송합니다. 그저 얼굴 한 번 더 뵙고 싶었을 뿐입니다."

"그렇다면 상관없지만요. 그럼 강북구 공격에 관한 회의를 시작해 볼까요? 앉으세요."

문성우와 김시우는 빈자리에 앉았다. 그러자 김수호가 입을 열었다.

"회의 끝에 강북구 공격을 돕는 것으로 결정이 났습니다. 하지만 대장님께서 허락하셨으니 가능한 일입니다. 그건 알아 뒀으면 합니다."

"물론입니다."

"저는 회의를 주관할 뿐 상세한 내용은 여기 안지연 부총리와 이필목 국방부 장관께서 말하실 겁니다. 안지연 부총리."

안지연이 김수호의 말을 이어받았다.

"먼저 강북구 공격을 돕는 것에 대해 도봉구 쪽에서는 어떤 대가를 주실 수 있는지 말해 주셨으면 합니다."

안지연의 말에 문성우와 김시우는 황당한 표정을 지었다.

문성우가 곧 입을 열었다.

"대가라니요? 어차피 도봉구는 치료자 이성필 님을 따르게 됩니다."

안지연이 문성우의 말을 끊었다.

"아직 완전히 따르는 것은 아니지 않습니까."

"강북구 공격이 성공하게 되면 그렇게 될 수밖에 없습니다."

노원 롯데 백화점 공격을 이미 도운 상황에 강북구 공격까지 의정부에서 돕게 되면 사람들은 의정부를 도봉구보다 더 강하다고 생각할 수밖에 없었다.

이미 노원 롯데 백화점 공격과 의정부의 식량 재배 기술에 관한 이야기가 도봉구 사람들 사이에서 퍼져 나가고 있었다.

"아직 일어나지도 않은 것을 가지고 그렇게 말하는 것은 아니라고 생각합니다. 정식으로 문서로 남겨야지요. 그리고 군대를 움직이는 일에는 항상 비용이 발생합니다. 어떤 방식으로든지요."

안지연의 말에 문성우는 표정을 굳혔다.

"지금 전쟁 비용을 내라는 겁니까?"

"그렇습니다."

문성우는 물론, 김시우까지 어이가 없었다.

문성우가 말하기 전에 김시우가 끼어들었다.

"도봉구에서 비용을 지불할 수 없다는 것을 알고 있지 않습니까! 가난한 자에게 무리하게 빼앗아 더 가난하게 만들 생각인 겁니까? 그런 식으로 지배하겠다는 것으로밖에 들리지 않습니다만."

"그렇게 생각하면 어쩔 수 없죠. 하지만 잘 생각해 보세요. 도봉구를 가난하게 만들 생각이었다면 식량 재배 기술을 전해 주지 않았을 겁니다."

"그건 치료자 이성필 님의 뜻이니 따를 수밖에 없는 것 아닌가요? 당신들은 다른 뜻을 지닌 것 같이 들립니다."

김시우의 말에 김수호와 안지연의 표정이 안 좋아졌다.

김수호가 조금 높아진 목소리로 말했다.

"지금 우리가 대장님의 뜻과는 다르게 말한다는 겁니까?"

"그런 것 아닌가요? 잘못된 충성?"

쾅.

이필목 장관이 책상을 치는 소리였다.

"그렇게 나오면 싸우자는 소리로밖에 안 들립니다. 양쪽

다 조금 진정하시죠. 그리고 안지연 부총리의 말을 끝까지 좀 들읍시다."

이필목 장관의 말에 김시우는 입을 다물었다. 그러자 안지연이 말했다.

"강북구 공격은 현재 도봉구에 더 많은 이익이 있습니다. 단순히 도봉구가 대장님 밑으로 들어온다는 것만으로는 군대를 움직일 이유가 되지 않습니다."

안지연은 이성필과 회의할 때와는 다른 태도를 보이고 있었다.

"더군다나 바로 대장님 밑으로 들어오는 것도 아니고요."

문성우는 한숨이 나왔다.

"하아. 그래서 전쟁 비용을 어떻게 내라는 것입니까?"

문성우는 의정부에서 아무런 조건 없이 도와줄 것으로 생각하고 그냥 온 것이 실수라는 것을 알았다.

어차피 도봉구의 모든 것이 이성필의 것이 된다는 사실 하나만으로 잘될 줄 알았기 때문이었다.

"그것을 왜 우리에게 묻습니까? 도봉구 측에서 제시를 해야지요."

"그래도 원하는 것이 있을 것 아닙니까?"

안지연은 고개를 저었다.

"회의를 할 준비가 전혀 되어 있지 않으시군요. 잠시 시간을 드릴까요? 아니면 다른 날 다시 회의를 잡을까요?"

문성우의 감각이 움직였다. 두 가지 중 한 가지를 선택해야 한다면 시간이 걸리더라도 지금 결정해야 한다는 것을.

"시간을 좀 주시죠. 김시우 형사와 의논 좀 하겠습니다."

"그렇게 하시죠. 옆 방이 비어 있습니다."

문성우와 김시우는 안지연의 안내에 따라 옆방으로 이동했다.

* * *

옆방에 들어오자마자 김시우는 울분을 터뜨렸다.

"이건 갑질이나 다름없지 않습니까."

하지만 문성우는 차분했다.

"갑질이라고 생각하면 갑질이겠지. 하지만 우리에게 선택권이 있나? 강북구를 우리 힘만으로 공격하기 힘든 것은 사실이지 않나."

"그래도 수호자 성인 님과 친구인 치료자 이성필 님이 결정한 일이지 않습니까."

"김 형사도 잘 알면서 그렇게 나오나. 우리도 그렇지 않나. 수호자 성인께서 결정한 일도 우리끼리 의견이 분분했던 것을."

"그러니까 더 답답한 겁니다. 이곳도 그런 것 같아서요."

"그렇지는 않은 것 같아. 일단 이곳은 조직이 탄탄하지."

"탄탄하면 뭐 합니까."

"화를 낼 것이 아니라 잘 생각해 보자고. 치료자 이성필 님께서 결정하셨다 해도 실질적으로 움직이는 사람들 입장에서는 어려운 점이 있을 수 있어. 군대를 움직이는 데는 비용이 드는 것은 당연한 말이야."

김시우도 화를 가라앉혔다.

"그래서 비용을 어떻게 지급하겠다는 겁니까. 롯데 백화점에서 얻은 것을 내놓을까요?"

"이미 많은 것을 사람들에게 줬네. 그것을 다시 빼앗는 것은 말이 안 되지."

"그렇다면요?"

"얻을 것을 내놔야지. 강북구에서 얻는 것의 30프로를 내놓는다고 말할 생각이야. 김 형사 생각은 어때?"

"30프로로 만족할까요?"

"최대 50프로까지 생각해야지."

"반반이라. 그 정도면 괜찮지 않을까 싶네요."

"대신 우리도 요구를 해야겠지. 어떤 요구를 하면 좋겠나?"

김시우는 잠시 생각하더니 말했다.

"최대한 많은 전력을 지원해 달라고 해야죠. 롯데 백화점 때보다 더 많은 전력을요."

"치료자 이성필 님은 참여 안 하실지도 모르네."

"그만큼 채울 전력을 요구하면 됩니다."

"좋네. 그럼 정리해 보자고."

문성우는 최소 30프로에서 최대 50프로의 전리품 배분과 최대 전력을 약속받는 것을 김시우에게 말하며 결정했다.

둘은 방에서 나와 다시 회의실로 갔다.

* * *

"그래서 결정하셨습니까?"

문성우와 김시우가 자리에 앉자마자 김수호가 물었다.

문성우는 고개를 끄덕이며 말했다.

"현재 도봉구에서 먼저 줄 수 있는 것은 없습니다. 그래서 강북구
에서 얻는 것의 30프로를 전쟁 비용으로 가져가셨으면 합니다."

문성우의 제안에 안지연이 대답했다.

"너무 작은 양이군요. 도봉구에서는 피해를 줄이기 위해 많은
전력을 요구하실 것 같은데요."

문성우의 표정이 굳어졌다. 김시우가 어이없다는 표정을 하며
말했다.

"혹시 우리 대화를 들은 겁니까?"

안지연은 미소를 지었다.

"그 정도는 듣지 않아도 예상할 수 있습니다."

이미 최대 전력을 투입하기로 결정되어 있었다. 하지만 안지연은
그것을 감춘 상태로 최대한 많은 것을 얻어낼 생각이었다.

문성우는 김시우의 팔을 잡으며 말했다.

"그럼 얼마나 생각하십니까?"

"60프로입니다."

"말도 안 됩니다. 40프로로 하시죠."

"55프로까지는 저도 생각해 보겠습니다. 대신 최대 전력을 보내겠습니다."

"45프뢴 그 이상은 안 됩니다. 강북구 생존자를 데려와서 먹이고 입히는 데 들어가는 것이 생각보다 많습니다."

도봉구는 수호자 성인의 뜻에 따라서 힘없는 사람들을 데려와 보호하는 것이 주된 목적이었다.

안지연은 바로 대답하지 않았다. 자리에서 일어나더니 김수호에게 다가가 귓속말을 했다. 그러자 김수호가 고개를 끄덕였다.

김수호의 동의를 얻은 안지연은 자리로 돌아와 앉았다.

"좋습니다. 45프로."

45프로란 말을 들은 문성우는 기뻐할 수가 없었다.

너무 쉽게 결정이 난 것 같았기 때문이었다.

"대신 강북구의 능력자 포로는 모두 의정부에서 데려가겠습니다."

원래 이성필이 말한 것은 절반이었다.

하지만 안지연은 이성필을 위해 모두를 데려오고 싶었다.

안지연의 생각을 김수호도 동의했다.

이성필이 이익을 얻는 것이기 때문이었다.

"그건 안 됩니다. 우리도 능력자 포로를 전향시켜 전력을 강화해야 합니다."

지금까지 도봉구에서 진행한 방식이었다.

일반인의 진술과 일정 기간 동안 감시를 통해 그동안 힘을 엉뚱한 곳에 사용했다 해도 쓸 만한 사람이라면 받아들인다.

하지만 안지연은 도봉구의 약점을 너무 잘 알고 있었다.

"그렇다면 앞으로 진행되는 대규모 농장에서 나오는 수확물의 75프로를 주시면 됩니다."

"……."

호원동과 도봉구 일대에 만들어지는 대규모 작물 재배 농장에서 나오는 수확물은 절반씩 나누어 가지기로 했다.

어떻게 보면 파격적인 조건이었다. 기술도 제공해 주고 안전한 씨앗도 제공해 준다. 처음에는 그저 씨앗을 심고 잘 자라는지 돌보기만 하면 된다. 쉽게 말해 땅 짚고 헤엄치기였다. 그런데도 절반을 받기로 한 것이었다.

하지만 25프로로 줄어 버리면 문제가 생긴다. 더 늘어난 도봉구 사람들을 풍족하게 먹일 수가 없었다. 여기서 풍족하게란 적어도 하루 2끼 이상을 말하는 것이었다.

"선택권이 없군요."

문성우는 그냥 두 손 들기로 했다.

더 협상을 하려고 했다가는 다른 문제가 생긴다는 것을 알았기 때문이었다. 하지만 마지막으로 한 번 더 조건을 말해 보기로 했다. 어차피 안 된다는 생각으로.

"강북구에서 얻는 것의 40프로. 그리고 힘 있는 사람은 전부 데려가십시오."

힘 빠진 목소리였다. 안지연이 안 된다고 말하려 했다. 그런데 김수호가 끼어들었다.

"그렇게 하시죠. 농장은 기존에 협의한 대로 진행될 겁니다."

안지연이 못마땅하다는 표정을 지었다. 5프로를 놓친 것이 아까웠기 때문이었다. 하지만 이 회의의 대표이자 총리인 김수호가 말한 것을 바꿀 수는 없었다.

"정말이십니까?"

"네. 기본 협의는 된 것 같으니 다음은 이필목 장관님."

이필목은 고개를 살짝 숙인 다음 입을 열었다.

"강북구에 관한 정보를 주셨으면 합니다. 동시에 우리 쪽에서도 정찰대를 파견할 겁니다."

"당연합니다. 저희가 아는 강북구에 관한 정보는 다 드리겠습니다."

"언제까지 가능할까요?"

"지금 당장 가능합니다."

문성우와 김시우는 처음부터 강북구에 관한 정보를 알려 줄 생각으로 정리를 해 왔다. 김시우가 품에서 종이를 꺼냈다.

그 종이에는 그동안 도봉구에서 조사한 강북구에 관한 정보가 적혀 있었다.

김시우가 이필목에게 종이를 가져다줬다.

이필목은 종이를 보며 문성우와 김시우에게 질문하기 시작했다.

필립은 3명을 데리고 인천 공항을 떠나 영종 대교를 건넜다.

그대로 고속화도로를 따라 이동했다. 고속화도로를 따라가다 보면 행주대교나 방화대교를 만날 수 있었다.

고속화도로에도 괴물이 꽤 있긴 했다. 하지만 필립 일행을 막을 정도는 아니었다.

필립 일행은 인천과 서울의 경계에 도달했을 때 멈췄다.

일행 중 한 명이 필립에게 물었다.

"필립. 왜 그러십니까?"

"저기 저것이 보이십니까? 뭐로 보이십니까?"

필립이 가리키는 것을 일행은 봤다.

"검은 구름인 것 같습니다."

"저건 구름이 아닙니다. 그리고 그 사람이 강북구에 나타날 징조이기도 하죠."

필립은 꿈에서 저 검은 구름을 봤었다. 검은 구름이 북동쪽으로 움직이고 있었다.

* * *

강북구 공격에 관한 일이 진행되고 있을 때 나는 궁금해서 이필목 장관이 있는 곳에 들렀다.

이필목 장관은 나를 보자 벌떡 일어났다.

상황을 보니 강북구에 정찰대를 보내려 하는 것 같았다.

"잘되어 가고 있나요?"

"네. 그렇습니다."

한쪽 벽면에 여러 명의 이름이 적혀 있었다. 가장 가운데 크게 적힌 이름이 눈에 띄었다.

나는 그 이름을 보고 표정을 굳힐 수밖에 없었다.

내가 아는 이름이었다.

"이현진이 강북구를 장악한 우두머리인가요?"

이필목 장관이 대답했다.

"그렇습니다."

이현진이란 이름 옆에는 전의 직업도 적혀 있었다.

중식당 자금성의 사장.

"이필목 장관님."

"네. 대장님."

"정찰대에 저도 같이 가야겠습니다."

"네?"

"아무래도 제 친구인 것 같네요."

이필목 장관은 황당한 표정을 짓고 있었다.

하지만 나는 말을 바꿀 생각이 없었다.

사진은 없다. 하지만 아무리 봐도 정황이 내 15년 지기 친구 현진이었다.

강북구청 근처에서 자금성이란 이름의 중식당을 운영하는 곳은 한 곳뿐이었다. 그리고 그 사장의 이름이 똑같은 현진일 확률을 보자면 틀림없었다.

"대장님께서 직접 가실 필요는 없습니다. 친구분이시라면 저희가 최대한 피해가 가지 않도록 해서 모셔 오겠습니다."

"아니요. 여기 적힌 것을 보니 그렇게 하다가는 우리가 큰 피해를 볼 것 같네요."

현진이의 능력은 불을 다루는 것이었다. 최근에 목격한 바에 의하면 무슨 마법사처럼 손에서 불을 일으켜 날리기까지 한다고 했다. 그리고 현진이는 자신의 영역에서 왕과 같았다. 귀족이 있고 평민이 있으며 노예가 있다.

나는 적힌 자료를 보면서 도저히 이 사실을 믿을 수가 없었다. 장난기가 많고 외골수적인 면이 있다. 하지만 속은 그 누구보다 정이 많았다.

"왜 도봉구에서 강북구 공격을 도와 달라고 했는지 알 것 같네요."

강북구는 현진이를 중심으로 체계가 탄탄했다.

외부의 공격에도 대응이 잘되는 것 같았다. 그리고 가장 큰 문제는 현진이었다.

근거리부터 원거리까지 현진이는 불로 공격이 가능했다.

더군다나 현진이가 날린 불을 맞으면 잘 꺼지지 않는다.

"이건 반대해도 합니다. 내 친구가 이런 짓을 저질렀으리라고 생각하지 않아요."

그리고 또 다른 자료. 사람들을 모은 다음 모두가 보는 앞에서 수백 명을 태워 죽였다.

그뿐만 아니었다. 도봉구 자료에 의하면 현진이는 폭군 그 자체였다.

나는 이 자료를 믿을 수 없었다. 아니 믿기 싫었다.

그래서 현진이를 직접 만나서 확인하고 싶었다.

"그렇게 아세요."

나는 단호하게 말한 다음 나갔다.

* * *

고물상에 있으면서 현진이 생각을 했다. 그런데 노 씨 아저씨와 이연희 등의 움직임이 이상했다.

평소와 똑같이 행동하는데 느낌이 달랐다.

무언가를 감추는 것 같았다.

노 씨 아저씨가 고물상을 나가더니 한참 뒤에 돌아왔다.

그리고 나를 찾아왔다.

"정찰대 이야기를 들었습니다."

"이필목 장관이 말했군요."

"네. 저에게 대장님을 막아 달라고 하더군요."

나는 그냥 웃었다. 그것을 본 노 씨 아저씨도 웃었다.

"그러실 줄 알았습니다. 대장님도 한 고집 하시거든요."

"이건 고집이 아닙니다."

"그래서 정찰대를 최정예로 편성하라고 했습니다. 저와 이연희
도 같이 갈 겁니다."

"혼자 가고 싶어요."

"그건 안 됩니다. 그리고 정찰대 편성까지 2~3일 걸린다고
합니다."

"그래요? 좀 오래 걸리네요? 도봉구는 2주 안에 공격하기를
원하지 않았나요?"

"그건 그쪽 의견일 뿐입니다. 정찰을 한 다음 충분한 계획을
세워 공격해야 합니다. 제가 보기에는 적어도 3주는 걸립니다."

"그렇군요."

맞는 말이긴 했다. 그런데 무언가 찜찜했다.

노 씨 아저씨가 내게 말하지 않은 것이 있거나 숨기는 것이
있는 것 같았다.

자꾸 내 눈을 피하려다가 참는 것 같았기 때문이었다.

"그럼 정찰대가 편성될 때까지 기다리죠."

"알겠습니다."

노 씨 아저씨가 나갔다.

나는 한참을 생각하다가 일어났다. 그리고 아무렇지 않게 같이
저녁을 먹고 이야기를 나누다가 잠을 자러 들어왔다.

하지만 잠을 자지는 않았다.

밤이 깊어가고 보안등만 켜진 새벽.

나는 조용히 일어났다. 고물상 마당으로 나가 개천가 쪽으로 움직였다. 아방토가 나를 발견하고는 나뭇가지를 흔들었다.

나는 아방토에게 다가가 조용히 말했다.

"가만히 있어. 나갔다 올 테니까. 여기 잘 지키고."

'주인 말 잘 들어요.'

아방토는 나뭇가지를 또 흔들었다.

나는 개천가로 내려갔다. 그리고 개천을 따라 남쪽으로 걸어갔다. 개천가에는 등이 들어오지 않아 어두웠다. 조심스럽게 움직이면 들키지 않을 수 있었다.

하지만 고양이와 들개가 문제였다. 이곳을 그냥 방치하지는 않았다. 주기적으로 고양이와 들개가 돌아다니면서 개천가에서 나타나는 괴물을 사냥했다. 힘을 감추고 움직인다 해도 기척과 냄새에 민감한 고양이와 들개를 피할 수는 없었다.

조용히 걸어가는데 고양이가 먼저 나를 느끼고 다가왔다.

하지만 그뿐이었다. 나에게 머리를 내밀며 몸에 비볐다.

나는 머리를 쓰다듬어 주고 다시 발걸음을 옮겼다.

새벽이라 순찰을 도는 치안대원이 적어서 다행이었다. 치안대원을 만나는 순간 내가 있다는 것은 바로 보고될 테니까.

고물상에서 좀 멀어지자 나는 발걸음을 빨리했다. 그렇다고 뛸 수는 없었다. 뛰면 기척이 멀리까지 들리고 고양이와 들개들이 몰리기 때문이었다.

아무리 치안대원이 적다 해도 고양이와 들개가 몰려들면 들킬 수밖에 없었다.

한참을 걸어서 회룡 근처에 도착했다. 이대로 가면 도봉구까지
갈 수 있었다. 하지만 이 근처는 더 경계가 철저했다. 각종 장애물에
조금이라도 건드리면 소리가 들리는 부비트랩까지. 더군다나 경계
초소까지 있었다.

이곳은 아무리 조심한다 해도 들키지 않고 빠져나갈 수가 없었다.

그래서 경계 초소로 다가갔다. 아니나 다를까 경계 초소에서
바로 반응했다.

"정지! 뻐꾸기."

"고생들 많아요. 경계를 잘하는지 고생은 안 하는지 보러 왔어
요."

경계 초소에 있던 군인들은 내 말을 안 믿는 것 같았다.

"움직이면 쏩니다. 뻐꾸기."

저 뻐꾸기라는 말은 암구어가 분명했다. 어두운 밤이나 얼굴을
모르는 아군이 접근했을 때 서로 같은 편이라는 것을 알려 주는
단어였다.

뻐꾸기라고 말하면 나는 답어를 말해야 했다.

하지만 나는 암구어를 몰랐다. 지금까지 알 필요도 없었고.

"이성필입니다. 플래시가 지급됐을 텐데 확인해 봐요."

야간 군용 플래시도 조금씩 수리해서 지급하고 있었다.

"진짜이십니까?"

아무래도 간단하게 해결해야 할 것 같았다.

나는 정신 조종 능력을 끌어올렸다.

"이성필이 맞습니다. 내가 이곳을 지나간 것을 아무에게도 알리지 마요."

군인의 대답이 들렸다.

"알겠습니다."

나는 바짝 얼어 있는 두 명의 군인이 있는 경계 초소를 지나쳤다. 꽤 가깝게 지나칠 수밖에 없었다. 두 명의 군인은 가까이서 내 얼굴을 확인했는지 놀라움에 눈이 커졌다.

경계 초소를 지났다. 이제는 빠르게 달려도 된다.

나는 다리에 힘을 주고 달리기 시작했다.

그런데 얼마 가지 못해 멈출 수밖에 없었다.

누군가 앞에 있다는 것을 알았기 때문이었다.

속도를 늦추고 경계하는 순간 목소리가 들렸다.

"거봐요. 오빠 이쪽으로 올 거라고 했죠?"

이연희의 목소리였다.

"그러게. 이쪽으로 오셨네."

이번에는 노 씨 아저씨의 목소리였다.

나는 천천히 두 사람에게 다가갔다.

"어떻게 이곳에 있어요?"

내 물음에 노 씨 아저씨가 대답했다.

"대장님이 빠져나가시는 것을 연희가 보고 제게 알렸습니다."

"그럼 뒤에서 와야 하지 않아요?"

"저희는 굳이 개천가를 따라서 오지 않아도 되죠. 이필목 장관에게 알리고 빠르게 움직였습니다."

어떻게 나보다 늦게 출발했는데도 빠르게 내 앞에 있는지 알 것 같았다.

"그래서 못 가게 막으실 건가요?"

나는 노 씨 아저씨와 이연희가 나를 데려가려고 온 줄 알았다.

그런데 노 씨 아저씨와 이연희는 내 생각과 다른 말을 했다.

"나는 오빠 따라가려고 왔는데요?"

"어차피 대장님 막을 수 없다면 제가 옆에서 모시겠습니다."

"세 명이 같이 다니면 의심받을 것 같은데요?"

내 말에 노 씨 아저씨는 고개를 저었다.

"그 반대일 겁니다."

"왜요?"

"대장님은 힘을 숨기고 친구분을 만나실 생각 아니십니까."

"맞아요."

"의정부에서 강북구까지 아무런 힘도 없는 사람이 멀쩡하게 갈 수 있다고 생각하는 사람은 없을 겁니다."

생각해 보니 노 씨 아저씨의 말이 맞았다.

현진이를 만나서 내가 알게 된 것들이 진실인지 확인하고 싶은 마음에 다른 것은 생각하지 못한 것 같았다.

"저와 연희가 대장님을 보호한 것처럼 꾸미면 어떨까요?"

"좋은 생각이네요. 그런데 한 가지 궁금한 것이 있네요."

"네. 대장님."

"정찰대 2~3일 후에 가는 것 아니죠?"

노 씨 아저씨는 슬쩍 고개를 돌렸다.

"아저씨?"

노 씨 아저씨가 다시 나를 봤다.

"이미 출발했습니다. 지금쯤 강북구에 도착했을 겁니다."

* * *

허창수 상사와 고우민 하사 그리고 이성민 하사는 노원 롯데 백화점 부근을 통과해 창동으로 움직였다.

창동을 넘어가면 바로 강북구였다. 창동을 넘어가자마자 허창수 상사 팀은 몸을 숨길 수밖에 없었다.

사람들이 드럼통에 불을 피우고 곳곳에 횃불을 꽂아 놓아 주변을 환하게 밝히고 있었기 때문이었다.

다른 우회 루트로 갈 수도 없었다.

현재 안전하게 강북구로 침투할 방법은 노원 롯데 백화점에서 살아남은 사람으로 위장하는 것이기 때문이었다.

대부분 창동을 넘어 강북구로 가고 있었다.

허창수 상사는 손짓으로 무전기 같은 것은 숨기라는 지시를 내렸다.

고우민 하사와 이성민 하사는 권총과 무전기를 건물 잔해 밑에 숨겼다. 그리고 세 사람은 무기 등을 숨긴 곳에서 조금 떨어진 곳까지 조심스럽게 이동한 다음 태연하게 불 가에 있는 사람들을 향해 걸어갔다.

세 사람이 접근하자 불 가에 있던 사람들이 석궁과 양궁 활을 겨눴다. 그리고 자연스럽게 소리쳤다.

"무기가 있으면 바닥에 내려놓고 양손을 머리 위에 올리고 천천히 다가와라."

세 사람은 그들이 시키는 대로 검과 몽둥이를 바닥에 내려놓은 다음 양손을 머리에 올리고 걸어갔다.

불 가 근처에 다다르자 검문소를 운영하는 이들이 소리쳤다.

"멈춰."

세 사람이 멈추자 질문이 시작됐다.

"어디서 오는 거지?"

허창수 상사가 대답했다.

"노원."

"누구 밑에 있었나?"

"강찬 밑에."

"임성수 밑이 아니라?"

"정확하게 말하자면 강찬이지. 임성수 그 새끼는 말만 했지 진짜 움직인 사람은 강찬이잖아."

이건 노원 롯데 백화점에 머물렀던 사람이라면 다 아는 사실이었다. 노원 롯데 백화점 생존자 중에 강북구로 넘어간 사람이 있다면 알 수 있었다.

"그래? 강찬은 죽었나?"

"나도 몰라. 백화점에 남았다가 이상한 괴물들이 쳐들어와서 도망쳤었어."

"겁쟁이군."

허창수 상사는 피식 웃었다.

"너도 거기 있었으면 똑같이 행동했을 거다. 작은 건물만 한 고양이가 앞발로 툭툭 치면 그냥 쓰러진다."

허창수 상사의 말에 불 가에 있는 이들이 반응했다.

"하기는 진짜 괴물 같았다며?"

"닭은 봤나?"

"봤지. 엄청 빠르더군. 더군다나 날갯짓으로 떠올라 발과 부리로 공격하는 데……. 어후."

허창수 상사는 포천에서 닭 괴물과 싸울 때를 생각하고 몸을 부르르 떨었다. 그때는 진짜 악몽 같았다.

"이 새끼들 진짜 같네. 다른 놈들하고 말하는 것이 비슷해."

"그러네."

불 가에 있는 이들은 조용하게 무언가 의논하더니 허창수 상사 팀에게 말했다.

"여기 온 이유는?"

"당연히 강북구 식구가 되고 싶어서지."

"그래? 그런데 노원에서 놀던 때를 생각하고 행동하다 죽을 수 있는데 괜찮겠어? 다른 곳으로 가도 되는데."

"갈 곳이 어디 있다고……. 도봉구는 우리를 죄인 취급하잖아. 그나마 근처에서 가장 큰 집단이 강북구인데."

"좋아. 해가 뜨기 전까지 이곳에서 머물다가 평가소로 보내 주지. 그 전에 손을 올려."

허창수 상사 팀은 손을 올렸다. 그러자 불 가에 있는 이들 중 몇 명이 쇠사슬을 가지고 다가왔다. 그리고 세 사람의 양손을 칭칭 감았다. 그들은 세 사람을 불 가로 데려갔다.

"잘 들어. 들어 봤는지 모르겠지만, 이곳은 평가소라는 것이 있어. 그곳에서 간단하게 평가를 한 다음 계급을 정해 줄 거야."

허창수 상사는 고개를 끄덕이며 다음 말을 기다렸다.

"능력에 따라 계급을 주는데 아무리 능력이 좋아도 1등급 시민 이상은 될 수 없어. 무조건 평민부터 시작이지."

"들었어. 하지만 능력만 좋다면 귀족도 될 수 있다며?"

"당연하지. 하지만 그건 어려울 거야. 귀족은 왕께서 임명하셔야 지만 되거든."

이들은 이현진을 왕으로 부르고 있었다.

"너희들 눈을 보니 잘하면 1등급 시민 자격을 얻겠네."

허창수 상사는 물론, 고우민이나 이성민의 눈을 진한 붉은색이었다.

"2등급부터 경비대에 지원할 수 있다. 또는 귀족 밑으로 들어갈 수 있지."

"들어는 봤는데 재미있군. 귀족은 남작부터라며?"

"맞아."

"더 자세히 설명해 줄 수 있나?"

"아직 해가 뜨려면 멀었으니 말해 주지. 심심한데."

남자는 강북구 귀족에 관해 말하기 시작했다.

창동 검문소에 허창수 상사 팀은 기본적인 내용을 들었다. 그렇게 큰 비밀은 아니었기에 들을 수 있는 것이었다.

평민 위에 있는 귀족.

남작은 50명의 능력자를 부하로 둘 수 있었다. 그리고 작은 영지 같은 개념의 구역을 받는다.

남작 위는 백작이었다. 백작은 100명의 능력자를 부하로 둔다. 백작 역시 영지가 있었다. 백작은 10명의 남작을 관리한다.

백작 위는 후작이다. 200명의 능력자를 부하로 두면서 5명의 백작을 관리한다. 후작 위에 한 명뿐인 공작은 500명의 능력자를 부하로 두고 2명뿐인 후작을 관리한다.

이 모든 정점에는 이현진이란 왕이 있었다. 왕 밑에 직속 근위대가 500명이 있었다.

허창수 상사는 강북구에 힘 있는 능력자가 약 2,500명 정도 있다는 것을 알았다. 현재 남작이 10명, 백작이 5명, 후작이 2명 그리고 공작이 1명이기 때문이었다. 이미 알고 있던 정보와 같았다.

해가 뜨자 검문소 교대 인원이 도착했다.

허창수 상사 팀은 쇠사슬에 손이 묶인 상태로 움직였다.

그리고 평가소에 도착했다.

* * *

평가소에는 허창수 상사 팀만 있는 것이 아니었다. 어제부터 곳곳에서 모인 사람들이 있었다. 그 인원이 약 50명이었다.

"만나서 반갑다. 나는 평가소를 운영하는 김태익 남작이다. 저 안으로 들어가라."

김태익 남작이 가리키는 곳은 원형 철조망으로 둘러싸인 경기장이었다. 꽤 넓긴 했어도 50명이 들어가면 절반 정도는 찰 정도였다.

"빨리 안 들어가!"

김태익 남작이 소리치자 남자 여자 할 것 없이 철조망 안으로 들어갔다.

그러자 하나뿐인 문이 닫혔다. 그리고 쇠사슬로 묶었다.

그제야 김태익 남작은 웃으며 말했다.

"평가 기준은 간단하다. 살아남아라. 오늘은 기분이니 절반만 살아남으면 된다."

평소 같았으면 10명만 살아남을 때까지 싸우라고 했을 것이다.

하지만 도봉구의 세력이 커지니 인원을 조금 더 늘리라는 지시 때문에 절반이나 뽑는 것이었다.

"안 죽여? 그럼 다 죽는다."

김태익 남작의 말에도 모두 머뭇거렸다.

그것을 본 김태익 남작이 옆에 있는 부하의 활을 빼앗듯 들었다. 그리고 화살을 날렸다.

시잉.

정확하게 한 남자의 머리를 뚫고 지나갔다.

소리도 지르지 못하고 남자는 그대로 쓰러졌다. 허무한 죽음이었다. 죽은 남자 역시 어느 정도 힘과 능력은 있었다.

하지만 김태익 남작의 힘을 막을 정도는 아니었다.

"누구부터 또 죽여 줄까!"

김태익 남작의 말에 사람들이 움직였다. 아는 사람들끼리 뭉치기 시작한 것이었다.

허창수 상사 팀도 예외는 아니었다. 허창수 상사는 고우민 하사와 이성민 하사에게 조용하게 말했다.

"먼저 공격하지 않는다. 공격하는 놈들만 확실하게 상대한다."

허창수 상사 팀이 철조망 근처로 이동했다. 하지만 김태익 남작이나 그 부하들은 그것을 그대로 놔두지 않았다.

뒤에서 창으로 찔렀다.

어쩔 수 없이 경기장 중앙으로 갈 수밖에 없었다.

그리고 항상 그렇듯이 약해 보이는 사람들이 먼저 공격을 받았다. 그것도 남자 2명에 여자 4명인 집단이.

딱 봐도 남자 2명이 여자 4명을 보호하고 있었다. 여자 4명은 겁에 질린 것처럼 보였고.

남자만 있는 집단 둘이 양쪽에서 접근했다. 두 집단 모두 남자만 있었다.

오른쪽은 남자 세 명. 왼쪽은 남자 네 명이었다.

"제일 강한 놈을 골랐네."

허창수 상사는 약해 보이는 집단의 남자 2명이 강하다는 것을 눈치챘다. 여자들과는 다르게 전혀 긴장하지 않고 있었다. 더군다나 자세를 잡고 있었다.

"이야아!"

오른쪽 남자 세 명이 먼저 소리를 지르며 달려들었다.

그쪽을 맡은 남자가 가볍게 점프하면서 몸을 회전했다. 그리고 다리를 뻗었다.

퍼버벅.

한 번에 세 명의 머리를 발로 찬 것이었다.

신기에 가까운 몸놀림이었다. 세 명 중 한 명은 머리가 부서졌다. 두 명은 그대로 넘어가며 기절한 것 같았다.

왼쪽에서 접근하던 4명은 흠칫하며 멈췄다.

하지만 그것이 실수였다. 왼쪽을 맡은 남자가 바닥을 박차더니 앞으로 나가면서 주먹을 뻗었다.

뻐버버벅.

피할 겨를도 없이 네 명 모두 목을 맞았다.

"커억."

순간적으로 숨을 쉴 수 없는 네 명을 향해 남자는 다시 주먹을 날렸다.

뻐억. 뻐억. 뻐억. 뻐억.

이번에는 천천히 힘을 실었다.

네 명은 머리가 부서지며 옆으로 쓰러졌다. 그제야 사람들은 가장 약한 집단으로 보이는 이들이 가장 강할 수 있다는 것을 알았다.

다시 서로 눈치를 보기 시작했다.

하지만 그 누구도 조금 전의 집단을 공격할 생각은 없었다.

그때 경기장 안으로 식칼 같은 무기가 날아왔다.

몇몇은 날아오는지도 모르고 그냥 몸에 맞았다. 하지만 힘을 지녔기 때문에 죽지는 않았다.

김태익 남작이 소리쳤다.

"맨손으로 하려니까 힘들지? 무기가 있으면 더 편할 거야."

경기장 안으로 던져진 무기는 10개였다.

서로 무기를 차지하기 위해 몸을 던졌다.

난전이 벌어진 것이었다.

그것을 보며 김태익 남작과 부하들은 웃으며 내기를 시작했다.

"자. 나는 저 3명에게 걸지."

"저는 남자 둘에 여자 넷이요."

"저는 저기 혼자 있는 놈이요."

누가 끝까지 살아남을지 내기를 하는 것이었다.

허창수 상사는 무기가 다른 사람 손에 있으면 위험하다고 생각했다.

"우민이는 왼쪽. 성민이는 오른쪽. 나는 앞에 있는 무기를 빼앗는다."

말이 끝나기 무섭게 세 사람은 움직였다.

가장 가까이 있는 사람의 팔을 꺾고 머리를 쳐서 무력화한 다음 무기를 빼앗았다. 무기를 빼앗은 세 사람은 다시 뭉쳤다. 서로 등을 대고 세 방향을 감시하듯 섰다.

무기를 지닌 세 사람에게 쉽게 달려드는 사람은 없었다.

"최대한 죽이지 않고 버틴다."

허창수 상사의 말에 고우민 하사와 이성민 하사는 고개를 끄덕였다. 모두 누군가를 죽이지 않기를 바라는 마음이었다.

세 사람이 버티는 동안 10명이 죽었다.

처음 7명이 죽었으니 17명이 죽은 것이다.

"이제 8명만 더 죽으면 된다."

김태익 남작이 소리쳤다. 하지만 그 누구도 쉽게 움직이지 않았다. 다 비슷비슷한 실력에 상처를 입었기 때문이었다. 온전한 사람은 처음 공격받은 집단과 허창수 상사 팀뿐이었다.

서로 눈치만 보고 있을 때 처음 공격받았던 집단의 남자 둘 중 한 명이 움직였다. 주먹을 쓰던 남자였다. 그 남자의 손에는 어느새 가죽 허리띠가 매어져 있었다.

가장 가까이 있는 남자의 배와 어깨 그리고 머리를 치고 옆으로 빠졌다. 마치 더는 공격할 필요가 없다는 듯이.

배와 어깨 그리고 머리를 맞은 남자는 앞으로 쓰러지며 더는 일어나지 못했다.

사람들이 당황하며 무기를 겨누고 방어를 하려고 뭉쳤다. 그때 발을 쓰던 남자가 움직였다.

낮은 자세로 달려가 땅을 쓸 듯이 다리로 쓸었다.

다리를 맞은 사람들이 넘어질 때 남자는 일어나 다리를 위로 들어서 아래로 찍었다.

쩌억.

한 명을 찍은 그 반동으로 뛰어서 공중회전을 한 다음, 다른 다리로 앞의 남자 머리를 찍었다.

쩌억.

그사이 주먹을 쓰는 남자는 2명을 더 쓰러뜨렸다.

하지만 두 사람은 일정 거리 이상은 움직이지 않았다. 다시 돌아가 여자들을 보호했다.

"이제 3명 남았네?"

김태익 남작이 이죽거리듯 말했다.

그러자 기회를 보고 있던 이들이 옆에 사람을 공격하기 시작했다.

순식간에 누가 누구를 죽이는지 모르는 그런 상황이 됐다.

"그만!"

김태익 남작이 소리치자 서로를 공격하던 이들은 멈췄다.

"이런, 더 죽은 것 같은데?"

김태익 남작의 말대로였다. 3명만 더 죽으면 되는데 바닥에서 일어나지 못하는 사람은 30명이었다.

"어쩔 수 없지."

김태익 남작은 손뼉을 치며 말했다.

"모두 불의 왕국에 온 것을 환영한다. 평가 점수에 따라서 등급이 매겨질 것이다. 단, 한 명도 안 죽인 사람은 노예다."

김태익 남작의 말에 발을 쓰던 남자가 소리쳤다.

"내 사람들은 예외로 했으면 좋겠는데."

김태익 남작은 피식 웃었다.

"예외는 없다. 대신 네가 노예를 소유할 권한은 있지. 1등급 시민권을 받을 자격이 있거든. 노예를 소유할 권한은 2등급 시민부터다."

"몇 명이든 상관없나?"

"능력만 되면?"

"그럼 이 사람들은 내 노예로 했으면 한다."

"그러든지. 그건 시민들의 자유니까."

"고맙다."

"과연 고마울까? 큭큭."

김태익 남작은 의미심장한 말을 하고 웃었다.

"자. 한 명을 죽인 사람은 가장 낮은 5등급 시민이다. 두 명은 3등급 시민이고. 거기 둘만 가산점을 얻어서 1등급 시민으로 인정한다."

허창수 상사 팀은 5등급 시민이 된 것이었다.

"아! 그리고 당분간은 임시 거주지에서 벗어나지 마라. 함부로 벗어나면 죽는다."

김태익 남작이 몸을 돌렸다. 그러자 부하들이 쇠사슬로 묶은 문을 열었다.

그리고 살아남은 사람들을 밖으로 데리고 나갔다.

허창수 상사 팀은 정찰이 쉽지 않을 것 같았다.

감시의 눈길이 너무 많았기 때문이었다.

* * *

노 씨 아저씨와 이연희를 만나고 난 후 일부러 천천히 걸어서 정찰 팀이 간 길을 갔다.

정찰 팀과 마주치지 않기 위해서였다.

해가 뜰 때쯤 노원을 지나 창동에 도착했다.

저 멀리 사람들이 모여 있는 것이 보였다.

"대장님. 어떻게 할까요? 우회할까요?"

"아니요. 정면으로 가죠."

"정면으로 가서 투항하는 것처럼 꾸미실 생각이십니까?"

나는 고개를 저었다.

"그렇게 해서 현진이를 언제 만나겠어요. 소란을 일으키죠."

"아. 무슨 말인지 알겠습니다."

노 씨 아저씨는 현진이가 아니고서는 이기기 힘든 강자라고 생각했다.

더군다나 이연희도 있었다.

소란을 피우면 노 씨 아저씨와 이연희를 상대하기 위해 더 강한 사람을 불러오려고 할 것이다.

그때마다 때려눕힌다.

"어지간하면 죽이지는 마세요."

"그렇게 하겠습니다."

나와 노 씨 아저씨 그리고 이연희는 당당하게 걸어갔다.

사람들이 모인 곳에서 얼마 떨어지지 않은 곳까지 가자 그들은 활을 겨누며 소리쳤다.

"멈춰라. 무기를 땅에 놓고……."

하지만 그들은 말을 끝까지 할 수 없었다.

노 씨 아저씨가 어느새 그들 앞에 있었기 때문이었다.

뻐억.

검의 옆면으로 한 사람을 쳤다. 그대로 옆으로 날아갔다. 그리고 일어나지 못했다.

"뭐……. 뭐야?"

당황하는 사람들 사이로 노 씨 아저씨가 움직였다.

뻐억. 뻐억.

소리가 들릴 때마다 한 사람씩 날아가서 쓰러졌다.

그리고 20여 명 중에 어느새 한 명만 남았다.

덜덜 떠는 한 명에게 노 씨 아저씨가 검을 겨눴다.

"죽기 싫으면 활 내려놓지?"

"아! 네. 네."

남자가 활을 내려놓을 때쯤 나와 이연희도 도착했다.

나는 남자에게 말했다.

"가서 이현진에게 전해 줄래요? 친구 이성필이 찾아왔다고요."

"네?"

남자는 내 말을 제대로 이해하지 못하는 것 같았다.

"당신네 왕인 이현진 친구라고요. 이성필."

"아! 네. 네?"

"그냥 다른 사람 보내야겠네요."

내 말에 남자는 기겁했다.

"아닙니다. 제가 가겠습니다. 그런데 진짜 그냥 보내 주실 건가요?"

"안 가고 싶어요?"

"갑니다. 가요."

남자는 뒤로 돌아서 뛰었다.

그것을 본 나는 노 씨 아저씨에게 말했다.

"저 사람들 모아 놓고 기다리죠."

"네. 대장님."

노 씨 아저씨와 이연희가 쓰러진 사람들을 한쪽에 차곡차곡 쌓아 놨다.

그리고 10분도 지나지 않아 50여 명이 달려오는 것이 보였다.

맨 앞에는 꽤 강한 힘을 지닌 사람이 있었다.

그래 봤자 도봉구 1급 능력자도 안 된다.

가까이 오자 무슨 헬창 같은 느낌이 났다. 근육이 어마무시했다.

"너희들 뭐야? 감히 이런 짓을 벌이고도 무사할 것 같아?"

나는 헬창 남자에게 말했다.

"너희 왕인 이현진에게 친구가 왔다 전하라 했는데 못 들었나?"

"풋. 친구? 너 따위가? 아무런 힘도 느껴지지 않는데?"

헬창 남자의 말이 끝나기도 전에 노 씨 아저씨가 움직였다.

"그럼 나는?"

뻐억.

이번에는 헬창 남자가 날아가지 않았다. 팔을 들어 검을 막았기 때문이었다.

근육이 불끈 솟고 핏줄이 툭 튀어나왔다.

"검으로도 베지 못하는 내 피부다. 그런데 검면으로 때려?"

헬창 남자는 노 씨 아저씨를 향해 주먹을 뻗었다.

하지만 그것을 맞아줄 노 씨 아저씨가 아니었다.

가볍게 피하며 뒤로 돌아간 노 씨 아저씨는 검면으로 헬창 남자를 두들기기 시작했다.

"그럼 손맛 좀 볼까?"

뻐버버버버억.

헬창 남자가 막으면서 피해 보려고 했다. 하지만 노 씨 아저씨의 속도를 따라갈 수가 없었다.

최소 수백 대를 맞은 헬창 남자는 다급하게 소리쳤다.

"자……. 잠깐만……."

빠악.

"잠깐은 무슨."

제대로 머리를 맞은 헬창 남자는 뒤로 넘어갔다.

눈이 뒤집혔다.

그러자 같이 온 부하들이 소리쳤다.

"남작님!"

노 씨 아저씨는 또 움직였다. 한 방에 한 명씩 쓰러지기 시작했다.

마지막 한 명이 남았다.

나는 똑같이 말했다.

"너희 왕인 현진이에게 전해. 친구 이성필이 찾아왔다고."

마지막 한 명은 처음 그랬듯이 뒤로 돌아서 뛰어갔다.

몇 번이나 이런 짓을 하면 현진이가 나타날까.

24. 왕과 공작

이번에는 100명이 넘어가는 것 같았다.

헬창인 놈과 비슷한 힘을 지닌 놈이 셋. 그리고 도봉구 김시우와 비슷한 힘을 지닌 놈이 하나. 나머지 100여 명도 도봉구 기준으로 최소 2급 정도인 것 같았다. 정예가 온 것이지.

현진이는 안 보였다. 그런데 맨 앞에 있는 남자가 눈에 익었다.

185cm는 넘는 키에 약간 마른 듯한 체형. 단발처럼 기른 머리에 웨이브까지. 기억났다.

나는 앉아 있던 맥주 상자에서 일어났다. 그리고 소리쳤다.

"장 씨발!"

노 씨 아저씨와 이연희가 나를 쳐다봤다.

노 씨 아저씨는 바로 달려갈 것처럼 자세를 잡았다. 나는 노 씨 아저씨의 팔을 잡았다.

"저 자식도 친구예요."

장 씨발도 내 목소리를 들은 것 같았다.

정확하게 말해서 이름은 장재웅.

고등학교 때 같은 반이었던 친구였다.

"어떤 새끼야!"

말은 저렇게 해도 방긋 웃으며 빠르게 걸어오고 있었다.

"나다 시발 새끼야."

"살아 있었나? 필?"

"이름 똑바로 불러라."

"너나 똑바로 불러라."

장재웅과 함께 온 이들은 어리둥절한 표정을 짓고 있었다.

그리고 내 앞까지 온 장재웅은 팔을 벌려 나를 안았다.

등까지 두드렸다.

"새끼. 살아 있어서 다행이다."

"나도 너 살아 있어서 다행이다. 술 사겠다는 약속 안 지켰잖아."

나에게서 떨어진 장재웅은 웃음을 터뜨렸다.

"하하. 그걸 아직도 기억하냐. 몇 년이나 지났는데."

"십 년이 지나도 안 잊는다."

"거의 십 년 된 것 같은데?"

"오늘 내가 그 약속 지킨다."

"꽤 많이 사야 할 텐데?"

"네가 원하는 대로 마셔라. 하하."

나는 장재웅을 살필 수밖에 없었다. 장재웅의 눈은 맑았다.

붉은색이 아니었다. 그런데 1급 정도의 힘이 느껴졌다.

그 말은 장재웅도 돌멩이에게서 힘을 얻었다는 것이다.

"그런데 성필이 너 용케도 살아 있다?"

"여기 두 사람 덕분이지. 여기는 노 씨 아저씨."

"성필이를 도와주신 분이시군요. 힘이 엄청나십니다."

"제가 사장님에게 도움을 많이 받았죠. 노진수입니다."

"어? 혹시 그 노숙자 아저씨?"

장재웅도 노 씨 아저씨를 한 번 본 적이 있었다.

일 때문에 의정부를 지나가면서 잠깐 고물상에 들렸었다.

그때도 술 산다고 하더니 안 샀었다.

친구들에게 항상 술 산다고 하면서 산 적이 없어서 별명이

장 씨발이었다.

"그럼 이 아름다운 아가씨는 혹시 이거?"

장재웅이 새끼손가락을 들었다.

"아니다."

"그럼 나도 희망이 있는 건가?"

"그만 좀 껄떡대라. 그 버릇 아직도 못 버렸나?"

"껄떡이라니."

장재웅은 이연희에게 다가갔다.

"장재웅이라고 합니다. 성함이?"

"이연희고요. 전 성필 오빠가 좋아요."

"하하. 철벽을 치시는 건가요? 저 생각보다 괜찮은 사람입니다."

"그건 두고 봐야 알겠죠."

이연희는 자신이 괜찮은 사람이라고 해 놓고 진짜 괜찮은 사람은 없었다는 말은 하지 않았다.

그리고 장재웅은 이연희가 좋아하는 스타일도 아니었다.

능글거리는 것이 선수 같았기 때문이었다.

"천천히 두고 보십시오."

이연희에게서 떨어진 장재웅은 내게 말했다.

"그냥 친구라고 말하지. 애들을 이렇게 패냐?"

"말했어. 그런데 안 믿더라고."

"하기는…… . 어? 누구 친구라고 했는데?"

"현진이."

"아. 우리 왕? 그러니까 안 믿지. 나 여기 있는 것 몰랐어?"

"알았겠냐?"

"하기는 나는 얼굴을 잘 드러내지 않았지. 근처 지나가다가 이상한 놈들이 있다고 해서 온 건데."

갑자기 생각나는 것이 있었다.

도봉구에서도 파악하지 못한 사람.

강북구의 체계를 잡고 현진이를 뒤에서 돕는 사람이 있다고 했다.

이름도 모습도 모르는.

생각해 보니 장재웅은 머리가 좋았다. 고등학교 때 그렇게 놀면서
도 대학은 잘 갔다.

그리고 가끔은 과감할 때가 있었다.

항상 웃으면서 아무렇지 않게 지내다가도 일이 터지면 앞뒤
보지 않고 달려들었다.

특히나 술이 들어가면 더더욱 그랬다.

"그런데 성필아."

장재웅이 내게 다가와 귓속말을 하기 시작했다.

"현진이가 많이 변했다. 그건 알아 둬라. 예전의 현진이가 아니
야."

"무슨 일이 있었는데?"

"그건 나중에 현진이에게 들어라. 그리고 애들 있는 데에서는
현진이를 왕이라고 불러야 해. 그래야 권위가 서지. 아! 존댓말
하라고는 안 할게. 친구인데."

"그래도 되나. 왕인데."

"왕은 친구 아니냐? 가자."

장재웅은 내 어깨에 팔을 둘렀다. 그리고 소리쳤다.

"야! 뛰어가서 우리 왕께 알려. 그토록 보고 싶어 했던 이성필
친구님이 오셨다고."

장재웅의 말에 100명 중 한 명이 뛰어갔다.

* * *

100여 명의 호위를 받으며 나와 노 씨 아저씨 그리고 이연희는 강북구 광산 사거리로 향했다.

그리고 나는 현진이가 어디에 있는지 알 것 같았다.

성당이었다.

현진이는 가족과 함께 성당에 다녔었다.

아니나 다를까 장재웅은 나와 일행을 성당으로 데려갔다.

성당 앞에는 진짜 현진이가 마중 나와 있었다.

현진이는 나를 보자마자 뛰어왔다.

"성필아!"

현진이 역시 팔을 벌려 나를 껴안았다.

나 역시 현진이를 안았다. 그리고 서로의 등을 두드렸다.

사실 장재웅보다는 현진이가 더 친했다.

현진이는 무엇을 주어도 아깝지 않은 친구였다.

내가 망하는 일이 있더라도 고물상의 모든 것을 줄 수도 있었다.

하지만 현진이는 절대 그런 것을 원하지도 요구하지도 않을 것이다.

자신이 죽으면 죽었지.

나 역시 내가 죽으면 죽었지 현진이에게 무리한 요구를 할 수가 없었다.

그런 친구였다.

하지만 지금은 여러 가지 생각에 복잡했다.

평범한 세상이 아니니까.

"어디 보자. 어디 다친 곳은 없어?"

현진이는 내 어깨를 잡고 이리저리 살폈다.

"없다."

"그렇지 않아도 성필이 너 찾으러 갈 생각이었는데."

"나를?"

"그래. 그래서 재웅이하고 도봉구를 칠까? 아니면 노원을 칠까?
고민하고 있었거든."

현진이의 말에 조금 미안해졌다.

"나는 너를 찾을 생각도 못 했는데⋯⋯."

"괜찮아. 누가 먼저 찾든 무슨 상관이야. 이렇게 만났으면 된
거지. 사실 도봉구에서 노원 쳤다길래 고민이 좀 됐거든. 도봉구의
수호자인지 뭐인지는 나도 좀 어렵단 말이야."

하기는 수호자 성인이라면 현진이의 능력으로도 상대하기 어려
울 것 같았다.

"그래. 여기까지 온 것을 보니 이곳에 정착하려고 한 거지?"

"아마도?"

"뭐가 아마도야. 친구 아니냐. 친구. 내가 왕의 자리는 못 줘도
공작 자리는 줄 수 있다."

"너 판타지 그렇게 좋아하더니 판타지 세계관 가지고 온 거냐?"

"하하. 그렇지. 나만 좋아한 것은 아니지. 재웅이도 너도 좋아했

잖아."

"그렇기는 한데……."

"여기서 이럴 것이 아니라 들어가자. 들어가서 이야기하자."

현진이는 내 팔을 잡고 끌었다.

나는 현진이에게 이끌려 성당 안으로 들어갔다.

성당 앞과 앞마당에는 꽤 힘이 있는 능력자들이 있었다.

그들은 현진이와 내가 지나갈 때마다 가슴에 손을 올리고 고개를
숙였다.

성당 안으로 들어갔다. 그런데 성당 안은 성당이 아니었다.

긴 의자 대신에 화려한 가구가 가득했다.

침대까지.

"앉아."

고급 탁자로 보이는 곳을 가리켰다. 현진이가 먼저 앉고 나는
그 옆에 앉았다.

장재웅도 옆에 자리를 잡았다.

"같이 온 분들도 앉으시죠."

탁자에 자리는 넉넉했다. 한 10명이 앉아도 될 것 같았다.

노 씨 아저씨와 이연희가 앉았다.

"딱 보니까 저분들이 성필이 너를 도와준 것 같은데. 맞아?"

"맞아."

"그럼 귀인이네. 친구를 구해준 분들이니. 감사합니다."

현진이가 일어나서 노 씨 아저씨와 이연희에게 고개를 숙였다.

이런 것을 보면 현진이는 안 변한 것 같았다.

노 씨 아저씨가 손을 내저었다.

"사장님 덕분에 살았으니 감사 인사를 받을 처지는 아닙니다."

"사장님이요? 고물상 직원이셨나 보네요."

"네. 그렇습니다."

"제가 본 적이……."

"있으실 겁니다. 머리가 길고 다 죽어 가던 정신병자 노인일 때였으니까요."

"아! 그분. 잘됐네요. 이렇게 다시 회복하셔서. 돌멩이로 힘을 얻으셨나 봐요?"

"그렇습니다."

사실 노 씨 아저씨는 까망이의 힘을 빼앗은 것이었다.

덕분에 붉은색이었던 눈이 정상으로 돌아왔다.

"성필아. 너도 힘을 얻어야지."

"나? 나는 괜찮아."

"괜찮기는……. 세상은 변했어. 힘을 가진 자만이 자유롭게 살 수 있지."

"그렇기는 해."

"왜? 사람 죽이는 것이 꺼려져서 그래? 너라면 그럴 것 같기는 하다. 하지만 걱정 안 해도 된다."

"무슨 소리야?"

"내가 다른 사람은 몰라도 너에게는 줄 수 있지."

현진이의 말에 장재웅이 인상을 썼다.

"왕. 설마 그걸 주려고?"

"당연하지. 성필이잖아."

"뭐 마음대로 하세요."

나는 뭐를 주려고 그러나 싶었다.

"잠깐만 기다려."

현진이는 침대가 있는 곳으로 가더니 매트리스 밑에서 작은 주머니 하나를 꺼냈다.

그리고 탁자로 와서 작은 주머니 안에 있는 것을 쏟았다.

툭. 데구르르.

돌멩이였다. 빨간색과 초록색 두 개.

"빨간색은 내가 힘을 얻은 것과 같은 거야. 불의 힘을 주는 것 같더라고."

"초록색은?"

"몰라. 어느 것 선택할래?"

"이거 나 줘도 되는 거야?"

"주려고 꺼낸 거잖아. 일단 돌멩이로 힘을 얻으면 사람을 죽이거나 괴물을 죽여서 얻는 힘과는 달라. 처음에야 약한 것 같지만, 힘이 커지면 빠르게 강해지거든."

나는 현진이가 수백 명을 태워 죽였다는 정보가 떠올랐다.

"현진이 너는 얼마나 강한데?"

"음. 마음만 먹으면 이 근처를 다 불바다로 만들 정도?"

도대체 현진이 너는 얼마나 많은 사람을 죽인 거니.

"성필이 네가 힘을 지니게 되고 나와 힘을 합친다면 거대한 왕국을 만들 수 있을 거야."

주먹을 불끈 쥔 현진이는 고개를 흔들었다.

"아니다. 왕국 하나 더 만들자. 너도 왕. 나도 왕. 어때?"

그러자 장재웅이 끼어들었다.

"나는?"

"그래. 너도 왕 해라. 왕국 세 개 만들어서 한국을 먹고 위로 올라가서 만주 땅까지 먹는 거야. 어때?"

현진이는 농담처럼 발해를 되찾아야 한다고 어렸을 적에 말했었다.

"다른 사람이면 몰라도 우리 셋이 뭉치면 가능하다고 본다."

나는 손을 내저었다.

"그건 나중에 이야기하고 어떤 돌멩이를 선택할지는 조금 시간을 두고 결정하면 안 될까?"

나는 현진이가 왕으로 있는 이곳을 자세히 보고 싶었다.

"되지. 안 되는 것이 어디 있냐. 내가 왕인데. 그리고 너는 내 친구고."

"고맙다."

"고맙기는."

내가 이곳을 구경시켜 달라고 말하려고 할 때 밖에서 '와아.' 하는 함성이 들렸다.

"무슨 소리야?"

"아. 이거? 노예 쟁탈전이야."

"노예?"

내가 자세히 설명해 달라는 듯한 표정을 짓자 현진이는 자리에서 일어났다.

피하는 것 같은 느낌이 들었다.

"직접 가서 보는 것이 낫겠지. 가자."

현진이가 먼저 걸어갔다. 그러자 장재웅이 일어나면서 말했다.

"성필아. 그냥 있는 그대로 받아들여라."

"무슨 소리야?"

"가서 보면 알아."

장재웅 역시 현진이의 뒤를 따라갔다.

나는 노 씨 아저씨와 이연희에게 눈짓을 한 다음 일어나서 따라갔다.

* * *

"자. 오늘도 기다리고 기다렸던 노예 쟁탈전이 있겠습니다."

평가소를 책임지는 김태일 남작이 소리쳤다. 그러자 노예 쟁탈전을 구경하기 위해 온 이들이 일제히 함성을 질렀다.

[우와!]

"따끈따끈한 신상품이 생겼습니다."

김태일 남작이 소리치며 가리키는 곳에는 평가소에서 살아남은 남자 2명과 여자 4명이 있었다.

"1등급을 받은 전시훈과 김원희의 노예입니다."

전시훈은 발을 쓰던 남자였고 김원희는 주먹을 쓰던 남자였다.

"규칙에 따라 1등급 이상만 노예 쟁탈전에 참여할 수 있습니다. 노예 쟁탈전에 참여하실 분은 손을 들어 주십시오."

김태일 남작은 정중하게 말하는 것 같았다. 하지만 그를 아는 사람이라면 손을 들지 말라고 하는 것을 알고 있었다.

"아! 아무도 없으시다면…… 어쩔 수 없군요."

전시훈과 김원희 그리고 여자들은 안도의 표정을 지었다.

하지만 그 표정은 곧 사라질 수밖에 없었다.

"제가 직접 참여하겠습니다."

김태일 남작은 바로 그들이 있는 곳으로 뛰었다.

그리고 소리쳤다.

"규칙에 따라 죽거나 항복을 외치면 됩니다. 전시훈과 김원희가 죽거나 항복하면 저 여자들은 내 노예가 됩니다. 반대로 내가 죽거나 항복하면 저 여자들은 계속 저들의 노예로 있을 겁니다."

김태일 남작은 히쭉 웃었다.

전시훈과 김원희가 잘 싸운다고 해도 그뿐이었다.

"자! 그럼 시작해 볼까요?"

김태일 남작이 양손을 뻗으려는 순간 뒤에서 누군가 소리쳤다.

"왕께서 오셨다. 모두 무릎을 꿇어라."

김태일 남작은 다급하게 몸을 돌려 무릎을 꿇었다.

무릎을 꿇지 않았다는 이유로 불타 죽은 이들을 봤기 때문이었다.

이제 막 평가를 끝낸 25명을 제외한 모두가 무릎을 꿇었다.

하지만 눈치가 없지는 않았다. 그들 또한 곧바로 무릎을 꿇었다.

이현진은 조용히 주위를 둘러봤다.

그러자 장재웅이 소리쳤다.

"모두 일어나라."

사람들이 일어났다. 하지만 아무도 움직이거나 소리를 내지

않았다.

"오늘 특별한 손님이 오셨다. 왕께서 함께 보시니 즐겁게 즐기도

록."

* * *

장재웅의 말이 끝나자 현진이가 자연스럽게 빈 의자가 있는

곳으로 움직였다.

가장 높은 곳에 덩그러니 의자 하나만 있었다.

현진이가 의자에 앉았다.

그러자 장재웅이 내게 말했다.

"옆에 가서 서 있으면 된다. 왕과 함께 앉는 것은 안 되거든."

그들만의 규칙인 것 같았다.

나는 장재웅을 따라 현진이가 앉은 의자 옆에 가서 섰다.

내 옆에 노 씨 아저씨와 이연희도 섰다.

그러자 장재웅이 소리쳤다.

"이제 시작해라."

장재웅의 말에 사람들이 움직이기 시작했다.

장재웅은 내 옆에서 설명하기 시작했다.

"저놈이 평가소를 책임지는 김태일 남작이야. 남작이라고 해 봤자 핫바리이긴 하지만 뭐든 그렇듯 상대적이지."

내가 보기에 김태일 남작은 도봉동 기준으로 2급 정도였다.

하지만 이건 지닌 힘의 크기만으로 나눈 기준이었다.

"저놈 얍삽한 놈이야. 딱 봐서 이길 수 있겠다 싶으면 노예 쟁탈전을 걸어. 그리고 그 노예를 팔아먹지."

나는 장재웅을 빤히 쳐다봤다.

그러자 장재웅은 어색하게 웃었다.

"세상이 변했다니까. 나도 현진이도 변해야 했어."

"그래도 이건 아니지 않아?"

"아니지 않은 것이 어디 있어? 이것도 필요하기 때문에 하는 거야. 그냥 지켜봐."

나는 일단 입을 다물었다. 그리고 현진이를 봤다. 현진이는 한쪽 입꼬리를 올리고 있었다.

마치 재미있는 것을 구경한다는 듯이.

조금 전 성당에서 내가 만났던 현진이가 아니었다.

강북구의 왕인 이현진이 지켜보고 있지만, 김태일 남작은 전혀 긴장하지 않았다.

오히려 자신의 실력을 더 뽐낼 수 있다는 생각에 흥분했다.

"자. 진짜로 시작해 보자고."

김태일 남작은 양손을 앞으로 내밀었다.

전시훈과 김원희는 바짝 긴장했다. 아직 김태일 남작의 능력을 모르기 때문이었다.

피잉.

무언가 날카로운 것이 날아가는 소리가 들리는 순간 전시훈과 김원희는 몸을 틀었다. 하지만 약간 늦었다.

"크윽."

"음."

무언가 두 사람의 어깨에 박혔다.

그것을 본 김태일 남작은 이죽거렸다.

"오호. 생각보다 피부가 단단하네? 뚫릴 줄 알았는데. 감도 좋고."

김태일 남작은 다시 손을 내밀었다. 전시훈과 김원희는 양쪽으로 갈라져 김태일 남작을 향해 달려갔다. 둘 중 한 명이라도 김태일 남작에게 접근하면 이긴다 생각했기 때문이었다.

피잉. 피잉.

소리가 들리자마자 두 사람은 자세를 낮추며 옆으로 뛰었다.

"으윽."

하지만 전시훈은 김태일이 날린 무엇인가를 피하지 못했다.

발목에 정확하게 박혔다.

그대로 넘어지는 전시훈.

하지만 김원희는 김태일 남작 근처까지 접근할 수 있었다.

김태일 남작이 다시 손을 올리기 전에 김원희는 주먹을 날렸다.

뻐억.

주먹이 정확하게 턱에 맞았다.

제대로 들어갔다는 느낌이 왔다.

하지만 김태일 남작은 아무렇지 않은 것 같았다.

"조금 아프네."

김원희가 뒤로 빠지며 옆으로 돌았다.

피잉.

"커억."

"주먹 좀 쓴다는 놈들이 꼭 뒤로 돌더라."

김태일 남작의 손이 어깨 위에 있었다.

김원희의 목에는 쇠구슬이 박혀 있었다.

목을 움켜잡고 어떻게든 숨을 쉬어 보려고 애를 썼다.

하지만 쇠구슬 때문에 숨을 쉴 수가 없었다.

김태일 남작은 뒤로 돌아 그런 그의 머리를 잡았다.

그리고 다른 손으로 목을 잡은 손을 떼어 냈다.

"어떻게 해 줄까? 쇠구슬을 빼 줄까?"

김태일 남작의 손이 김원희의 목에 닿았다.

"아. 목이 뜯겨 나갈지도 몰라. 좀 깊게 박혔거든."

"야. 이 새끼야!"

김태일 남작의 뒤에서 전시훈이 다친 다리로 바닥을 박차고 날아올랐다.

전시훈은 자신의 모든 힘을 다리에 실었다.

이 한 방으로 김태일 남작의 머리를 부술 생각이었다. 하지만 김태일 남작은 김원희를 손에 든 그대로 뒤로 돌았다.

그리고 방패처럼 내밀었다.

그것을 본 전시훈은 다급하게 몸을 틀었다. 그대로 공격하면 김원희의 머리가 부서질 것이기 때문이었다.

아슬아슬하게 전시훈의 다리가 김원희를 비껴 나갔다.

쫘.

바닥이 파일 정도로 강한 일격이었다.

하지만 몸을 비트느라 제대로 중심을 잡지 못했다.

"으으윽."

전시훈은 다리를 잡으며 신음을 낼 수밖에 없었다.

다리가 부러졌기 때문이었다.

그런 그를 보며 김태일 남작은 웃으며 말했다.

"한 놈은 숨 막혀 죽어 가고, 한 놈은 다리가 부러져서 더는 움직이지 못하네?"

김태일 남작은 전시훈의 남은 다리에 발을 올렸다. 그리고 힘을 줘서 밟았다.

뚜둑.

"아악!"

남은 다리마저 부러뜨린 것이었다.

그러자 지금까지 지켜보던 이들이 환호성을 지르기 시작했다.

"죽여!"

"김태일 남작님 최고다!"

"둘이서 덤벼도 게임이 안 되는구먼!"

"저 여자들 얼마에 파실 겁니까!"

"예쁜데?"

김태일 남작은 김원희를 들고 몸을 한 바퀴 돌았다.

그리고 이현진이 있는 곳을 바라봤다.

그는 이현진에게 소리쳤다.

"왕이시여. 재미있으셨습니까?"

이현진은 손뼉을 쳤다.

"장난감을 데리고 노는 것 같더군. 충분히 재미있었다."

"감사합니다. 왕이시여. 그렇다면 결정을!"

김태일 남작이 고개를 살짝 숙였다. 그러자 이현진이 엄지손가락만 올린 채로 주먹을 천천히 올렸다.

그리고 주먹을 천천히 기울이기 시작했다.

* * *

나는 김태일 남작이란 놈이 두 사람을 가지고 논다고 봤다.

힘이 차이도 있었다. 하지만 손가락만 튕겨서 던지는 쇠구슬의 위력이 꽤 강했다.

눈으로 간신히 좇을 정도의 속도였다.

김태일 남작이 두 사람을 간단하게 이겼다.

그리고 현진이에게 무언가를 결정하라고 했다. 그런데 현진이의 행동을 보니 무엇을 결정하라고 했는지 알 것 같았다.

고대 로마의 검투사들에게 했던 짓.

왕이 엄지손가락을 아래로 내리면 패자는 죽는다.

지금 현진이는 두 사람을 죽이는 결정을 하려 했다.

나는 그것이 싫었다.

그저 유희를 즐기기 위해 사람을 죽이는 것 같은 이 상황이.

그것을 내 친구 현진이가 결정하는 것이.

"노예 쟁탈전에 다른 사람이 도전해도 되나?"

내 말에 현진이의 손이 멈췄다.

장재웅이 나를 보더니 고개를 저었다.

"성필아, 너 죽어."

"내가 아니야."

"그럼 네 옆에 있는 사람 중 한 명?"

"그래."

"왜?"

"나도 노예 좀 가지고 싶어서. 안 돼?"

나는 장재웅이 아닌 현진이를 쳐다봤다. 현진이도 나를 보고 있었다.

나와 현진이의 눈이 마주쳤다.

현진이는 씨익 웃었다.

"당연히 되지. 내 친구인데."

현진이는 자리에서 일어났다.

그리고 김태일 남작에게 말했다.

"김태일 남작."

"네. 왕이시여."

"새로운 도전자를 받아라."

"무슨 말이신지."

"이 옆에 있는 두 사람 중 한 명과 싸워라. 이기면 네가 원하는 노예를 주도록 하지."

김태일 남작은 눈을 반짝였다. 이현진의 노예 중에 마음에 드는 노예가 한 명 있었다.

왕인 이현진의 노예이기 때문에 감히 건드리지 못했다.

그런데 기회가 온 것이었다.

"감사합니다. 누구와 싸울 것인지 선택권은 제게 있습니까?"

"그 정도는 있어야겠지."

"알겠습니다. 저는 저 여자와 싸우겠습니다."

김태일 남작은 혀로 입술을 훔쳤다. 이연희도 보기 드문 미인이었기 때문이었다. 이연희는 그런 김태일 남작의 모습에 인상을 쓰며 말했다.

"오빠. 저놈 죽여도 돼요?"

나는 조용히 고개를 끄덕였다.

"알았어요."

이연희가 움직이려고 했다. 하지만 내가 막았다.

"잠깐만 기다려요."

"왜요?"

"내 것이 될 노예들이 죽을 것 같아서."

내 말에 현진이가 반응했다.

"맞는 말이네. 패자들 한쪽으로 치우고 죽지 않게 해라."

현진이의 명령에 사람들이 우르르 나가서 부상당한 두 사람을 데리고 갔다.

그중에는 낯익은 얼굴도 있었다.

허창수 상사였다. 제대로 침투한 것 같았다.

허창수 상사가 목에 쇠구슬이 박힌 남자를 응급처치하기 시작했다.

이제 김태일 남작만 남았다.

그는 이연희를 보며 말했다.

"귀여워해 줄 테니까. 빨리 오지? 내가 못 참겠는걸?"

김태일 남작은 자신의 바지 가운데를 만지고 있었다.

이연희의 얼굴이 벌겋게 달아오르는 것 같았다.

"하아. 그냥 좋게 끝내려고 했더니. 니가 내 성질을 건드리는구나."

이연희는 제자리에서 뛰었다. 하지만 꽤 빠르게 김태일 남작을 향해 날아갔다. 이연희의 손에는 어느새 검이 들려 있었다.

김태일 남작의 손이 움직였다.

양손에서 3개씩 6개의 구슬이 이연희를 향해 날아갔다.

하지만 이연희는 검을 휘둘러 간단하게 구슬을 쳐 냈다.

"오오. 실력 좀 있는데?"

김태일 남작은 이연희가 구슬을 쳐 내느라 잠시 느려진 틈을 이용해 거리를 벌렸다.

이연희의 능력이 어느 정도인지 모르기 때문이었다.

하지만 거리만 있다면 이연희가 어떤 능력이 있다 해도 이길 자신이 있었다.

이연희는 땅에 발이 닿는 순간 김태일 남작을 향해 뛰었다.

순간적인 속도는 꽤 빨랐다. 하지만 김태일은 원거리에서 공격하는 방법을 알고 있었다.

큰 원을 그리듯 이연희를 가운데에 두고 빙빙 돌며 손가락을 튕겼다.

사방에서 쇠구슬이 이연희를 향해 날아갔다.

그리고 그 위력은 조금 전과 달랐다.

이연희도 무시 못 할 정도로 묵직했다.

쇠구슬이 멀리 튕겨 나가지 않고 몇 m 앞에 떨어질 정도였다. 그러다 보니 이연희는 제대로 움직일 수 없었다.

퍼억.

쇠구슬 하나가 이연희의 왼쪽 어깨를 때렸다. 박히거나 뚫리지는 않았다. 하지만 이연희의 왼쪽 팔이 추욱 늘어졌다.

그것을 본 김태일 남작이 놀리듯 말하면서 움직였다.

"관절은 생각보다 잘 빠지거든. 어깨를 다시 맞출 때까지 기다려 줄까?"

"웃기고 있네."

이연희는 김태일 남작이 약속 따위는 안 지키는 사람이라고 생각했다. 거짓말이 분명했다.

어깨를 끼워 넣는 순간 공격할 것이 눈에 보였다.

"싫다면 어쩔 수 없지."

김태일의 손에서 계속 쇠구슬이 이연희를 향해 날아갔다.

이연희는 신중하게 쇠구슬을 쳐 내기만 했다.

장재웅은 이 상황을 보며 혀를 찼다.

"성필아. 너 괜히 끼어든 것 같다. 제수씨 다치겠는데? 그만하라고 할까?"

"아니. 시작했으면 끝까지 가야지."

"고집하고는……. 너 아직도 그 고집 안 버렸냐? 안 되는 것은 안 되는 거야."

"그건 두고 봐야지."

나는 이연희가 이긴다고 확신했다.

그런데 약간의 오산이었을까?

퍼억. 퍼억.

땡그랑.

이연희가 쇠구슬을 제대로 피하지 못했다.

오른쪽 어깨에 연속으로 쇠구슬 두 개를 맞고 검을 떨어뜨렸다.

퍼억. 퍼억.

쇠구슬 두 개가 이연희이 무릎을 때렸다.

이연희는 간신히 쓰러지지 않고 버텼다.

그것을 본 장재웅이 나에게 말했다.

"그만하지? 제수씨 진짜 다친다."

"기다려 봐."

"새끼 자존심하고는."

장재웅이 고개를 절레절레 저었다.

김태일 남작은 빙빙 도는 것을 멈췄다. 그리고 이연희를 향해
양손을 뻗었다.

10개의 쇠구슬이 이연희를 향해 날아갔다.

김태일 남작은 의심이 많은 것 같았다. 확실하게 이연희를 무력화
시키려 하는 것 같았다.

10개의 구슬이 이연희의 몸에 닿으려는 순간.

이연희는 몸을 옆으로 틀며 땅에 떨어진 검을 집었다.

그리고 발끝에 힘을 모아 바닥을 박찼다.

거의 순간이동 하듯 김태일 남작의 앞에 나타났다.

단 한 번만 제대로 사용할 수 있는 기술이었다. 노진수에게
배운.

"어억."

깜짝 놀란 김태일 남작은 쇠구슬을 쏘며 거리를 두려고 했다.
하지만.

"늦었어. 새끼야."

뻐억.

"아악!"

이연희는 검의 면으로 김태일 남작의 허벅지를 친 것이었다.
얼마나 강하게 쳤는지 허벅지가 부러졌다.

"팔 끼워 넣는 것쯤은 예전에 터득했다."

이연희는 검을 집는 순간을 이용해 빠진 오른팔을 끼워 넣은
것이었다.

"어디 도망가 보시지?"

뻐억.

"아악."

김태일 남작의 다른 허벅지가 부러졌다.

"잠…… 잠깐만."

"웃기고 있네."

빠악.

"안 돼!"

김태일 남작의 오른팔이 부러졌다.

빠악.

왼팔 역시.

이제 걷지도 못하고 쇠구슬도 던지지 못하게 됐다.

"잘 들어. 장난감."

이연희는 눈을 번뜩였다.

"발끝부터 시작해서 머리끝까지 뼈란 뼈는 다 부숴 줄게."

"졌습……."

퍼억.

김태일 남작은 더는 말을 하지 못했다.

이연희가 검으로 입을 때렸기 때문이었다. 입과 턱이 거의 함몰되다시피 했다.

더는 말을 할 수가 없었다.

그저 고개만 흔들 뿐.

"어차피 이 정도로는 안 죽잖아."

힘을 가진 자들에게 축복이자 저주.

심각한 상처를 입어도 쉽게 죽지 않는다.

"그럼 시작해 볼게요."

이연희는 김태일 남작 말투와 웃음을 흉내 내며 다리 끝부터 조금씩 뼈를 부수기 시작했다.

이연희가 김태일 남작을 잘근잘근 부수는 것을 본 장재웅은 내게 말했다.

"제수씨 화끈한데? 밤에도 그러냐?"

예전이나 지금이나 변하지 않는 저런 생각과 말투.

나는 고개를 흔들며 말했다.

"제수씨 아니다."

"정말?"

"그래."

"아닌데. 제수씨가 너를 쳐다보는 눈빛을 보면……."

"됐고. 이제 저 사람들은 내 노예인 거지?"

"으음."

장재웅은 현진이를 쳐다봤다.

현진이는 웃으며 말했다.

"성필이가 노예를 가지겠다고 한 것은 이곳에서 지위를 가지겠다
고 한 것이잖아."

현진이의 말에 장재웅이 손뼉을 쳤다.

"그러네. 이성필이도 이제 우리 식구네."

순간 나는 내가 알던 현진이의 예전 모습과 다른 것을 느꼈다.

눈빛에서 더 확실하게 알았다.

열망? 갈망?

"제수씨는 김태일 남작의 지위를 그대로 가져오면 되겠고…….
성필이는 어떤 지위를 줄 것인지?"

장재웅의 말에 현진이는 씨익 웃으며 말했다.

"재웅이 너 공작이잖아."

"뭐야? 처음부터 성필이에게 공작 지위를 준다고?"

현진이의 표정이 굳어졌다. 그러자 장재웅이 살짝 겁먹는 것 같았다.

"아니. 반대한다는 것이 아니라⋯⋯. 다른 귀족들이 반발을 ⋯⋯."

현진이의 입꼬리가 올라갔다.

"누가? 어떤 놈이?"

장재웅은 더는 다른 말을 하지 못하는 것 같았다.

"아니야. 왕께서 원한다면 해야지."

장재웅은 나를 보며 말했다.

"축하한다. 하루아침에 공작이 됐네. 그것도 하나뿐이었는데."

장재웅은 내가 공작이 되는 것이 못마땅한 것 같았다.

하기는 장재웅은 은근 질투 같은 것이 있었다.

현진이의 표정이 원래대로 돌아왔다.

"축하해야지. 성필아 너 공작이 안 되면 노예도 없다."

역시 현진이는 나를 잘 알았다.

내가 노예가 된 이들을 살리려고 한 것을 알고 있는 것이 분명했다.

현진이는 자리에서 일어났다.

"그만!"

화르륵.

현진이의 몸 주변에 불덩어리 같은 것이 나타났다.

이연희는 김태일 남작을 뼈를 부수다가 멈췄다.

"김태일 남작은 패배했다. 패배한 그의 지위는 승자가 갖는다. 또한. 김태일은 지금부터 승자의 노예가 된다. 노예의 생사여탈권은 승자가 갖는다."

현진이가 말하자 사람들이 팔을 올리며 환호했다.

거의 광기에 가까운 행동 같았다.

현진이가 팔을 들어 올렸다. 그러자 거짓말같이 조용해졌다.

"한 가지 더! 여기 새로운 공작이 탄생했다. 그의 이름은 이성필!"

사람들의 눈이 커졌다. 그리고 당황하는 이들도 있었다.

"그를 나와 같이 대해라. 그는 곧 나다. 항명은 곧 죽음이다."

이건 내가 생각해도 너무 파격적이었다.

"현진아."

나는 조용하게 그를 불렀다. 하지만 현진이는 나를 돌아보지 않았다.

"그의 영지가 정해질 때까지 이성필 공작은 나의 성에서 머물 것이다."

말을 끝낸 현진이는 몸을 돌렸다. 그리고 나에게 말했다.

"가자."

거침없이 걸어가는 현진.

장재웅은 씁쓸한 표정을 지으며 고개를 절레절레 저었다.

그리고 현진이의 뒤를 따라오면서 말했다.

"이럴 때는 아무도 못 말려. 그러니 그냥 따라와라."

나는 어쩔 수 없다고 생각했다. 그래서 이연희에게 손짓했다.

이연희는 바로 달려왔다.

나는 노 씨 아저씨 그리고 이연희와 현진이를 따라갔다.

* * *

성당으로 돌아오자 현진이는 나와 노 씨 아저씨 그리고 이연희가
머물 곳을 직접 안내해 줬다.

"당분간 이곳에서 지내. 더 좋은 곳을 마련해 줄 테니까."

현진이가 안내해 준 곳은 신부님들이 머무는 곳 같았다.

하지만 그 어디도 신부님이나 수녀님들은 없었다.

그리고 안은 화려하게 꾸며져 있었다.

고급스러워 보이는 가구에 편안해 보이는 소파 등이 있었다.

"일이 있어서 잠시 다녀올 테니까. 내 집이라고 생각하고 있어."

현진이는 내 손을 잡았다.

"진짜 네 집이라고 생각하고 있어 줘. 어디로 떠나지 말고."

"알았어."

현진이의 마지막 말이 마음에 걸렸다.

마치 내가 어디로 떠날 것처럼 느끼는 것일까.

아니면 내가 자신을 살피러 온 것을 아는 것일까.

"이따가 저녁은 같이 먹을게. 그리고 노예는 이곳으로 데려올
거야."

현진이는 웃으며 몸을 돌려 떠났다.

현진이와 장재웅이 가자 노 씨 아저씨가 이곳저곳을 살피기 시작했다.

그리고 문 앞으로 가서 귀를 댔다.

조용히 무언가를 듣더니 내게 왔다.

"경비인지 아니면 감시인지 모를 이들이 꽤 많이 있습니다. 창문 쪽에도 배치되어 있습니다."

"감시겠죠?"

"배치된 것을 봐서는 그런 것 같습니다."

현진이가 그런 것일까?

아니면 장재웅일까?

어쨌든 둘 중 한 명은 우리를 의심하고 있다고 생각할 수밖에 없었다.

나는 이연희에게 말했다.

"아까는 고생했어요."

"아니에요. 그런 놈은 그냥 죽였어야 했는데."

"아무래도 연희 씨는 괜히 데려온 것 같아요."

"왜요?"

"위험하다는 느낌이 들기 시작했거든요."

내 말에 이연희는 한숨을 쉬었다.

"하아. 오빠! 위험한 곳에 오빠 혼자 있는 것보다 같이 있는 것이 제가 마음이 편해요."

이연희가 미묘한 표정을 지었다.

나는 애써 고개를 돌렸다.

"아저씨. 정찰은 며칠 하기로 한 거죠?"

"최소 3일 최대 5일입니다. 아마도 5일 정도 할 것 같습니다."

"우리도 일정을 비슷하게 맞춰야겠죠?"

"그러시는 것이 좋을 것 같습니다."

나는 최소 3일 안에 현진이와 이곳을 어떻게 할지 결정해야
했다. 내가 가장 궁금한 것은 현진이였다.

* * *

저녁 식사는 만찬이었다.

그것도 강북구의 모든 귀족이 참석하는 그런 만찬.

ㄷ자로 배치된 연회장에서 나와 현진이 그리고 장재웅이 가장
상석에 앉았다.

오른쪽 테이블에는 노 씨 아저씨와 이연희가 앉았다.

그리고 나머지 자리에 귀족들이 있었다.

장재웅이 조용하게 앉은 자리의 귀족을 내게 알려 줬다.

"노진수 옆에 앉은 사람이 이연재 후작. 반대편 왼쪽에 앉은
사람이 연장훈 후작. 둘이 경쟁 관계야."

말을 안 해 줘도 경쟁 관계인 것을 알 것 같았다.

서로 쳐다보는 눈빛이 안 좋았다.

"이연재 후작 파벌인 김필승 백작, 이양우 백작."

이연재 후작 옆에 앉아 있었다.

"반대편은 강성진 백작, 임부식 백작 그리고 안다니엘 백작."

연장훈 후작 편에 백작이 한 명 더 있었다.

그리고 안다니엘 백작은 금발의 외국인이었다.

"나머지는 남작 찌꺼러기들. 군이 알 필요는 없어. 알아서 인사하러 올 거야."

장재웅은 씨익 웃었다.

장재웅이 내게 어느 정도 귀족을 알려 주자 현진이가 기다렸다는 듯이 자리에서 일어났다.

그러자 모두 일어났다.

"오늘은 기쁜 날이다. 새로운 공작이 탄생한 날이니까."

현진이의 말과 행동에는 무게가 있었다.

자리가 사람을 만든다는 말이 생각났다. 활발하고 개그감 있던 현진이는 안 보였다.

"모두 잔을 들어 이성필 공작의 탄생을 축하해라."

현진이가 잔을 들었다. 그러자 모두 잔을 들었다.

현진이가 잔을 입에 대고 술을 비웠다.

그러자 일제히 잔을 입에 대고 술을 마셨다.

현진이가 술잔을 내려놓자 거의 끝자리에 앉은 한 명이 말했다.

"새로운 공작의 탄생을 축하드립니다. 그런데 공작이시라면 무언가 특별한 능력을 보여 주셔야 하지 않을까요?"

현진이의 표정이 변했다.

하지만 말을 한 남자는 긴장하면서도 끝까지 말했다.

"그래야 공작의 위신이 선다고 생각합니다. 지금까지 우리는 능력을 보고 각자 맞는 지위를 받았습니다."

저 남자는 지금 내가 공작의 지위에 맞는 능력을 지녔는지 알고 싶다는 것이었다.

맞는 말이기는 했다.

"왕께서는 말하셨습니다. 힘과 능력이 그 무엇보다 우선한다고……. 그래서 왕께서는 자신을 이길 자신이 있다면 언제든지 도전해 이겨서 왕의 자리를 가져가라고요."

현진이의 입꼬리가 올라갔다.

이건 위험했다.

그것을 알면서도 남자는 멈추지 않았다.

"두 후작도 있습니다. 두 후작이 새로운 공작에게 도전해도 되는 겁니까?"

저 말은 두 명의 후작을 두고 갑자기 어디서 나타났는지도 모르는 내가 공작이 된 것은 부당하다는 것 같았다.

그러자 현진이가 입을 열었다.

"이곳에서 정중하게 경고하지. 새로운 공작인 이성필은 곧 나다. 이성필 공작에게 무례를 범하는 짓은 곧 나에게 무례를 범하는 것이지. 그 결과는 알 것이다."

화르륵.

현진이의 몸 주변에 불이 나타났다.

이번에는 어떻게 불이 나타났는지 확실하게 봤다.

조그마한 구슬 같은 것이 현진이의 몸에서 빠져나와 불이 붙은 것이었다.

현진이는 팔을 들어 조금 전 말한 남자를 가리켰다.

그러자 불이 붙은 구슬은 빠르게 날아갔다.

남자는 다급하게 옆으로 몸을 날려 피했다. 하지만 불붙은 구슬은 그를 향해 방향을 틀었다.

남자는 무릎을 꿇고 소리쳤다.

"왕이시여. 용서해 주십시오! 잘못했습니다."

하지만 현진이는 용서하지 않았다.

불붙은 구슬은 그대로 남자의 몸에 닿았다.

화악.

신기하게도 작은 불붙은 구슬이 남자의 몸에 닿자 그의 온몸을 불태웠다.

"으아아아!"

비명을 지르며 몸을 굴려 어떻게 해서든 몸에 붙은 불을 꺼 보려고 했다.

하지만 불은 꺼지지 않았다.

나는 저 불이 어떻게 생겨난 건지 알 것 같았다.

현진이의 힘……. 그러니까 에너지가 담긴 불이었다.

구슬 역시 현진이가 만들어 낸 것이었다.

남자는 곧 비명을 멈췄다. 그리고 움직임도.

그런데도 불은 꺼지지 않았다. 계속 타올랐다.

남자가 뼈만 남을 때까지.

"자. 먹고 마시자고."

현진이는 아무렇지 않게 자리에 앉았다. 그러자 모두 자리에 앉았다. 그런데 현진이처럼 이곳에 모인 귀족들은 이런 일이 있었는데도 아무렇지 않은 것 같았다.

이렇게 될 줄 알고 있었거나, 이런 일이 많아서 익숙한 것일지도.

장재웅이 내게 슬쩍 말했다.

"현진이가 너 좋아하는 것은 알지만, 남작 한 명을 그냥 죽여 버릴 줄은 몰랐다. 어느 정도 태우다 말 줄 알았는데."

나는 장재웅이 시킨 일이 아닌가 싶은 생각도 들었다.

그렇지 않았다면 왕이 있는 자리에서 저런 말을 함부로 하지 않을 것 같았다. 하지만 이 모든 상황보다 나는 현진이가 사람의 목숨을 너무 쉽게 생각하게 된 이유가 궁금했다.

그리고 사실 짐작 가는 것도 있었다. 이 자리가 그렇게 좋지는 않았다.

"현진아."

"왜?"

"이런 자리를 마련해 준 것은 고맙다. 지금은 조금 쉬고 싶네."

"그래? 하기는 너는 이런 것을 보기 좀 그랬을 것 같다. 그럼 쉬어야지."

"고맙다."

"고맙기는. 들어가서 쉬어."

현진이가 손을 들자 한쪽 벽에 붙어 있던 사람이 다가왔다. 음식과 술을 나르던 이였다.

"이성필 공작을 머무는 곳으로 안내해."

"알겠습니다."

나는 자리에서 일어났다. 그러자 노 씨 아저씨와 이연희도 같이 일어났다.

장재웅은 술잔을 들면서 내게 말했다.

"이런 음식 보기 힘든데 그냥 먹고 가지. 왕께서 특별히 창고를 개방한 건데."

술은 몰라도 음식은 거의 보존식품이었다.

이곳에서는 식량을 생산하지 못한다는 증거였다.

"아니야."

"그래. 그럼 쉬어라."

장재웅은 손을 흔들었다. 나와 노 씨 아저씨 그리고 이연희는 연회장 밖으로 나갔다.

* * *

이성필 일행이 연회장 밖으로 나가자 장재웅의 눈이 가늘어졌다.

술을 한 잔 더 마신 장재웅은 이현진에게 말했다.

"왕. 성필이를 믿어?"

이현진은 눈살을 찌푸렸다.

"말이 안 되잖아. 이연희라는 여자도 그렇고 노진수도 느껴지는 힘을 봐서는 엄청 강한데."

"그래서?"

"이런 세상에서 아무런 힘도 없는 성필이를 두 사람이 지켜준다고? 에이."

"아직도 너는 성필이를 모르냐? 노진수 씨는 성필이가 거두지 않았다면 죽었을 거다. 은혜를 갚는 거겠지."

이현진의 말을 들은 장재웅은 웃음을 터뜨렸다.

"하하. 은혜? 그런 것이 남아 있기는 한 거야?"

"성필이 의심하는 것은 그만해라."

"왜? 너도 의심하잖아. 그래서 아까 도봉구 놈들하고 손잡은 의정부 놈들 정보 확인하러 간 거 아니야?"

이현진이 잠깐 볼일이 있다고 간 것은 의정부 세력에 관한 정보를 확인하기 위해서였다.

강북구도 정보 수집을 하고 있었다.

그 정보 수집의 수단 중에는 도봉구에 첩자를 심어 놓는 것도 있었다.

조금은 헐렁한 도봉구였기에 가능했다.

"의정부 놈들 중에 인상착의가 딱 맞는 놈이 노진수잖아. 그 옆에는 항상……."

이현진은 손을 들어 장재웅의 입을 막았다.

"그만해라. 성필이는 성필이야."

"뭐 왕께서 그만하시라고 하신다면야. 하지만 한 가지는 염두에 둬라. 성필이가 적이라면 이곳에서 죽여야 해."

이현진은 자리에서 일어났다.

기분이 안 좋아졌기 때문이었다.

"그럴 일은 없을 거다."

"과연 그럴까?"

이현진은 몸을 돌려 연회장을 빠져나갔다.

귀족들은 어리둥절한 표정으로 그런 그를 보고 있다가 오래간만에 먹는 만찬을 즐기기 시작했다.

장재웅 역시 만찬을 즐기다가 두 후작을 향해 손짓했다.

장재웅이 부르자 두 후작은 조용하게 다가왔다.

"잘 들어요. 두 후작께서도 갑자기 나타난 공작이 마음에 안 드는 것 잘 압니다."

장재웅의 말에 이연재 후작이 반응했다.

"그럴 리가요. 왕과 공작의 친구분이시라고……."

"친구이긴 하죠. 하지만 아무리 친구라고 해도 적이라면 어쩔 수 없지 않을까요?"

장재웅이 어떤 의도로 이런 말을 하는지 두 후작은 알았다.

지금까지 장재웅이 이런 식으로 제거한 사람이 한두 명이 아니었다.

장재웅은 직접 손에 피를 묻히는 경우가 없었다.

"노원 생존자 중에 누군가 새로운 공작님의 정체를 아는 사람도 있을지 모른다는 생각이 문득 드네요."

두 후작은 장재웅이 어떤 일을 시키는지 눈치챘다.

* * *

일하는 사람에게 안내를 받아 머무는 곳으로 갔다. 그런데 건물 앞에 사람들이 있었다.

2명의 남자와 4명의 여자.

그리고 만신창이가 된 남자 한 명.

노예 쟁탈전에서 봤던 이들이었다.

남자 2명이 나를 보더니 고개를 숙였다.

"안녕하십니까."

적대감이 하나도 보이지 않는 그런 목소리였다.

"네. 안녕하세요."

고개를 든 남자들은 반가운 표정이었다.

"말씀 편하게 하십시오. 선배님."

"선배님?"

"네. 저희 선일 고등학교 나왔습니다."

나는 반가울 수밖에 없었다. 내 고등학교 후배들을 만난 것이니까.

"그런데 나를 알아요?"

"네. 2년 후배입니다. 저희가 1학년 때 선배님 공연하시는 것 봤습니다."

"아."

고등학교 때 어쩌다 보니 잠깐 밴드를 한 적이 있었다.

"시간이 꽤 지난 일인데 기억하고 있네요."

"그럼요."

한 명이 당연하다는 듯 말했다. 그러자 다른 한 명이 웃으며 말했다.

"이놈 처음에는 긴가민가했습니다. 선배님 이름 듣고 알았습니다."

"야! 그런 말을 왜 해!"

어째 노예 쟁탈전에 잘 끼어든 것 같았다.

이들이 어떤 사람인지 아직은 잘 모른다. 하지만 후배를 구했다.

"모두 고생했어요."

"선배님, 진짜 말씀 편하게 하세요. 하늘 같은 선배님이신데."

사회에 나오면 1~2년 차이는 아무것도 아니게 된다.

하지만 사회에 나오더라도 학교 선후배 사이는 그렇게 되지 않았다.

"그리고 구해 주셔서 감사합니다."

"제가 구한 것 아닙니다. 여기 이연희 씨가 구했죠."

"형수님이 정말 잘 싸우시더라고요."

"형수님이……."

아니라고 하려는데 이연희가 끼어들었다.

"그렇죠? 오빠 후배들이시라고요? 이름이……."

"아! 죄송합니다. 전시훈이라고 합니다."

"전 김원희입니다."

"오빠 후배들이라서 그런지 잘생겼네요. 그리고 자기 여자들을 지킬 줄도 알고."

이연희의 말에 두 사람은 살짝 인상을 썼다.

전시훈이 웃으며 말했다.

"천방지축인 애들은 지키기 싫었는데 어쩔 수 없죠."

그러자 뒤에 있던 여자 중 한 명이 소리쳤다.

"야!"

"야? 너 또 오빠한테 막말한다?"

"그럼 오빠니까 막말하지. 다른 사람에게 막말할까?"

"이게 진짜."

"때리기만 해 봐. 나 죽을 수도 있어."

느낌이 연인이 아닌 친남매였다.

다른 여자가 끼어들었다.

"아가씨. 지금 그렇게 싸울 상황이 아니에요."

다른 여자가 말리자 친동생으로 보이는 여자는 고개를 돌렸다.

"죄송합니다. 선배님. 제 친동생입니다. 전시아입니다. 시아야, 너 제대로 인사드려."

고개를 돌린 여자가 나를 봤다. 하지만 제대로 인사는 못 하는
것 같았다.

"전……시아입니다. 오빠."

이연희의 인상이 구겨지는 것 같았다.

그런데 이름이 익숙했다.

"전시아? 혹시 배우 전시아인가요?"

"네."

어쩐지 어디서 많이 본 것 같더니.

"선배님, 얘 다 화장발입니다."

"야!"

전시아가 전시훈의 등을 손바닥으로 쳤다.

"안 아파. 그리고 여기는 저하고 결혼할 사이인 임하늘입니다."

중간에 끼어들었던 여자였다.

"임하늘입니다."

"네. 이성필입니다."

"선배님, 저도 동생 소개해 드리겠습니다."

김원희가 등 뒤에 있는 여자의 어깨를 잡더니 내 앞으로 밀었다.

"동생 김원진입니다."

"아…… 안녕하세요. 김원진입니다."

"네. 반가워요."

"여기는 제 아내 고우리고요."

마지막 여자였다.

"고우리입니다."

"네. 반갑습니다."

너무 문 앞에서 이야기하는 것 같았다.

"아직 제집은 아니지만, 들어가서 이야기하죠."

머무는 곳으로 들어가려 했다. 하지만 한 가지 문제가 남아 있었다.

"선배님. 이놈은 어떻게 하실 것인지. 선배님 노예이니 저희가 어떻게 손을 댈 수 없어서요."

바닥에 누워 있는 김태일이었다.

이연희가 검을 뽑았다.

"오빠. 내가 알아서 할게요."

"아니요. 잠시만요. 이놈 데리고 들어가죠."

나는 좋은 생각이 났다.

* * *

안에 들어와서 김태일을 한쪽 구석에 놔뒀다.

치료를 받기는 했지만, 그냥 응급 처치 정도인 것 같았다.

김태일을 제대로 치료할 생각이었다.

하지만 그 전에 고등학교 후배들을 다른 곳으로 보내야 했다.

"여기 방이 많던데 알아서들 쉬어요."

"괜찮습니다. 저희는 공식적으로는 선배님 노예입니다."

"사실 주인 노릇 하고 싶지 않아요. 좀 어색하네요."

내 말에 전시훈이 굳은 표정으로 말했다.

"그래도 해 주셔야 합니다. 저희를 보호해 주실 분은 선배님이십니다."

전시훈의 말을 이어받는 것처럼 김원희도 말했다.

"선배님을 진짜 주인님처럼 모시겠습니다. 진심입니다."

두 사람의 눈이 반짝였다. 진심인 것 같았다.

"사실 저희 모두 선배님을 존경합니다."

"존경이요?"

"네. 그 유명한 일진 사건은 전설입니다."

김원희의 말에 이연희와 노진수가 나를 빤히 쳐다봤다.

"그건 어렸을 때 일이라."

"그래서 더 존경합니다. 불의를 참지 못하고 앞장서서 서명 운동까지 해 가면서 어른들 앞에서도 당당하셨던 그 모습."

"하하. 그 이야기는 그만하죠. 그런데 주인님은 좀 그렇고⋯⋯. 나에게 충성을 맹세할 수 있나요?"

충성을 맹세하고 내가 손을 잡으면 믿을 수 있게 된다.

머리가 안 아프면 안 믿으면 되고.

"당연히 충성을 맹세하겠습니다."

"저도요."

"뒤에 계신 분들은요?"

"저도 할게요."

"저도요."

여자들도 모두 충성을 맹세한다고 했다.

여자들은 눈의 색이 정상이었다. 전시훈과 김원희가 필사적으로 지켰겠지.

"그럼 전시훈 씨부터 합시다."

"네. 선배님. 그런데 충성을 맹세하면 말을 편하게 해 주셨으면 합니다."

"그럴게요."

나는 전시훈에게 악수를 하자는 듯 손을 내밀었다.

손을 잡고 충성을 맹세하기만 하면 된다. 그런데 전시훈은 한쪽 무릎을 꿇더니 내 손을 양손으로 잡아 자신의 이마에 댔다.

그리고 내가 뭐라 하기도 전에 말했다.

"저 전시훈은 이성필 선배님에게 충성을 맹세하겠습니다."

내 몸에서 힘이 빠져나가는 것이 느껴졌다.

"으윽."

"참아요."

전시훈은 내 기대를 저버리지 않았다. 두통 때문인지 손에서 힘이 느껴졌다.

하지만 곧 두통은 사라졌다. 그리고 고개를 든 전시훈은 놀랍다는 표정을 지었다.

"이건……."

"나중에 설명해 줄게요."

전시훈은 항상 자신을 괴롭히던 속삭임이 사라진 것을 느꼈다.

연인과 가족을 지키려면 더 강한 힘을 손에 넣어야 한다는 속삭임이었다.

사람을 죽이고 괴물을 사냥해야지만 한다는 그런 생각도.

"김원희 씨."

내가 손을 내밀자 김원희도 전시훈과 똑같이 한쪽 무릎을 꿇고 내 손을 잡아 머리에 댔다.

"저 김원희는 이성필 선배님에게 충성을 맹세하겠습니다."

"크윽."

김원희 역시 두통을 느끼기 시작했다.

두 사람 모두 진심이었다.

곧 두통이 사라진 김원희도 무언가 놀란 것처럼 나를 쳐다봤다.

"두 사람이 진심인 것 같으니 믿을게요. 대신 지금부터 일어나는 일이나 내 행동을 누구에게도 말하면 안 됩니다."

"알겠습니다. 그런데 약속은 지켜 주셨으면 합니다."

"약속이요?"

"네. 말씀 편하게 하신다는 약속이요."

"아."

나는 어색하게 웃은 다음 말했다.

"그럼 그럴까?"

"네."

전시훈과 김원희는 활짝 웃었다.

"뒤에 계신 분들은 나중에 충성 맹세를 하는 것으로 하죠. 한 명은 뒤에 계신 분들 다른 방에서 머물 수 있게 해 주고 한 명은 문 앞에서 누가 오나 망 좀 봐 줄래?"

전시훈과 김원희는 아무것도 묻지 않고 바로 내 말대로 했다.

제대로 충성을 맹세한 것이기 때문이었다.

이제 김태일 차례였다.

나는 눈만 굴리면서 눈치 보고 있는 김태일에게 다가갔다.

"김태일 씨. 내 말 들리면 눈을 깜빡거려요."

깜빡.

입과 턱이 완전히 부서졌기 때문에 말은 할 수 없었다.

"당신을 완벽하게 치료해 줄 수 있어요. 관심 있나요?"

김태일의 눈이 빠르게 깜빡였다.

"좋아요. 대신 내게 정보를 줘야 해요. 가능한가요?"

김태일은 또 눈을 빠르게 깜빡였다.

"충성도 맹세하고요."

김태일이 얼마나 절박한지 알 정도로 눈이 깜빡이고 있었다.

"먼저 입을 고쳐 주죠."

나는 김태일의 얼굴을 만졌다. 붉은색 점이 옅어지며 사라지기 시작했다. 동시에 김태일의 부서진 턱의 뼈가 제자리로 돌아가 붙었다.

사라진 이빨도 다시 나기 시작했다.

곧 얼굴은 다치기 전으로 돌아왔다.

나는 손을 뗐다.

"이제 말할 수 있을 겁니다."

"아…… 어?"

김태일은 자신이 말할 수 있다는 것을 알고 놀랐다.

사람을 수십 명 죽이거나 괴물을 꽤 많이 죽여야만 회복할 수 있는 상처였다. 그런데 손으로 만지기만 했는데 치료가 됐다.

김태일은 이성필이 힘을 숨기고 있다는 것을 알았다.

"먼저 충성 맹세부터 할까요?"

"네. 하겠습니다."

나는 다시 김태일의 머리에 손을 댔다. 사실 손을 만지나 머리를 만지나 상관없었다.

충성을 맹세하는 당사자의 마음이 중요한 것뿐이었다.

"내 이름은 이성필입니다. 충성을 맹세하세요."

"저 김태일은 이성필 님에게 충성을 맹세합니다. 제 모든 것은 이성필 님의 것이며 죽음으로서 충성을 지키겠습니다."

거짓말.

눈 돌아가는 것 봐라.

거기에 아무런 고통도 안 느끼고 있었다.

"어쩔 수 없네요."

나는 정신 조종 능력을 사용했다.

이 힘을 사용할 때는 이상하게 목소리가 낮아진다.

"김태일. 내 말을 잘 들어."

김태일의 눈의 초점이 사라졌다.

"네."

"지금부터 누가 질문을 하든지 아는 대로 대답한다."

"네."

나는 노 씨 아저씨를 쳐다봤다. 나보다는 노 씨 아저씨가 질문하는 것이 낫기 때문이었다.

노 씨 아저씨는 김태일에게 다가가 물었다.

"이곳에 힘을 지닌 능력자는 몇 명이지?"

"3천 명 정도 됩니다."

"가장 위험한 힘을 지닌 사람은?"

"장재웅 공작."

"무슨 힘이지?"

"그의 정확한 능력은 모릅니다. 하지만 장재웅 공작과 틀어진 사람은 실종되거나 죽었습니다."

노진수는 고개를 갸웃거렸다.

"이현진 왕이 아니라 장재웅 공작이 가장 위험한 힘을 지녔다고 생각하는 이유는?"

"왕은 강하기만 합니다. 하지만 장재웅 공작은 강한지 약한지 모릅니다. 그런데도 장재웅 공작의 눈 밖에 난 사람은 죽거나 사라집니다."

김태일의 말을 들어보니 실질적으로 강북구를 장악한 사람은 장재웅 같았다.

노 씨 아저씨도 그것을 느낀 것 같았다.

"좋아. 귀족들 능력부터 말해 봐."

"이연재 후작은 몸을 강화할 수 있습니다. 강철입니다. 물리적인 힘으로는 그를……."

김태일은 후작부터 맨 아래 남작까지 자신이 아는 정보를 다 말했다.

그리고 힘이 있는 능력자를 어떻게 배치했는지.

전쟁이 일어났을 때 어떤 방식으로 움직이는지 등 모든 것을 말했다.

그런데 김태일의 말이 느려지기 시작했다.

심지어 침까지 질질 흘렸다.

정신 조종의 부작용인 것 같았다.

급기야 눈을 뒤집어 까더니 더는 말을 하지 못했다.

노 씨 아저씨가 그런 그의 뺨을 때리며 말했다.

"김태일! 정신 차려. 김태일!"

하지만 김태일은 정신이 나간 것처럼 헤 웃기만 할 뿐 그 어떤 반응도 하지 않았다.

그것을 본 이연희가 중얼거렸다.

"인과응보네요."

"아저씨. 필요한 정보는 다 얻었나요?"

"그런 것 같습니다. 기회 봐서 탈출하는 것이 좋을 것 같습니다."

어떤 방식으로 방어를 하고 어디에 뭐가 있는지까지 다 들었으니 정찰은 성공적이었다.

하지만 탈출도 문제였다.

나와 노 씨 아저씨 그리고 이연희만 탈출하는 것이라면 문제가 없었다. 하지만 전시훈과 김원희 그리고 그들이 보호하는 여자들까지 데리고 가는 것은 힘들었다. 그렇다고 놔두고 가자니 우리가 탈출 한 후 어떤 일을 당할지 모른다.

"모두 데리고 가려면 탈출 계획도 잘 짜야겠네요?"

"제가 생각을 해 보겠습니다."

노 씨 아저씨가 탈출 계획을 짜려면 시간이 좀 걸릴 것 같았다.

그렇다면 그 시간 안에 현진이를 만나 그동안의 일을 들어야 할 것 같았다.

내 예상이 맞는다면 현진이는 지금 아주 불안한 상태일 것이다.

육체적인 불안함이 아니었다. 정신적인 불안함.

정신이 무너지면 모든 것이 무너진다.

그런데 밖이 소란스러워졌다.

전시훈의 목소리가 들렸다. 일부러 크게 소리치는 것 같았다.

"무슨 짓이야! 여기는 이성필 공작님께서 계시는 곳이야!"

그리고 곧 싸우는 소리도 들렸다.

노 씨 아저씨가 문을 열었다.

몇 명이 전시훈과 싸우고 있었다. 그런데 꽤 싸움을 잘하는 전시훈을 어렵지 않게 상대하고 있었다.

하지만 그게 문제가 아니었다.

장재웅이 있었다.

그 옆에 이연재 후작과 연장훈 후작까지.

장재웅은 나를 보더니 웃으며 말했다.

"성필아. 너 조금 전에 김태일에게 한 짓을 설명 좀 해 줘야겠는데?"

"무슨 짓?"

장재웅은 계속 웃으며 말했다.

"왜 이곳 정보를 캔 거지? 충성 맹세는 또 뭐야?"

분명 이 방 안에는 아무런 것도 없었다. 도청 장치 같은 것은 사용할 수가 없다.

노 씨 아저씨가 꼼꼼하게 살펴봤으니 확실했다.

그런데 장재웅은 방 안에서 일어났던 일을 알고 있었다.

"놔!"

전시훈이 사로잡혔다.

장재웅은 고개를 절레절레 흔들더니 말했다.

"나 같으면 그냥 처리했을 거야. 하지만 왕께서 직접 만나 보시겠다고 하니 어쩔 수 없지. 반항하지 말고 따라오는 것은 어때? 아니면……."

다른 방의 문이 열리고 김원희와 여자들이 끌려 나왔다.

"성필이 너만 빼고 다 죽든지."

김원희와 여자들이 끌려 나오는 것을 보니 이곳에는 비밀 통로가 존재하는 것 같았다.

아니면 창문으로 들어갔거나.

어쨌든 장재웅답다 싶었다. 아닌 척하면서도 꽤 꼼꼼하게 준비한다.

"저들은 풀어주지. 우리 후배인데."

"그런 것 같더군. 그래도 안 되지."

이 상황에 약하게 나갈 생각은 없었다.

"그럼 진짜로 싸워 보든가. 노 씨 아저씨가 어떤 실력을 지녔는지 모르지?"

"본 적이 없으니 모르지. 하지만 이것 한 가지는 확실하지. 오늘 이곳에서 그 누구도 빠져나갈 수 없다는 것."

나는 피식 웃었다.

이곳을 빠져나가는 것은 쉬웠다. 장미 향을 사용하면 된다.

하지만 강북구를 벗어나기 전에 대비책을 찾을 수 있었다.

이곳도 장미 괴물을 경험해 봤을 테니까.

아니면 이곳에서 끝장을 볼 수도 있었다. 주머니 안에는 내가 나오라고 할 때까지 잠든 것처럼 조용히 있는 금비도 있었다.

현진이가 강하다 해도 금비 역시 강했다. 더군다나 금비는 까다로운 상대였다.

금비 역시 대장 두꺼비와 같이 점액을 외부로 내보낼 수 있었다. 불이 잘 안 붙는 것이다.

"재웅아."

"왜?"

"너하고 나는 친구냐?"

"친구였지."

장재웅의 말투가 확 바뀌었다.

"하지만 친구라고 해도 배신자는……. 아니 적의 우두머리는 그냥 둘 수 없지."

장재웅은 내 정체를 아는 것처럼 말했다.

그렇다면 굳이 정체를 숨길 생각이 없었다.

"네가 나를 잡을 수 있을 것 같아?"

장재웅은 눈을 번뜩였다.

"그동안 네게 느꼈던 것들을 오늘 갚아 줄 생각이거든."

나는 인상을 쓸 수밖에 없었다.

"내게 느껴?"

"이거 봐. 때린 놈은 기억을 못 한다니까?"

장재웅은 마치 내가 그에게 무언가를 잘못한 것처럼 말하고 있었다. 하지만 나는 그런 기억이 없었다.

"그 표정 짜증 난다. 너는 아무렇지 않게 말하고 행동했을지 몰라도 받아들이는 사람은 아니야."

"뭐를 말하는 거냐?"

"하아. 말을 하지 말자."

장재웅은 예전에 이성필에게서 느꼈던 패배감, 비굴함 등이 떠올랐다.

항상 자신만만했고 친구들 사이에서 돈을 먼저 벌었다고 술을 자주 사 줬었던 이성필.

하지만 그때마다 장재웅은 자신이 낮아지는 것 같았다.

그 술을 얻어 마실 때마다 비굴하게 웃었어야 했으니까.

하고 싶은 말도 제대로 못 했다.

"자. 어떻게 할래? 참고로 지금 밖에는 천 명 정도가 모여 있어.
그것도 정예로."

장재웅은 이성필이 순순히 항복하지 않기를 바라고 있었다.

그래야 이현진이 이성필과 싸울 수 있기 때문이었다.

강북구가 무너지지 않으려면 이현진도 어쩔 수 없는 선택을
해야 했다.

그런데 장재웅의 계획이 틀어졌다.

이현진의 목소리가 들렸기 때문이었다.

"그만둬라!"

장재웅은 뒤를 돌아봤다. 그곳에는 이현진이 서 있었다.

"왕! 무슨 소리야! 성필이를 잡아야 수월하게 도봉구나 의정부를
먹을 수 있어."

"그만두라고 했어. 성필이가 떠나고 싶다면 떠나게 둬라."

현진이의 말에 장재웅이 입술을 깨물었다.

하지만 나는 현진이의 말대로 할 생각이 없었다.

아직 현진이와 제대로 된 대화를 나눠 보지 못했다.

"그냥 떠날 수는 없어. 현진아."

현진이는 나를 보며 씁쓸하게 웃었다.

"기회를 줄 때 떠나라. 성필아."

"떠나라고 하면 떠날 거야. 하지만 네가 왜 이렇게 변했는지는 들어야겠다."

현진이의 눈에서 불꽃이 일어나는 것 같았다.

"지금 나에게 그것을 또 떠올리라고 말하는 거냐?"

화르륵.

이현진의 몸이 불타고 있었다. 신기하게도 옷 같은 것은 불타지 않았다.

그냥 불길이 현진이의 몸을 둘러싼 것 같았다.

그리고 그 불길은 근처의 모든 것을 태우기 시작했다.

"으악!"

"피해."

근처에 있다가 불길이 옮겨붙은 사람은 불을 꺼 보려고 했지만, 꺼지지 않았다.

벽까지 불길에 사로잡히기 시작했다.

사람들은 두려운 표정을 지으며 현진이의 곁에서 멀어졌다.

장재웅 역시 예외는 아니었다.

나는 현진이에게 다가갔다.

"대장님!"

"오빠."

"다가오지 말아요."

노 씨 아저씨와 이연희를 막았다. 그리고 현진이를 향해 계속 걸어갔다.

뜨거움 따위는 나를 막지 못했다. 어차피 면역이라.

내가 한 발자국 다가갈수록 현진이의 눈이 흔들렸다.

한 발자국 더 다가가자 이제 현진이가 일으킨 불길에 닿을
것 같았다.

내가 한 발을 더 떼자 현진이가 뒤로 물러났다.

"오지 마!"

"아니. 갈 거야."

"오지 말라고 했어!"

현진이의 불길이 더 거세졌다. 마치 모든 것을 다 불태울 것처럼.
건물 벽 전체에 불길이 옮겨붙었다.

"오지 말라고 경고했어."

갑자기 차분해진 현진이.

현진이는 더는 뒤로 물러나지 않았다.

"지영이와 소희에게 약속했어. 모든 것을 불태우지 못하겠다면
내가 가지기로."

지영이와 소희.

지영이는 현진이의 아내였다. 소희는 딸이었고.

내가 짐작한 일이었다. 강력한 힘을 지닌 현진이 옆에 아내와
딸이 안 보였다. 그리고 만날 때마다 그렇게 자랑했던 딸의 이야기를
하지도 않았다.

"성필이 너라고 해도 그 약속을 깰 수는 없어."

이현진은 자신이 살아 있는 이유가 아내와 딸에게 한 맹세 때문이라고 생각했다.

사실이나 마찬가지였다.

그 맹세 때문에 미치지 않고 살아 있었다.

하루에도 몇 번씩 모든 것을 불태우고 싶었다.

"약속을 깨라는 것이 아니야. 예전의 내 친구 현진이가 보고 싶을 뿐이지."

"예전? 지영이와 소희가 죽었던 날 성필이 네가 보고 싶은 나는 사라졌어."

"그래서 사람을 마구 죽이는 거야?"

"그게 어때서. 그놈들도 지영이와 소희를 죽였는데."

"현진아."

나는 걸음을 멈췄다. 그 어떤 말로도 현진이를 설득할 수 없다는 것을 알았기 때문이었다.

"그렇다면 내가 너를 꺾어 줄게."

현진이는 내가 무슨 말을 하는지 모르는 것 같았다.

"너를 막을 수 있는 사람이 없으니까 이렇게 행동하는 것 같아서야. 미안하다."

나는 숨겼던 힘을 개방했다.

그러자 현진이의 눈이 커졌다.

"어떻게…… 이런 힘이……."

현진이를 보고 알았다. 내가 지닌 힘이 더 크다는 것을.

어떻게 보면 당연한 일이었다.

현진이는 이곳에 있으면서 고만고만한 사람과 괴물만 상대했을 것이다.

하지만 나는 매번 최종 보스를 만났다.

죽을 뻔한 위기를 몇 번이나 넘기면서 그들의 힘을 흡수했다.

"현진이 네가 만든 불길은 나에게 소용없어."

나는 당황하는 현진이에게 손을 뻗었다.

현진이가 일으킨 불길에 손이 닿았다.

그러자 현진이가 더 당황하며 뒤로 물러났다.

"미쳤어?"

"아니. 안 미쳤어."

나는 손을 들었다. 그러자 현진이의 눈이 더 커졌다.

내 손이 멀쩡했기 때문이었다.

불이 옮겨붙지 않았다. 아니 정확하게 말하자면 불이 옮겨붙지 않도록 했다.

현진이가 자신의 힘으로 불을 만든다면, 나 역시 내가 지닌 힘으로 불을 막을 수 있을 것 같았다.

일종의 도박이었다. 그리고 그 도박은 성공했다.

"미안하다."

나는 당황하는 현진이에게 달려가 주먹을 날렸다.

고등학교 2학년 때 지영이를 두고 싸웠던 이후로 처음으로 다시 날리는 주먹이었다.

그때는 내가 졌었다. 그리고 시원하게 지영이를 포기했었다.

"하지만 지금은 질 수가 없어. 나는 너를 포기할 수가 없거든!"

진심이었다.

뻐억.

주먹이 제대로 현진이의 턱을 강타했다.

뒤로 날아가는 현진이.

하지만 현진이는 쓰러지지 않았다. 약간 무릎을 굽히면서 충격을 흡수한 후 일어났다.

조금 힘이 약했나 싶었다. 아무래도 온 힘을 다해서 때리면 현진이가 크게 다칠 것 같아서 힘을 조금 뺐더니.

현진이가 고개를 흔들었다.

"꽤 아프네."

현진이의 몸을 둘러싼 불길이 사라졌다.

내가 한 대 때렸다고 해서 사라질 불길이 아니었다.

그래서 이상하다는 생각을 했다.

그런데 현진이가 씨익 웃는 것이 보였다.

"그래. 오늘 누구 한 명 죽어 보자."

현진이가 달려왔다. 순간 잊고 있던 것이 떠올랐다.

종합 격투기 선수가 꿈이었던 현진이.

현진이가 딴 무술 단수를 합치면 가볍게 10단은 넘어갔다.

사실 현진이의 주 무기는 저 불길이 아니란 것을 깨달았다.

"젠장."

달려오던 현진이가 몸을 낮추는 것이 보였다.

나는 바로 점프해서 피했다. 허리나 다리를 잡히는 순간 넘어진다. 그리고 그라운드 기술이 들어온다.

현진이의 관절기에 걸리면 절대 못 빠져나온다.

"새끼. 안 잊어먹었네."

나는 현진이의 목소리를 들으며 앞구르기를 했다. 그리고 바로 벌떡 일어나며 본능적으로 허리를 숙였다.

후웅.

현진이의 다리가 내 상체가 있던 자리를 지나갔다.

나는 팔을 모아 얼굴 가드를 만들면서 뒤로 빠졌다.

뻐벅. 퍼억. 빡.

아니나 다를까 현진이의 주먹이 내 팔을 두드렸다.

가드를 하지 않았다면 얼굴을 그대로 맞았을 것이다.

나는 입술을 깨물었다. 다른 힘을 사용한다면 현진이를 쉽게 이길 수 있었다.

하지만 그렇게 하기는 싫었다.

현진이는 지금 순수한 힘으로만 나와 싸우고 있었다.

마치 15년 전의 그때처럼.

"맷집이 더 좋아진 것 같네."

퍼억.

현진이의 주먹이 내 배를 때렸다.

상체가 굽어질 것 같았다. 하지만 힘으로 버텼다.

사실 맞아 보니 현진이가 때리는 주먹은 그렇게 아프지 않았다.

아무래도 힘의 차이 때문인 것 같았다.

나는 가드 사이로 현진이를 계속 보며 기회를 노렸다.

잽잽. 로우킥. 하이킥.

무슨 샌드백이 된 것 같은 느낌이었다.

하지만 큰 타격은 없었다.

현진이도 그것을 느낀 것 같았다.

아무래도 그럴 것이다. 가드가 풀어지지도 않았고 흔들림 없이 맞고만 있으니까.

드디어 기회가 왔다.

현진이는 내 관자놀이를 노리고 훅을 날렸다.

그때 나는 가드를 풀며 상체를 숙이면서 현진이에게 한 발 다가갔다.

현진이의 오른팔이 내 왼쪽 어깨 부근을 지나는 순간.

나는 빠르게 몸을 돌리면서 현진이의 오른팔을 잡았다.

후웅.

꽈앙.

나는 있는 힘껏 현진이를 업어치기로 바닥에 꽂아 버렸다.

시멘트 바닥이 깨지고 땅이 움푹 파일 정도였다.

"쿨럭."

순간적으로 너무 힘을 줬나 싶었다.

현진이가 기침을 하며 일어나지 못하고 있었다.

하지만 난 현진이가 일어나지 못하는 것보다 일어나기 싫어하는 것처럼 느껴졌다.

"야. 일어나. 맞기는 내가 더 맞았어."

현진이는 뭐가 좋은지 웃으며 말했다.

"꼭 때려야겠냐?"

"어. 네가 정신 차릴 때까지."

"그래. 때려라."

현진이가 힘겹게 일어났다.

그에게서 느껴지는 힘은 아직 그대로였다. 힘이 없어서 힘겹게 일어나는 것이 아니었다.

지친 것 같았다.

현진이는 아무런 방어 자세도 공격 자세도 취하지 않았다.

그냥 빤히 나를 쳐다봤다.

"자. 때려."

"너 잊고 있었나 보네."

후웅.

약간 힘을 빼고 주먹을 날렸다.

뻐억.

이번에는 현진이가 그냥 날아가 바닥을 뒹굴었다.

바닥을 뒹군 현진이가 앉더니 턱을 문질렀다.

"새끼. 때리라고 했다고 진짜 때리냐?"

"그럼 때리지. 안 때리냐?"

"후우. 고맙다."

"뭐가?"

"그냥. 막혔던 것이 좀 뚫린 것 같아서."

"그랬다면 내가 더 고맙다."

나는 현진이에게 다가가 손을 내밀었다.

현진이가 내 손을 잡았다. 나는 힘을 줘서 현진이를 일으켜 세웠다.

"인제 정신 좀 차렸나?"

"아니. 아직 덜 차렸다. 나는 성필이 너를 절대 죽일 수 없다는 것을 안 이상 정신 차려야겠지?"

"죽일 수 없는 것이 아니라 못 죽이는 거야."

"그런가? 지영이 마지막 부탁은 들어줄 필요가 없네."

"무슨 소리야?"

"지영이가 너를 찾으라고 했거든."

"나를?"

"그래. 너만이 나를 구해 줄 수 있다나?"

이현진은 아내가 왜 그런 말을 했었는지 그때는 이해하지 못했다.

하지만 지금은 이해하고 있었다.

이성필을 다시 만났을 때부터 알고 있었다.

그냥 말하지 않아도 자신을 아는 것 같은 느낌.

위로하지 않아도 위로받는 느낌.

옆에 있는 것만으로도 기분이 좋아졌다.

그래서 이성필을 옆에 두고 싶었다. 이성필이 어떤 사람이라 해도 상관없었다.

하지만 이성필이 자신 때문에 위험해지는 것은 싫었다.

이성필이 아무런 힘이 없는 줄 알았기 때문이었다.

"손 다시 잡아라."

"왜? 어지럽냐?"

"그래. 어지럽다. 사람을 인정사정 보지 않고 메다꽂냐."

"그러는 너는 인정사정 보지 않고 때렸냐?"

"그래야 후회가 없지. 그날도 후회가 없이 때렸잖아. 서로."

"그렇기는 하지."

"팔 내놔."

나는 팔을 내밀었다. 그때처럼 어깨동무할 줄 알았다. 그런데 현진이가 내 팔을 들어 올리면 소리쳤다.

"규칙에 의해 새로운 왕이 탄생했다!"

이건 또 뭔 개소리야.

25. 메뚜기 떼

"야!"

내가 팔을 빼려고 하자 현진이는 힘을 줘서 잡았다.

"욕 나오게 하지 말고 놔라."

그런데 욕은 다른 곳에서 나왔다.

"개좆같은 소리 하고 있네."

나와 현진이는 욕이 들린 곳으로 고개를 돌렸다.

그곳에는 장재웅이 있었다. 장재웅이 한 것이 분명했다.

주변 사람들이 놀란 표정으로 그를 바라보고 있었으니까.

장재웅의 표정은 일그러져 있었다.

그리고 또 소리쳤다.

"새로운 왕? 누구 마음대로!"

현진이가 내 팔을 놨다. 그리고 장재웅을 향해 한 걸음 나가더니 소리쳤다.

"우리가 정한 규칙이다. 그것을 따르지 않겠다는 거냐?"

"규칙? 그래 우리가 정했지. 하지만 그건 너와 나를 위한 것이었어. 어디서 갑자기 나타난 저런 새끼를 위한 것이 아니라!"

현진이는 한숨을 내쉬었다.

"그럼 규칙에 따라 네가 나를 이겼어야지."

"내가 괜히 너에게 도전 안 한 것 같냐? 다 우리를 위해서였다. 왕과 공작이 싸워서 한 명이 사라진다면 이곳은 어떻게 되겠냐!"

장재웅의 말을 들으니 그의 입장이 이해가 되긴 했다.

"야! 끌고 와!"

장재웅이 소리치자 한쪽에서 몇 명을 질질 끌고 왔다.

"저것 봐라. 성필이 저 새끼가 보낸 놈들이다. 노원 생존자인 척 잠입한 스파이야!"

나는 깜짝 놀라 끌려온 사람들을 봤다.

허창수 상사와 그의 팀원이 분명했다.

현진이가 장재웅에게 말했다.

"내가 듣기로는 스파이라고 자백하지 않은 것으로 아는데."

"스파이가 분명해. 아니면 왜 도망치려고 했는데? 그리고 여기저기 묻고 다니는 것도 수상했어."

현진이는 나를 쳐다봤다.

나는 사실대로 말할 생각이었다.

"내가 보낸 정찰대가 맞아."

현진이가 화를 낼 줄 알았다. 그런데 아니었다.

"그래? 알았어."

다시 장재웅에게 시선을 돌린 현진.

"지금은 저 사람들이 스파이든 아니든 상관없다. 이성필은 공작이었고 정당하게 나와 대결해서 이겼다. 이곳은 이제 이성필 왕의 것이지."

현진이의 논리는 내가 왕이 됐으니 허창수 상사의 팀은 스파이가 아니란 것이다.

"미친 새끼. 그렇게 성필이가 좋냐? 너를 위해 온갖 더러운 일을 한 나보다도?"

"미안하지만 그래."

현진이의 표정은 안 보였다. 하지만 그의 목소리에서 씁쓸한 감정이 느껴졌다.

"하지만 재웅아. 너에게도 감사하고 있다."

"개소리하지 마라. 네가 진짜 감사하다면 왕의 자리를 내게 줬어야 했다."

"미안하다."

"하하하하."

갑자기 장재웅이 웃기 시작했다. 그 웃음에는 허탈한 감정이 녹아 있었다.

그런데 웃음을 멈춘 장재웅이 이상한 표정을 지었다.

말로 표현 못할 그런 기괴한 표정이었다.

일그러진 것 같기도 하고 웃는 것 같기도 한.

그것을 본 현진이가 소리쳤다.

"모두 재웅이 근처에서 떨어져라."

하지만 현진이의 경고는 늦은 것 같았다.

장재웅의 몸에서 녹색 연기가 뿜어져 나왔다.

그러자 장재웅의 근처에 있던 사람들이 갑자기 쓰러져 부들부들 떨기 시작했다.

화르륵.

현진이는 불길을 일으켜 장재웅이 있는 곳으로 달려가며 소리쳤다.

"미친 새끼! 다 죽일 생각이냐?"

"내가 갖지 못한다면 그래야지."

담담한 장재웅의 목소리.

하지만 장재웅이 나를 보자 목소리가 달라졌다.

"특히나 저 새끼에게는 줄 수 없어. 내가 어떻게 만든 왕국인데!"

장재웅도 달리기 시작했다. 장재웅이 지나가는 근처에 있는 모든 사람이 쓰러졌다.

그리고 노 씨 아저씨와 이연희도 쓰러지려고 했다.

간신히 버티는 것처럼 보였다.

급기야 이연희는 토악질까지 시작했다.

현진이와 장재웅이 부딪쳤다.

치이익.

녹색의 연기가 현진이의 불길에 닿자 나는 소리였다.

현진이의 불길은 장재웅의 녹색 연기를 완벽하게 태우지 못했다.

불길과 녹색 연기가 서로 싸우고 있었다.

그런데 녹색 연기가 점점 더 현진이의 불길을 밀어내고 있었다.

"배신자 새끼."

장재웅이 소리치며 앞으로 나갔다.

현진이는 그냥 버티는 것 같았다. 불길이 녹색 연기에 밀리고
있었다.

"재웅아. 그만해라. 더 하면 나도 더는 못 참는다."

"참지 마. 새끼야!"

녹색 연기가 더 진해졌다.

그러자 현진이의 불길도 더 강해졌다.

이제는 서로 한 치의 양보도 하지 않겠다는 듯 팽팽해졌다.

문제는 장재웅의 녹색 연기가 한 곳에만 영향을 주지 않는다는
것이었다.

대부분의 녹색 연기는 현진이의 불길에 집중되어 있었다. 하지만
조금씩 다른 곳으로 퍼져 나가고 있었다.

도망갈 수 있는 사람들은 이미 멀찍이 떨어져 있었다.

도망 못 간 사람들의 피부에 물집 같은 것이 올라오기 시작했다.

녹색 연기는 급기야 내가 있는 곳까지 퍼졌다.

장재웅이 씨익 웃는 것이 보였다.

"성필이 저 새끼 중독되는 것도 모르고."

장재웅의 능력은 독인 것 같았다.

머리가 어지러울 정도로 독했다. 그리고 옷이 부식되고 있었다.

"장재웅!"

화르르륵.

현진이의 불길이 더 강해졌다.

장재웅의 녹색 연기가 후욱 하고 뒤로 밀렸다. 그러자 사방으로 퍼지던 녹색 연기가 장재웅에게 돌아갔다.

이제 보니 일부러 녹색 연기를 퍼뜨린 것이었다.

녹색 연기가 집중되자 다시 불길을 밀어내기 시작했다.

그리고 장재웅은 현진이를 향해 한 걸음씩 나아갔다.

그것을 본 현진이가 소리쳤다.

"너 진짜 죽을 생각이냐?"

"누가 죽을 건지는 끝까지 가 봐야지. 그리고 성필이 새끼 중독됐다."

현진이의 불길이 흔들리기 시작했다.

장재웅이 더 빠르게 현진이를 향해 다가갔다.

그리고 불길 안으로 손을 내밀었다.

미친 짓 같아 보였다. 장재웅의 팔은 불길에 휩싸였다.

"팔 빼!"

장재웅은 웃으며 더 앞으로 나갔다. 마치 현진이의 몸에 손을 대야만 한다는 것처럼.

순간 불안했다. 장재웅의 손이 현진이의 몸에 닿는다면 현진이가 죽을 것 같았다.

장재웅의 손이 현진이의 몸에 닿으려 했다. 그때 장재웅은 한쪽 입꼬리를 올리며 말했다.

"현진아. 그동안 고생했다. 이제 쉬어라."

현진이는 더 강하게 불길을 일으켰다. 이제는 장재웅의 팔뿐만 아니라 몸까지 불길에 휩싸였다.

하지만 장재웅은 아무렇지 않은 듯 팔을 더 뻗었다.

장재웅의 팔이 현진이의 몸에 닿으려는 순간.

턱.

"뭐…… 뭐야?"

장재웅이 놀라 나를 봤다. 내가 장재웅의 팔을 잡았기 때문이었다. 현진이도 놀란 표정을 짓고 있었다.

그리고 장재웅이 왜 현진이의 몸에 손을 대려고 했는지 알 것 같았다.

엄청난 독이 손을 통해 내 몸 안으로 들어오고 있었다.

그냥 녹색 연기에 닿아 중독되는 정도가 아니었다.

내 손이 새까매졌다.

내가 지닌 힘으로 손을 보호하는데도 이정도였다.

현진이의 불길은 내게 큰 영향이 없었다.

"하하하하. 진짜 죽으려고 환장했구나. 어차피 죽는 건가?"

메뚜기 떼 277

장재웅이 기쁘다는 표정을 지었다. 나는 그런 그를 향해 말했다.

"아니. 안 죽어."

"미친 새끼. 내가 현진이를 위해 준비한 독이다. 현진이의 불에도 절대 타지 않는 독이지."

나는 장재웅이 이런 상황이 올 때를 대비한 것을 알았다.

"너. 현진이 죽이려고 한 거냐?"

"언젠가는 이런 날이 올 줄 알았지. 현진이 새끼 생각보다 무르거든."

장재웅의 말을 들은 현진이가 소리쳤다.

"장재웅!"

현진이의 불길이 더 거세졌다. 진한 붉은색이었던 것이 노란색에 가깝게 변했다.

내가 알기로는 그냥 붉은색이 600도 정도이고 진한 붉은색이 800도에서 1,000도 사이다.

노란색이면 1,200도다.

제철소에서 쇠를 녹이는 용광로 내부 온도가 약 1,500도인 것을 생각하면 1,200도는 엄청난 온도인 것이다.

그런데 장재웅의 몸은 불길에 휩싸였어도 불타오르거나 녹아내리지 않았다.

나 역시 마찬가지였다.

이유는 한 가지였다. 힘으로 몸을 보호하고 있었기 때문이었다.

하지만 뜨거운 것에 면역인 나도 슬슬 뜨거워지려하고 있었다.

"내가 아무런 생각도 없이 현진이 너에게 다가간 것이 아니야."

장재웅은 현진이가 최고로 낼 수 있는 불길이 1,500도인 것을 알고 있었다.

그래서 장재웅은 자신의 독을 1,500도에서도 견딜 수 있도록 노력했다. 그리고 최근에 성공했다.

하지만 조금 불안했다. 갑자기 힘이 느껴지는 이성필이 1,200도 의 불길에도 멀쩡한 것도 모자라 자신의 독에 쓰러지지도 않았기 때문이었다.

그리고 힘을 줘서 아무리 팔을 뻗으려 해도 움직이지 않았다.

"어?"

장재웅은 무언가 잘못된 것을 알았다.

자신의 독이 이성필에게 점점 빨려들어 가는 것을 느꼈기 때문이었다.

장재웅은 당황하며 이성필을 쳐다보며 말했다.

"너…… 너……."

나는 장재웅의 독이 힘 그 자체라는 것을 알았다.

그리고 동시에 장재웅의 약점이라는 것도.

장재웅의 지닌 힘은 나보다 적었다.

내가 장재웅의 독에 중독되어 죽는 것보다 빠르게 장재웅의 힘을 빼앗을 생각이었다.

그리고 독으로 죽을 일도 없었다.

장미 향의 힘을 지녀서 그런지 약간 어지러울 뿐이지 다른 영향은 없었다.

"크으윽."

장재웅이 신음을 내기 시작했다.

장재웅의 피부에 화상을 입은 것처럼 수포가 생기기 시작해서 그런 것 같았다.

"현진아. 불길을 낮춰."

내 말에 현진이는 바로 불길을 낮췄다.

불의 색이 붉은색으로 변했다.

현진이가 불의 온도를 낮췄는데도 안 되는 것 같았다. 장재웅의 피부가 녹아내리려 했다. 옷도 불타기 시작했다.

"현진아. 너는 빠져."

"괜찮겠어?"

"괜찮아."

현진이는 불안한 눈을 하며 뒤로 빠졌다. 그리고 불길을 없애 버렸다.

이제 나와 장재웅 둘의 싸움이 됐다.

장재웅은 일그러진 얼굴로 내게 말했다.

"도대체 나에게 왜 그러냐. 성필아."

"무슨 말이야?"

나는 어느 정도 힘만 빼고 그만둘 생각이었다.

아직도 친구라는 그런 감정이 남아 있었으니까.

"왜 나를 비참하게 만드느냐고!"

버럭 소리친 장재웅은 팔에 힘을 집중하는 것 같았다.

갑자기 쏟아져 들어오는 독이 그 증거였다.

"재웅아. 그만하자. 그냥 네가 여기 왕 해라."

이러다가는 장재웅의 모든 힘을 빼앗을 것이 분명했다.

그런데 내 말이 더 악영향을 끼친 것 같았다.

"내가 거지냐! 너는 항상 나를 그런 취급을 했지."

더 강해진 독 때문에 팔뚝까지 새까맣게 변했다.

"재웅아. 진짜 그만해. 너 모든 힘을 잃게 될 거야."

"상관없어. 너만 사라진다면."

새까맣게 변한 내 팔뚝이 점점 원래 색을 되찾아가는 것이
보였다.

즉, 장재웅의 힘이 떨어져 간다는 것이다.

나는 잡았던 장재웅의 팔을 놨다.

턱.

그런데 장재웅이 내 팔을 잡았다.

"시작했으면 끝을 봐야 하는 것 아니야?"

이렇게 된 것 장재웅의 말대로 끝을 봐야할 것 같았다.

"재웅아, 미안하다. 네가 그렇게 생각하는 줄 몰랐다."

나는 장재웅의 심장 부근에 다른 손을 댔다.

더 빠르게 장재웅의 독이 내게 들어왔다.

장재웅의 눈이 커졌다. 이제야 무언가 잘못됐다는 것을 안 것
같았다.

하지만 이미 늦었다. 내 손과 팔은 중독되기 전의 모습으로 돌아와 있었다. 장재웅이 지닌 힘을 모두 흡수한 것이었다.

"커억!"

장재웅이 피를 토했다.

나는 장재웅의 가슴에서 손을 뗐다. 장재웅은 내 손을 잡고 있을 힘도 없는지 축 처지며 쓰러졌다.

쓰러진 그대로 나를 쳐다보는 장재웅의 눈빛은 원망이었다.

"재웅아."

"꺼져."

나는 잠시 재웅이를 그냥 놔두기로 했다.

그리고 재웅이 때문에 중독된 사람들에게 갔다.

먼저 노 씨 아저씨와 이연희를 해독했다. 그리고 후배인 전시훈과 김원희도.

다행히도 둘의 동생과 연인은 죽기 직전에 해독할 수 있었다.

허창수 상사 팀도 해독했다.

아직 해독할 사람이 많이 남아 있었다. 최소 수백 명이었다.

"현진아. 재웅이 좀 부탁한다."

"알았다."

현진이가 재웅이 곁에 가서 섰다.

하지만 둘은 아무런 말도 하지 않았다.

나는 중독된 사람들을 계속 해독하기 시작했다.

* * *

중독된 사람이 많아서 꽤 시간이 걸렸다.

어느새 날이 밝아 오고 있었다.

현진이는 다른 사람들을 불러서 중독됐었던 이들을 돌보게 했다.

장재웅의 독 때문에 몸을 바로 움직이기 힘들었기 때문이었다.

대충 지시를 내린 현진이는 내게 다가왔다.

"성필아. 재웅이 어떻게 할 거냐?"

"어떻게 하기는……. 그냥 둬야지."

"죽이지 않고?"

"어. 그래도 친구잖아."

평생 쉽게 사귀지 못할 고등학교 때의 친구.

"너는 재웅이를 그렇게 쉽게 죽일 생각을 하냐."

"그렇게 해야 사람들이 말을 제대로 들었으니까."

"하아. 지금까지는 그렇게 해 왔어도 앞으로는 다른 방식으로 해야 할 거야."

"알았다. 뭐……. 왕은 너니까."

"그건 반사다. 네가 계속 왕 해라."

"규칙이야."

"나는 여기에 머물 수가 없어. 의정부로 돌아가야 해. 내 모든 것이 그곳에 있거든."

"그럼 의정부로 모두 같이 가면 되지."

"아. 몰라. 지금은 좀 쉬고 싶다. 쉬면서 재웅이 정신 차리면 그때 다시 이야기하자."

"네 생각이 그렇다면……."

현진이가 한 발 물러서는 것 같았다.

그런데 저 멀리 검은 구름 같은 것이 몰려오는 것이 보였다.

이상하다고 생각됐다. 구름치고는 속도가 너무 빨랐다.

북한산 방향에서 내려온 검은 구름은 곧 그 정체를 드러냈다.

메뚜기 떼였다.

"으아아악!"

북한산 방향에서 사람들이 비명을 지르며 달려왔다.

사람들 몸에는 최소 길이 30cm 넓이 20cm의 메뚜기가 달라붙어 있었다.

그것도 몇 마리씩이나.

하지만 곧 몇 마리가 아닌 수십 마리가 사람 몸에 달라붙었다.

사람뿐만이 아니었다. 건물에도 달라붙었다.

사각. 사각.

사람은 뼈도 남기지 않고 사라졌고 건물과 아파트도 점점 사라지고 있었다.

그것을 본 모두가 당황하기 시작했다.

나는 저 메뚜기들이 두꺼비와 비슷하다는 것을 알았다.

인간과 인간이 만든 것들만 먹어 치우고 있었다.

근처 괴물로 변하지 않은 가로수가 멀쩡했다. 화단의 꽃도 그냥 지나쳤다.

"현진아. 불로 다 태워 버려."

"아직 사람들이……."

이현진은 이성필 덕분에 제정신을 차렸다.

그래서 사람을 죽이는 것이 꺼려졌다.

"어차피 늦었어."

나는 이를 악물었다. 도망치는 사람 대부분 메뚜기가 달라붙었다.

"살리려고 하다가 더 많이 죽어."

현진이는 손을 내밀었다. 불이 만들어져 날아갔다.

그런데 현진이가 가장 먼저 불을 날린 곳은 메뚜기가 달라붙은 사람들이었다.

아무래도 고통을 줄여 줄 생각인 것 같았다.

날아가는 불의 색이 주황색이었다. 1,000도가 넘어가는 불은 사람과 메뚜기를 순식간에 불태워 버렸다.

고통을 제대로 느끼기도 전에 죽었을 것이 분명했다.

하지만 메뚜기의 관심도 끈 것 같았다. 건물을 갉아 먹던 놈들이 나와 현진이를 향해 날아왔다.

현진이는 계속 불을 만들어 날렸다.

고소한 냄새가 나기 시작하면서 메뚜기가 후드득 떨어졌다.

"성필아! 너무 많다."

현진이의 말대로였다. 메뚜기의 숫자가 너무 많았다.

현진이가 불태우는 것은 극히 일부분에 불과했다.

"현진아, 잠시 숨을 참아. 냄새를 맡으면 안 돼!"

나는 현진이가 숨을 멈추기를 바라면서 날아오는 메뚜기를 향해 달려갔다.

"성필아!"

현진이가 깜짝 놀라 소리쳤다. 하지만 나는 멈추지 않았다. 메뚜기가 내 몸에 달라붙으려는 순간 나는 장미 향을 내뿜었다.

후두두둑.

메뚜기 비처럼 떨어져 내렸다. 나를 중심으로 반경 200m 안의 모든 메뚜기가 잠든 것이었다.

경계 밖에 있던 메뚜기들은 멈췄다. 나를 공격하지 않았다.

나는 슬쩍 뒤를 봤다.

현진이는 멀쩡하게 서 있었다. 하지만 반경 200m 안에는 이제 막 독에서 회복된 이들도 있었다.

노 씨 아저씨와 이연희 그리고 허창수 상사 팀은 내가 어떤 일을 하려는지 알았던 것 같았다.

나는 장미 향 내뿜는 것을 멈췄다.

"아저씨! 모두 제 영역 밖으로 옮겨 주세요."

노 씨 아저씨는 허창수 상사 팀과 내 장미 향 영역 밖에 있는 사람들을 이용해 사람들을 나르기 시작했다.

현진이가 내게 다가왔다.

"저놈들, 공격하면 자극받고 공격할 것 같은데?"

현진이가 공격을 멈춘 이유 같았다.

"그럴 것 같긴 하네."

주변에 기절한 메뚜기 때문인지 아니면 내 능력 때문인지 몰라도 메뚜기들은 더는 달려들지 않았다.

대신 주변 건물을 갉아 먹기 시작했다.

나는 뒤를 힐끗 봤다.

노 씨 아저씨가 기절한 사람들을 거의 다 옮겼다. 하지만 한 사람은 아니었다.

나와 가장 가까이 있는 장재웅이었다.

나는 현진이에게 말했다.

"재웅이 먼저 데리고 가."

"너는?"

"나는 언제든 빠져나갈 수 있어. 그러니까 재웅이 데리고 가서 사람들 대피시켜."

"어디로?"

이현진은 저 메뚜기 떼로부터 피하기 위해 어디로 가야할지 몰랐다.

도봉구로 가면 도봉구는 공격으로 오해할 수 있었다.

노원으로 가자니 그곳은 아무것도 없었다.

몇천 명이 제대로 머물 곳이 아니었다. 결국, 또 누군가는 죽고 누군가는 악역을 맡아야 했다.

"그냥 가. 가서 내가 보냈다고 하면 될 거야. 노 씨 아저씨나 허창수 상사 팀이 같이 가면 믿어 줄 거야."

이현진은 표정이 굳어졌다.

"너는 안 갈 것처럼 말한다?"

"이놈들 막다가 갈 거야. 시간이 필요하잖아. 이놈들 막을 수 있는 사람은 현재 나뿐이야."

"나도 있어."

"너는 사람들 모아야지. 어제 처음 본 내 말 누가 듣겠냐!"

이현진은 입술을 깨물었다. 이성필의 말이 틀린 곳이 없었기 때문이었다.

"빨리 가."

"알았다."

현진이가 쓰러져 있는 장재웅을 향해 갔다.

그런데 현진이가 장재웅을 부축해 일으키려 하자 장재웅이 뿌리쳤다.

"꺼져. 네 도움 따위는 필요없어."

이현진은 그래도 장재웅의 팔을 잡았다.

"재웅아. 가자."

"꺼져. 그냥 죽어 버리기 전에."

장재웅은 허리춤에서 작은 칼을 꺼내 자신의 목에 댔다.

진짜 목을 그을 생각이었는지 칼이 목을 파고들어 피가 흘렀다.

이현진은 팔을 놓을 수밖에 없었다.

"배신자 새끼 도움은 필요 없으니까 꺼져!"

이현진은 이러지도 못하고 저러지도 못하는 그런 상황이 답답했다.

"그냥 놔둬. 내가 이따가 데리고 갈게."

나는 장재웅을 재워서 데리고 가면 된다고 생각하며 현진이에게 소리쳤다.

현진이는 씁쓸한 표정으로 고개를 끄덕이며 사람들이 있는 곳으로 달려갔다.

그러자 장재웅이 힘겹게 일어서 내게 다가왔다.

"재웅아. 괜찮냐?"

"괜찮겠냐? 십새끼야?"

"그래. 내 근처에 있어라. 그래야 더 안전해."

장재웅은 어이가 없다는 듯 피식 웃었다.

"병 주고 약 주나?"

"그만 좀 비아냥대라."

"너 같으면 안 그러겠냐?"

"말을 말자."

장재웅은 내 근처까지 오더니 주저앉았다.

힘들어서 그런가 싶었다.

그런데 장재웅이 손에 든 칼로 기절해 있는 메뚜기의 목 부근을 찌르는 것이 아닌가.

관절 부위인지 칼이 너무 쉽게 들어갔다.

그리고 목을 분리시켜 버렸다.

장재웅은 잠시 멈칫했다. 힘을 얻는 것이 분명했다.

하지만 나는 장재웅의 행동을 막지 않았다.

어느 정도는 다시 힘을 회복하는 것이 괜찮을지 모른다는 생각 때문이었다.

장재웅이 나를 힐끗 봤다. 나는 모르는 척 고개를 돌렸다.

장재웅은 내가 막지 않는다는 것을 알았는지 더 과감하게 메뚜기를 죽이기 시작했다.

나는 그런 장재웅을 두고 메뚜기를 살폈다.

메뚜기의 몸과 행동에서 약점을 찾아보려는 것이었다.

메뚜기는 약점이 따로 없는 것 같았다. 온몸에 붉은색 점이 가득했다.

그런데 조금 떨어진 곳에서 하얀색의 무언가가 보였다.

탁구공만한 수십 개의 알이 갑자기 나타난 것이었다.

다른 곳을 보니 메뚜기가 알을 낳고 있는 것이 보였다.

한 번에 수십개를 낳는다.

그런데 알이 바로 깨지더니 새끼 메뚜기가 튀어 나왔다.

새끼 메뚜기는 근처 남은 시멘트 건물이나 아스팔트 건물에 달라붙었다.

그리고 갉아먹기 시작했다. 1분도 되지 않아 성인 메뚜기와 비슷한 크기로 자라더니 다른 먹이를 찾아 움직이는 것 같았다.

순식간에 수천 마리가 늘어났다.

그리고 문제가 또 생기는 것 같았다.

새로 태어난 메뚜기가 나를 향해 날아왔다.

"재웅아. 숨 참아."

나는 장미 향을 내뿜었다.

그런데 새로 태어난 메뚜기는 잠들지 않았다. 그대로 나를 향해 날아왔다.

나는 다급하게 손을 흔들었다. 무기가 없었다.

하지만 손에 힘을 실으니 맞는 족족 날아왔던 방향으로 되돌아갔다.

하지만 죽지는 않았다.

다시 나를 향해 날아왔다. 숫자가 점점 더 많아졌다. 내 손으로는 막을 수 없을 것 같았다.

"금비야!"

금비가 주머니에서 튀어 나왔다.

그리고 덩치가 커지면서 입을 벌렸다.

촤악.

금비의 혀가 수십 마리의 메뚜기를 잡았다. 그리고 금비의 입 안으로 들어갔다.

금비의 덩치가 커질수록 혀로 잡아채는 메뚜기의 숫자가 늘어났다.

얼핏 봐도 백 마리 가까이 되는 것 같았다.

하지만 날아오는 메뚜기의 숫자는 줄지 않았다.

금비는 내 앞으로 움직였다. 나를 보호하기 위해서인 것 같았다.

그리고 금비의 몸에 체액 같은 것이 흐르기 시작했다.

그때 금비의 몸에 메뚜기가 달라붙었다.

순식간에 금비의 몸이 메뚜기 떼로 뒤덮였다.

금비가 아니었다면 나는 절대로 막을 수 없는 그런 숫자였다.

금비의 몸에 달라붙은 메뚜기 떼는 체액 때문에 제대로 움직이지 못하는 것 같았다.

그사이 금비는 계속 메뚜기를 잡아먹었다. 급기야 몸에 붙은 메뚜기도 혀로 핥아서 먹었다.

얼마 되지도 않는 시간에 수천 마리의 메뚜기가 사라졌다.

메뚜기 떼도 더는 금비에게 달려들지 못했다.

그런데 금비의 목소리가 머릿속에 들렸다.

'아빠. 한 번 정도 더 막을 수 있을 것 같아요. 도망가요.'

"무슨 소리야?"

'너무 많이 먹었어요. 더는 먹을 수 없어요.'

그러니까 배가 불러서 더는 메뚜기를 먹을 수 없다는 것 같았다.

'체액으로 막는 것도 한계가 있어요. 너무 많아요.'

"알았어. 다시 작아져."

'그럴 수 없어요. 소화가 다 되어야 작아질 수 있어요.'

이건 몰랐다.

난감한 상황이었다. 장미 향이 안 통한다. 그리고 금비와 내가 뒤돌아 도망치면 메뚜기 떼가 쫓아올 것이 분명했다.

'아빠, 도망가요.'

"너는?"

'제가 먹을 수는 없는 것처럼 메뚜기 따위가 저를 어떻게 할 수 없어요.'

그럴 것 같기는 했다. 하지만 금비를 그냥 두고 갈 수는 없었다. 메뚜기 떼가 또 다르게 변화할지도 몰랐다.

"소화하려면 얼마나 걸려?"

'꽤 걸려요.'

이대로 금비를 놔두고 간 다음 의정부에서 병력을 데리고 오고 수호자 성인도 데리고 오면 어떨까.

그런 생각을 할 때 메뚜기 떼가 움직였다.

금비의 몸에 다시 체액이 흐르기 시작했다.

메뚜기 떼는 금비의 몸에 달라붙었다. 그런데 조금전과는 달랐다.

체액을 뚫고 금비의 몸을 갉아먹으려는 것이 아니라 체액을 먹고 있었다.

금비가 몸을 흔들고 혀로 쳐 내며 막았다.

하지만 메뚜기 떼는 너무 많았다.

나는 장미 향에 모든 힘을 쏟았다. 지금 내가 낼 수 있는 힘 중 최고의 효과가 있는 것이기 때문이었다.

그러자 금비 몸에 붙은 메뚜기들의 움직임이 둔해졌다.

그런데 문제는 금비 역시 움직임이 둔해진 것이었다.

"새끼. 이번 건 좀 독한데?"

뒤에서 들리는 목소리는 장재웅이었다.

내 온힘을 다한 장미 향에도 장재웅은 기절하지 않았다.

그러고 보니 정신이 없어서 몰랐는데, 처음 내가 장미 향을 뿜어냈을 때도 장재웅은 기절하지 않았었다.

현진이의 손을 뿌리칠 정도로 멀쩡했다.

"아무래도 마지막 남은 하나를 더 먹어야겠다."

장재웅은 주머니에서 돌을 하나 꺼냈다.

초록색 돌.

힘을 얻을 수 있는 돌이었다.

장재웅의 말을 들어 보면 조금 전에도 저 돌을 깬 것 같았다.

장재웅은 진짜 돌을 입에 넣었다.

그리고 꽉 깨물었다.

오도독.

"크윽."

몸을 부르르 떠는 장재웅.

눈을 뒤집어 깔 정도로 고통스러운 것 같았다.

하지만 이내 눈이 정상으로 돌아왔다.

"이성필! 이제 네 독은 내게 안 통해."

그런 것 같았다. 노원에서 임성수의 독이 내게 안 통했듯이 장미 향이 독을 다루는 장재웅에게 안 통하는 것 같았다.

더군다나 초록색 돌을 최소 2개나 삼켰다.

그리고 내가 멍청하게도 힘을 더 키울 수 있게 메뚜기를 죽이게
놔뒀고.

장재웅이 내게 다가왔다.

이번에도 장재웅의 힘을 빼앗아야 하나 싶었다.

하지만 장재웅의 힘은 지난번보다 더 강해진 것 같았다.

초록색 돌을 2개나 삼켜서인지 아니면 목이 잘린 수백 마리
이상의 메뚜기 때문인지 모르겠다.

그렇다고 해서 내 힘이 장재웅보다 적은 것은 아니었다.

문제는 장재웅의 독이 어떤 형태로 변했는가였다.

장재웅은 불에 태워지지 않는 독을 만들 정도였으니까.

"재웅아. 그만 좀 싸우자."

"싸우고 싶어도 못 싸울 것 같다."

장재웅의 표정이 이상했다. 독기 서린 표정이 아니었다.

장재웅이 웃으며 시선을 내가 아닌 다른 곳으로 돌렸다.

나도 장재웅의 시선을 따라 눈을 돌렸다.

그리고 새까맣게 날아오는 더 많은 메뚜기 떼들이 보였다.

뒤에 있던 메뚜기 떼들인 것 같았다.

"가라."

장재웅은 내게 말하고는 날아오는 메뚜기 떼를 향해 달렸다.

"야!"

장재웅은 나를 지나치며 씨익 웃었다.

그리고 장재웅의 몸에서 녹색 연기가 뿜어져 나오기 시작했다.

치이익.

녹색 연기에 닿은 메뚜기가 녹아내리기 시작했다.

독기가 더 강해진 것 같았다.

그런데 점점 녹아내리는 메뚜기의 숫자가 줄어들었다.

장재웅의 힘이 약해진 것인가 싶었다. 하지만 아니었다.

내가 느끼는 장재웅의 힘은 거의 그대로였다.

그리고 장재웅이 일부러 독기를 제어하는 것을 알았다.

녹색 연기에 닿은 메뚜기들이 후드득 땅으로 떨어진 다음 움직임을 완전히 멈췄기 때문이었다.

나는 장미 향 내뿜는 것을 멈췄다.

그러자 금비가 다시 활발하게 움직였다. 금비는 향해 달려드는 메뚜기가 없자 몸에 붙은 메뚜기를 금방 정리했다.

'아빠. 저 사람 독 진짜 독해요.'

두꺼비인 금비가 이렇게 말할 정도라면 장재웅의 독은 진짜였다.

장재웅의 근처로 메뚜기 산이라고 표현할 정도의 시체가 늘어났다.

그런데 장재웅이 고개를 돌려 나를 쳐다봤다.

그는 웃고 있었다. 그리고 눈빛이 아련해 보였다.

말은 하지 않지만, 마치 미안하다고 말하는 것 같았다.

그때 나는 봤다.

장재웅의 입에서 피가 흘러나오는 것을.

장재웅은 손을 들어 흘러내리는 피를 닦더니 소리쳤다.

"성필아. 가라! 미안하다는 말은 안 한다. 가서 살아라."

저 웃음.

저 눈빛.

15년 전의 장재웅이었다.

순수하고 아무런 대가도 없이 서로를 좋아했었던 친구의.

나는 장재웅을 향해 소리쳤다.

"장 씨발! 너는 내 허락 없이는 못 죽어. 제대로 사과해라!"

나는 장재웅을 향해 뛰었다.

'아빠!'

금비가 나를 막으려 하는 것 같았다.

하지만 나는 예전으로 돌아온 내 친구를 버릴 수 없었다.

금비의 혀가 나를 향해 날아왔다.

나는 가볍게 뛰어서 피한 다음 말했다.

"금비야. 막지 마. 친구 두고 살아남으면 아빠 힘들어."

금비의 혀가 다시 날아오지 않았다.

나는 장재웅 옆에 도착했다.

그러자 장재웅이 말했다.

"미친 새끼야. 기회 있을 때……. 쿨럭."

장재웅은 더는 말할 수 없었다. 피가 계속 나왔기 때문이었다.

피의 색이 검붉었다.

죽은 피였다.

"재웅아. 그만해라."

"그만……하면…… 누가 막나?"

"내가 막아."

장재웅은 올라오는 피를 간신히 삼킨 다음 말했다.

"어떻게?"

"네가 할 수 있는 것은 나도 할 수 있거든."

"뭐?"

나는 장재웅의 힘을 흡수했다. 그 말은 장재웅이 만든 녹색
연기를 나도 만들 수 있다는 것이었다.

나는 힘을 집중했다. 그리고 내 몸에서 녹색 연기가 뿜어져
나왔다.

그런데 그것을 본 장재웅이 내 손을 잡았다.

"그 독은 안 통해. 새로운 독이어야 해. 내 힘을 가져가서 만든
것 맞나?"

"어."

"그럼 이번에 내가 만든 독도 가져가. 그 독이어야 통해."

장재웅은 기절한 메뚜기를 죽이면서 새로운 독의 실험도 같이
했었다.

엄청난 숫자의 메뚜기 떼를 막고 영웅이 되고 싶었기 때문이었다.

절대로 막을 수 없을 것 같은 재앙을 자신이 막는다.

그렇게만 할 수 있다면 죽어도 괜찮았다.

그것이 이성필과 이현진에게 죄책감이 들게 할 수 있다면 만족할
수 있었다.

이성필을 절대로 넘을 수 없다는 것을 알았기 때문이었다.

포기하면 편해진다고 자신이 이성필을 질투하고 시기했던 것이 부끄러웠다.

왜 그랬는지 이해가 안 될 지경이었다.

그 이유가 무엇이든 장재웅은 메뚜기에게 통하는 독을 만들 수 있었다.

"빨리 가져가. 이대로는 같이 죽는다."

'아빠! 제가 도울게요.'

장재웅이 희한한 표정을 지었다.

"아빠?"

이번에는 금비가 다 들리게 말했기 때문이었다.

"그렇게 됐어."

"새끼 예전부터 이것저것 다 주워다 보살피더니……. 이제는 두꺼비냐?"

"금비는 이것저것이 아니다."

"됐고 빨리 가져가."

장재웅은 이성필이 살아야 한다고 생각했다.

그래야 죄책감을 가지게 할 수 있었다.

"가져간다."

장재웅의 손을 잡았다. 그리고 장재웅의 힘을 흡수했다.

장재웅의 말대로 독이 달랐다.

전에 흡수할 때는 약간 매운맛 떡볶이 같았다면, 지금은 아주

메뚜기 떼 299

매운 맛 떡볶이 같았다.

하지만 같은 재료로 만든 것이고 매운 양념을 더 추가한 것이기 때문에 어떻게 독을 만들었는지 알 것 같았다.

아니 아는 것보다 자연스럽게 만들 수 있다는 것이 맞는 말일 것이다.

그사이 나와 장재웅을 향해 날아오는 메뚜기 떼를 금비가 혀로 쳐 내고 있었다.

"금비야. 너 뒤로 물러나."

'괜찮아요. 그런 독 정도로 저 죽지 않아요.'

금비의 눈이 반짝이는 것 같았다. 그리고 혀로 입맛을 다시는 듯한 행동도 했다.

그러고 보니 두꺼비는 먹이를 잡아먹고 체내에 독을 저장한다고 했다.

슬쩍 녹색 연기를 마시는 것 같기도 했다.

"재웅아. 좀 쉬어라."

나는 재웅이의 손을 났다.

그리고 재웅이에게서 받은 새로운 독을 뿜어냈다.

그러면서 재웅이를 살폈다.

"너는 중독 안 되겠지?"

"내가 만든 독인데 중독되겠냐?"

"그럼 조금 더 강하게 간다."

"뭐?"

나는 내 모든 힘을 이 독을 만드는 데 사용했다.

내가 생각해도 좀 과하다 싶을 정도로 녹색 연기가 사방으로 뿜어져 나갔다.

아주 심각한 황사가 뒤덮은 것처럼 대기가 뿌옇게 변했다.

'우와. 아빠. 엄청나요. 이 근처를 다 덮었어요.'

아무래도 금비의 키가 엄청나게 크다 보니 나보다는 주변을 더 잘 볼 수 있는 것 같았다.

후드두드드득.

사방에서 무언가 떨어지는 소리가 들렸다.

메뚜기 떼가 분명했다.

그리고 이상한 소리도 들렸다.

츄릅. 츄릅.

규칙적으로 나는 소리였다.

나는 본능적으로 이 소리가 무엇인지 알 수 있었다.

"금비야!"

대답이 없었다.

대신 이상한 소리가 멈췄다.

그리고 장재웅의 목소리가 들렸다.

"대충 했으면 그만해……라. 숨 막힌다. 새끼야."

장재웅은 이성필이 내뿜는 독을 보고 깜짝 놀랐다.

자신이 만든 독이기 때문에 중독되지는 않았다. 하지만 숨이 막힐 정도로 많았다.

그리고 자신이 무슨 짓을 해도 이성필을 넘을 수 없다는 것을 다시 확인했다.

장재웅이 죽을 각오를 하고 독을 내뿜어도 이정도 양까지는 만들 수 없었기 때문이었다.

"잠시 그럴까?"

장재웅은 이성필이 가만히 있자 어이가 없었다.

"독 다시 빨아들여."

"뭐?"

"독 다시 빨아들이라고."

"그게 가능해?"

"내뿜는 것이 가능한데 빨아들이는 것도 가능하지!"

장재웅은 한심하다는 듯한 말투였다.

"그래? 해 볼게."

독을 빨아들인다. 어떻게?

흐읍.

다시 마시면 되는 건가?

"콜록…… 크흠."

연기를 마시는 기분이었다.

"멍청한 새끼야. 네 힘이잖아. 내보낸 힘을 다시 회수한다고 생각해."

"똑바로 설명해야지."

"그것도 모르냐?"

"모른다."

나는 장재웅의 말대로 내 힘을 회수한다고 생각했다.

그러자 녹색 연기가 내 주변으로 모이기 시작했다.

녹색 연기를 다시 빨아들이며 나는 웃을 수밖에 없었다.

심각한 상황이기는 했지만, 장재웅과의 대화가 15년 전을 생각나게 했기 때문이었다.

말 끝마다 욕하며 서로에게 핀잔을 주지만, 악의가 없었다.

친구니까.

곧 녹색 연기를 다 빨아들일 수 있었다.

그리고 드러난 것은 셀 수도 없는 메뚜기의 시체였다.

하지만 아직 끝난 것이 아니었다.

"하아. 아직도 많네."

내 녹색 연기 영역 밖에 있었던 메뚜기 떼가 보였다.

그 숫자는 죽은 것보다 많았다.

장재웅도 그것을 본 것 같았다.

"징글징글하게 많네. 성필아."

"왜?"

"미안한데 나 좀 쉬어야겠다."

나는 장재웅을 쳐다봤다.

장재웅은 또 입에서 피를 흘리고 있었다.

"야!"

"좀 무리한 것 같다. 미안하고 고맙다."

장재웅은 이미 무리해서 독을 뿜어냈었다.

내장이 독 때문에 상한 것이었다. 이성필의 독이 자신이 만든 것이라 중독되지는 않았다. 하지만 무너져 버린 몸의 균형을 더 악화시키는 것은 어쩔 수 없었다.

"새끼. 나 죽으면 죄책감에 빠져 살아라."

장재웅은 웃으며 쓰러졌다.

나는 급하게 장재웅의 몸을 잡았다.

"재웅아."

재웅이를 불러 보지만, 재웅이는 대답하지 않았다.

정신을 잃은 것 같았다.

이때 메뚜기 떼가 공격할까 봐 걱정이 됐다.

하지만 메뚜기 떼는 아무런 움직임을 보이지 않았다.

마치 무엇인가를 기다리는 듯한 느낌을 받았다.

* * *

필립 일행은 행주대교를 건넜다.

행주대교를 건너면 바로 일산이었다. 내부 순환로를 따라가면 쉽게 강북까지 갈 수 있었다.

하지만 필립 일행은 내부 순환로를 따라갈 수가 없었다.

내부 순환로 자체가 사라졌기 때문이었다.

내부 순환로뿐만이 아니었다.

인간이 만든 모든 것은 사라져 있었다.

마치 아무것도 없었던 것처럼 흙과 나무 그리고 풀 같은 것만 남아 있었다.

광활한 원시의 땅과 같은 느낌이었다.

"하하."

필립은 망연자실한 표정을 지으며 웃을 수밖에 없었다.

필립만 이런 것이 아니었다. 필립과 함께 온 이들 역시 어떤 말을 해야 할지 모를 정도로 충격을 받은 상황이었다.

"결국, 아무도 살아남지 못했군요."

눈길이 닿는 곳은 아무것도 없었다.

이런 곳에서 인간이 살아남아 있을 것이라고 생각할 수 없었다.

일산과 강서 일대는 메뚜기 떼에 의해 전멸당했다고 볼 수밖에 없었다.

필립이 가만히 서 있자 일행이 말을 걸었다.

"필립. 당신이 만나려는 사람은 무사할까요?"

이들이 영종도 인천 공항을 떠난 이유는 이성필을 만나기 위해서였다.

필립의 말에 의하면 메뚜기 떼는 본능적으로 이성필을 찾아간 것으로 생각할 수밖에 없었다.

"제가 마지막으로 본 것은 메뚜기 떼와 싸우는 그 사람이었습니다. 결과는 알지 못합니다."

메뚜기 떼가 동북 방향으로 날아가는 것을 보고 난 후에 꾼 꿈이었다.

이성필이 메뚜기 떼에 둘러싸여 있는 것이었다.

필립은 이성필이 금비 그리고 장재웅과 함께 있는 장면을 꿈꿨다.

"그 사람이 살아 있다고 믿고 가야지요. 아니 살아 있을 겁니다."

필립도 확신하지 못했다. 하지만 확신하고 싶어서 말하는 것이었다.

필립의 꿈도 변하기 때문이었다.

이전에는 A라는 내용의 꿈을 꿨다면 다음에는 분명 같은 장소 같은 환경인데 B라는 내용의 꿈이 되는 경우도 있었다.

무언가에 의해 미래가 바뀌는 것이었다.

"쉽지 않겠죠. 검은 메뚜기는……."

필립이 마지막으로 본 것은 이성필을 향해 다가가는 검은색 메뚜기였다.

* * *

메뚜기 떼가 왜 공격하지 않았는지 알 수 있었다.

지금도 크다고 생각하는 메뚜기다. 그런데 그것보다 덩치가 10배는 더 큰 검은색 메뚜기가 나타났다.

항상 그렇듯이 저놈이 대장인 것 같았다.

'강한 인간.'

대장 메뚜기는 나타나자마자 나에게 말을 했다.

'지금은 잠시 물러나겠다. 하지만 곧 다시 오겠다.'

지금까지 경험한 괴물의 대장은 죽자고 공격했었다. 그런데 메뚜기 대장은 아니었다.

점점 더 이성이 강한 괴물들이 나타나는 것 같았다.

까망이가 그랬고 금비가 그랬다.

"잠깐만!"

나는 몸을 돌리려는 대장 메뚜기를 향해 소리쳤다.

그러자 대장 메뚜기는 멈췄다.

'지금 같이 죽자는 건가? 그것도 나쁘지는 않겠지.'

대장 메뚜기는 내가 싸우자고 부르는 줄 아는 것 같았다.

"아니. 우리가 꼭 싸워야만 하는 건가?"

항상 의문이었다. 괴물이었던 것들도 같이 협력할 수 있다는 것을 까망이나 금비가 보여 줬다.

'우리는 싸우는 것이 아니다. 해야 할 것을 하는 것이다.'

"그 해야 하는 것이 뭔데!"

정말 궁금했다. 무엇을 해야 하기 때문에 모든 것을 파괴하고 죽으려는 것인지.

'원래대로 되돌리는 것.'

"인간과 같이 원래대로 되돌릴 수는 없는 건가?"

검은색 대장 메뚜기의 눈이 잠깐 빛나는 것 같았다.

'없다.'

대장 메뚜기의 의지는 확실해 보였다.

몸을 돌려 대장 메뚜기가 날아가자 메뚜기 떼도 따라서 북한산 방향으로 날아가기 시작했다.

하지만 메뚜기 떼가 머물렀던 곳에는 인간이 만든 것은 아무것도 남아 있지 않았다.

나는 정신을 잃은 장재웅을 치료하기 시작했다.

* * *

치료가 끝난 장재웅은 깨어나지 않았다.

아무래도 회복을 위해서 깨어나지 않는 것 같았다.

그렇다고 장재웅만 살필 수가 없었다.

메뚜기 떼가 다시 공격해 오기 전에 대책을 세워야 했다.

나와 금비 그리고 장재웅이 메뚜기 떼를 막고 있을 때 현진이가 생존자들을 모아 놨다.

그런데 조금 어이가 없었다.

사람들은 그 짧은 시간 동안 꽤 많은 짐을 챙긴 것 같았다.

가방이나 보따리 같은 것을 들고 있었다.

문제는 힘이 있는 사람들이 아니라 힘이 없거나 상대적으로 약한 사람들이 대부분 들고 있다는 것이었다.

귀족이나 귀족의 부하들은 거의 맨몸이었다.

"현진아. 이건 아니다 싶은데?"

"미안하다. 잠시만 참아라."

내가 끝까지 말하지 않아도 현진이는 내 생각을 알고 있었다.

"그것보다 어떻게 하는 것이 나을 것 같냐?"

현진이가 묻는 것은 이곳에 남아 메뚜기 떼와 싸우느냐.

아니면 도봉구나 의정부로 가느냐.

그것이었다.

"의정부로 가자. 그곳에서 저 인간들 정신머리 좀 고쳐 놓지 뭐."

이곳에서야 저들의 숫자가 많으니 기고만장해서 말을 잘 안 들을 것이 분명했다.

하지만 의정부에 진입하는 순간 2천 명 정도는 순식간에 제압할 수 있었다.

"알았다. 그전까지는 사고 안 치게 내가 관리할게."

아무래도 현진이가 귀족들을 관리하는 것이 낫다.

"그렇게 하자. 아쉽지만 이곳은 포기하자."

"그래."

강북구에서 메뚜기 떼를 상대할 수단이 마땅치 않았다.

이제 강북구는 메뚜기 떼에 의해서 사라질 것이 분명했다.

"도봉구를 통해서 의정부로 갈 거야."

대로를 주욱 따라서 가면 된다. 노원 방향은 약간 우회하는 길이었다.

"도봉구에서 그냥 통과시켜 줄까?"

"그건 내게 맡겨."

도봉구에서 어떻게 나오든 상관없었다. 도봉구는 현재 의정부에 의지할 수밖에 없는 상황이었다.

그냥 내 말 한마디면 된다.

나중에 이의를 제기하면 그때 다시 말하면 되고.

"출발하자."

나와 노 씨 아저씨 그리고 이연희와 허 상사 팀이 앞장섰다.

그 뒤로 약 5천 명에 가까운 사람들이 줄지어 이동했다.

힘 있는 능력자는 약 2,500명이었고 나머지 2,500명 정도는 힘이 없거나 힘이 있어도 그렇게 크지 않은 이들이었다.

강북구에서 도봉구까지는 빠르게 걸으면 일반 성인의 속도로 2시간 정도면 갈 수 있다.

그런데 30분 정도 걸어 쌍문동을 넘어가자 도봉구 1급 능력자인 김시우와 그의 부하들을 만날 수 있었다.

"치료자 성필 님!"

김시우는 나를 보더니 기뻐하며 소리쳤다.

나를 무척이나 만나고 싶어 한 것 같은 느낌이 들었다.

"김시우 씨. 여기는 어떻게?"

"의정부에 연락을 했더니 강북구에 가셨다고 해서 달려왔습니다."

"저를 도우려고요?"

"그게 아니라."

김시우는 물론, 그의 부하들의 표정도 어두웠다.

"수호자 성인 님이 다치셨습니다."

무슨 소리야?

내가 아는 수호자 성인은 절대 다치지 않는다.

"왜요?"

"메뚜기 떼의 습격을 받으셨습니다."

갑자기 검은색 대장 메뚜기가 생각났다.

"어떻게요? 자세히 좀 말해 봐요."

김시우는 도봉구에 메뚜기 떼가 습격한 일을 내게 말해 주기 시작했다.

"갑자기 북한산과 도봉산 방향에서 몰려왔습니다. 수호자 성인 께서 먼저 알아차리시고……."

수호자 성인은 메뚜기 떼를 혼자 상대했다고 했다.

그동안 사람들은 메뚜기 떼의 공격을 방어하기 위해 모였다.

처음에는 엄청난 숫자의 메뚜기 떼도 수호자 성인의 상대가 되지 않았다고 했다.

모인 사람들이 굳이 돕지 않아도 될 만큼 압도적인 힘으로 메뚜기 떼를 처치했다.

그런데 거대한 검은색 메뚜기가 나타났다.

그리고 수호자 성인과 검은색 메뚜기는 치열하게 싸웠다.

결국, 검은색 메뚜기는 도망갔다.

하지만 수호자 성인 역시 무사할 수는 없었다.

"부서진 몸이 회복되지 않고 있으십니다. 수호자 성인께서는 치료자 성필 님은 모셔 오라고 말하셨습니다."

아무래도 검은색 대장 메뚜기는 수호자 성인과 먼저 싸운 후유증으로 나를 공격하지 못했던 것 같았다.

어떻게 보면 내가 좋은 기회를 놓친 것 같았다.

검은색 대장 메뚜기도 정상적인 상태는 아니었을 것이다.

어쨌든 지금은 수호자 성인에게 빨리 가 봐야 할 것 같았다.

"김시우 씨."

"네. 치료자 성필 님."

"강북구 사람들 역시 메뚜기 떼에 습격을 당했습니다. 의정부로 가는 길입니다. 도봉구를 통과해서 갈 겁니다."

김시우는 이성필이 무슨 말을 하는지 알았다.

"제가 알아서 잘 통과할 수 있도록 하겠습니다."

김시우의 대답을 들은 나는 이연희에게 몸을 돌렸다.

"연희 씨."

"네. 오빠."

"연희 씨는 팀과 함께 강북구 사람들을 호원동까지 데려가 줘요."

전차 대대가 있는 호원동에 강북구 사람들을 일단 머물게 할 생각이었다.

"그렇게 할게요."

이제 허창수 상사 팀에게 지시를 내릴 차례였다.

"허 상사님. 잠시만."

허창수 상사가 빠르게 내게 왔다.

나는 그와 함께 조금 떨어져 주변에서 제대로 듣지 못할 정도로 조용하게 말했다.

"허 상사님 팀은 먼저 가서 호원동에 강북구 사람들이 임시로 머물 곳을 만들라고 해 주세요. 그리고 주변을 통제하고요."

통제라는 내 말에 허창수 상사가 씨익 웃었다.

"어느 정도로 통제할까요?"

"그 누구도 쉽게 움직이지 못할 정도로요. 어떤 것을 동원해도 허락하겠습니다."

이정도만 이야기해도 허창수 상사는 알아들은 것 같았다.

"총리와 이필목 장관에게 전하겠습니다."

"그렇게 해 줘요."

이제 현진이 차례였다.

나는 현진이를 봤다. 허창수 상사가 팀원에게 가자 현진이가 다가왔다.

"급한 것 같은데 빨리 말해라."

역시 현진이는 나를 잘 알고 있었다.

"벌판으로 변해버린 호원동에 머물게 될 거야. 그리고 그 주변에 꽤 많은 괴물과 군인이 배치될 거고."

"그래서 애들 동요하지 않게 해라?"

"그래. 가 보면 알겠지만, 이정도 인원은 순식간에 전멸할 정도로 병력이 많아."

병력만 많은 것이 아니었다.

포격만으로도 대부분 죽을 수 있었다.

호원동 일대 좌표는 두꺼비 때문에 이미 가지고 있었다.

"내가 알아서 통제할게."

이현진은 이성필에게 부담이 되지 않도록 할 생각이었다.

만약에 반발하는 귀족이나 사람이 있다면 다시 예전의 폭력적인 왕으로 돌아갈 수도 있었다.

사람들을 가장 빠르게 통제할 수 있는 수단은 그것이 최고였으니까.

"그래. 고생 좀 해라. 나는 여기 수호자 좀 만나고 최대한 빠르게 갈게."

"알았다."

현진이에게 웃어 준 나는 노 씨 아저씨와 함께 수호자 성인이 있는 곳으로 달려갔다.

* * *

수호자 성인은 예전에 내가 궁금해서 와 봤던 예전 성황당이 있던 곳에 있었다.

도로와 건물만 존재했었고 지금도 다르지 않았다.

하지만 한 가지 다른 것은 수호자 성인이 누워 있는 것뿐이었다.

주변에는 문성우와 몇 명이 있었다.

그들은 수호자 성인을 걱정하는 것 같았다.

나와 노 씨 아저씨가 도착하자 문성우가 다급하게 말했다.

"수호자 성인 님을 치료해 주십시오."

내가 대답하기도 전에 수호자 성인이 천천히 상체를 일으켰다.

그리고 나는 볼 수 있었다.

한쪽 팔과 한쪽 다리가 사라진 수호자 성인을.

나는 문성우에게 대답하는 대신 수호자 성인에게 다가갔다.

'치료자 성필 친구. 왔나?'

수호자 성인의 목소리에 힘이 없는 것처럼 느껴졌다.

아니, 힘이 없다.

처음 봤을 때 내가 느꼈던 엄청난 힘이 거의 느껴지지 않았다.

"회복이 안 되는 거야?"

'시간이 걸린다. 내가 회복할 때까지 인간을 지켜 줘라.'

"그건 당연한거고……. 좀 보자."

나는 수호자 성인에게 더 다가갔다. 그리고 부서진 팔부터 살폈다.

하지만 수호자 성인은 보통의 괴물이나 인간과는 달랐다.

치료할 수 있는 붉은색 점이 보이지 않았다.

'치료자 성필 친구가 모든 것을 치료할 수 있어도 나는 힘들다.'

내 생각을 아는 것처럼 말했다.

"왜 그렇게 생각하는 거야?"

나는 어떻게 해서든 수호자 성인을 치료하고 싶었다.

'나는 인간들의 염원에서 태어난 존재. 살아 있지만, 살아 있지 않은 존재이기 때문이다.'

내가 수호자 성인을 까다롭게 여긴 이유가 있다.

성황당의 돌이 수호자 성인이다.

생명이 있는 것 같지만, 생명이 없다.

"그렇다면 치료할 방법이 있을 것 같기도 한데?"

문득 떠오르는 것이 있었다.

'방법이라니?'

"해 봐야 알겠지만, 안 해 보는 것보다는 낫겠지."

'치료자 성필 친구가 그렇게 말한다면 믿겠다.'

"아직 믿지 마."

나는 뒤에 있는 문성우에게 말했다.

"문성우 씨."

"네. 치료자 이성필 님."

"도봉구에 있는 사람 중에서 수호자 성인을 진심으로 걱정하고 따르는 사람을 모아 주세요."

"무슨 말이신지?"

문성우는 이성필의 말이 이해가 되지 않았다.

특히나 진심으로 수호자 성인을 걱정하고 따른다는 말이.

문성우가 생각하기로는 도봉구에 있는 모두가 수호자 성인을 걱정하고 따르기 때문이었다.

"잘 들어요. 수호자 성인은 인간이 누군가 자신을 지켜 줬으면

하는 그런 염원 때문에 태어났어요. 그런 염원을 지닌 돌이 모인
거죠."

"아!"

문성우는 이성필이 무슨 말을 하는지 이해했다.

"수호자 성인 님의 부서진 몸을 다시 만드시려는 생각이시군요."

"맞아요."

"바로 사람들을 모아 오겠습니다."

문성우는 곁에 있는 사람에게 지시를 내리기 시작했다.

내가 굳이 말하지 않아도 몇몇은 사람을 모으고 몇몇은 돌멩이
같은 것을 모으기 시작했다.

* * *

돌산이라고 할 수도 있는 엄청난 양의 돌멩이가 쌓였다.

그리고 사람들이 한 명씩 와서 돌멩이를 손에 잡고 기도하듯
말했다.

"제발 수호자 성인 님이 무사하셨으면 합니다."

"수호자 성인 님이 없으면 안 돼요."

다들 수호자 성인을 걱정하는 말을 했다.

나는 그렇게 사람들의 염원이 담긴 돌멩이 몇 개를 가져다
수호자 성인에게 갔다.

그리고 이 돌멩이는 수호자 성인에게 쓸모가 없다는 것을 알았다.

분명 사람들은 돌멩이에게 진심을 담았다.

그런데 왜 이 돌멩이가 수호자 성인의 몸에 붙지 않을까?

내 예상이 잘못된 것인가?

나는 아니라고 생각했다. 그렇다면 무언가 잘못됐다.

그리고 문득 떠오르는 것이 있었다.

수호자 성인은 인간들이 자신을 지켜주기를 바라는 강력한 염원 때문에 탄생했다.

지금 사람들이 바라는 것은 잘못된 것이었다.

"문성우 씨!"

"네."

"사람들에게 알리세요. 수호자 성인을 걱정하지 말고 자신들을 지켜 달라는 간절함을 담으라고요."

"그렇게 하고 있습니다."

"아니요. 달라요. 지금 하는 것은 수호자 성인이 회복하는 것을 바라는 마음이에요. 그것은 수호자 성인에게 도움이 되지 않아요. 수호자 성인은 인간을 지키기 위해서 태어났어요."

문성우도 깨달은 것 같았다.

"무슨 말이신지 알 것 같습니다."

문성우는 사람들에게 소리쳤다.

"잘 들으세요. 돌을 잡고 수호자 성인 님을 위해 진심을 담지 마세요. 우리를 지켜 달라는 진심을 담으세요. 자신이 가장 공포스러웠고 죽을 것 같았던 때를 떠올리세요."

문성우의 말에 사람들은 세상이 변한 날을 떠올렸다.

사람이 사람을 죽이고.

이상한 괴물이 나타나 사람을 죽였다.

도망갈 곳도 도와줄 사람도 없었던 그때를 기억하면 소름이 돋을 정도였다.

그때는 누군가 구해 줬으면 하는 그런 강력한 마음이 있었다.

그리고 기적처럼 수호자 성인이 나타났다.

사람들은 그때처럼 수호자 성인이 자신들을 구해 줬으면 하는 마음을 담기 시작했다.

하지만 그때처럼 간절하지는 않았다. 그렇다고 해서 효과가 없는 것은 아니었다.

작아진 염원도 염원이었으니까.

"여기……"

문성우가 양손에 돌멩이를 가득 들고 내게 내밀었다.

나는 그 돌멩이를 들고 수호자 성인에게 다가갔다.

하지만 내가 수호자 성인을 치료할 필요가 없었다.

수호자 성인이 손을 내밀자 돌멩이가 알아서 그에게 날아갔기 때문이었다.

그리고 부서진 팔 부분에 붙었다.

'치료자 성필 친구. 나 회복할 수 있다. 시간이 덜 걸린다.'

수호자 성인의 목소리가 밝게 들렸다.

"그럼 계속해야지."

나는 뒤를 돌았다. 문성우가 또 양손 가득히 돌멩이를 들고 있었다.

하지만 나에게 바로 주지 않았다.

그는 울 것 같은 표정을 짓고 있었다.

그리고 내게 돌멩이를 내밀며 말했다.

"감사합니다. 치료자 이성필 님."

"제가 치료한 것도 아닌데요. 감사할 필요까지는 없어요."

"아닙니다. 이런 것이 가능하리라 상상도 못 했습니다. 치료자 이성필 님이 안 계셨다면…….."

나는 그냥 문성우가 내민 돌멩이를 받았다.

뭐라고 더 말하면 문성우가 울 것 같았기 때문이었다.

그리고 수호자 성인에게 돌멩이를 주기 전에 문득 이런 생각을 했다.

나도 수호자 성인이 인간을 계속 지켜 줬으면 한다는.

진심이었다.

그리고 이 돌멩이에 내 진심을 담고 힘도 담을 수 있다면.

그래서 돌멩이에 힘을 집중했다.

그런데 내 몸 안에서 힘이 움직이는 것을 느꼈다.

내 힘이 돌멩이에 스며드는 것 같았다.

'치료자 성필 친구. 강력한 염원이 담긴 돌이다.'

수호자 성인이 부서진 팔을 내밀었다. 내 손에 있는 돌멩이가 빠르게 날아갔다. 그리고 염원을 담지 않은 주변의 돌멩이가 부서진 팔 부분으로 같이 날아갔다.

* * *

검은색 대장 메뚜기는 회복을 위해 부하 메뚜기들이 가져온 콘크리트와 아스팔트 그리고 금속을 먹고 있었다.

특이하게도 메뚜기는 인간이 만든 것을 먹어야 회복이 빨랐다.

그중에서도 가장 회복을 빠르게 하는 것은 인간이었다.

그것도 살아 있는 인간.

수호자 성인과 싸울 때 꽤 많이 다쳤다. 겉으로는 멀쩡해 보여도 안은 너덜너덜했다.

"아악! 살려 줘!"

멀리까지 부하 메뚜기를 보낸 보람이 있는 것 같았다.

인간을 잡아 왔기 때문이었다.

다리가 없기는 하지만 살아 있었다.

부하 메뚜기는 다리가 사라진 인간을 대장 메뚜기 앞에 내려놨다.

대장 메뚜기는 바로 인간을 잡아서 머리부터 먹기 시작했다.

오도독. 오도독.

하지만 한 명으로는 부족했다.

최소 수백 명은 먹어야 제대로 회복할 수 있었다.

근처에는 인간이 없었다. 더군다나 이미 부하 메뚜기들이 인간이 만든 것을 거의 다 먹어 치웠다.

그래서 회복에 필요한 먹이를 가져오는 데 시간이 걸렸다.

이 속도라면 최소 3일은 먹어야 했다.

그리고 이성필과 수호자 성인에게 잃은 부하들도 보충해야
했다.

대장 메뚜기는 인간을 먹어 치운 다음 부하들에게 명령했다.

남쪽으로 가서 번식하고 북서쪽으로 올라간 부하들을 자신이
있는 곳으로 모으라고.

이성필과 수호자 성인이 있는 곳은 피해야만 했기 때문이었다.

부하들만 보내 봤자 아무런 소득도 없이 죽을 것이 뻔히 예상됐다.

대장 메뚜기는 다시 아스팔트를 씹기 시작했다.

* * *

'역시 치료자 성필 친구다.'

"빨리 나았으면 된 거지."

사람들의 염원이 담긴 돌에 내 진심을 담았더니 수호자 성인의
회복이 빨라졌다.

하루도 되기 전에 예전 같은 힘과 덩치를 되찾았다.

'치료자 성필 친구가 있으니 온 힘을 다해 싸울 것이다. 메뚜기
강하다.'

"그런 것 같네."

수호자 성인을 이렇게까지 만들었으니 강할 수밖에 없었다.

"하지만 문제는 대장 메뚜기만 있는 것이 아니야. 내 생각에는 더 많은 부하를 데려올 것 같아."

'치료자 성필 친구 말이 맞다. 하지만 내가 막을 수 있는 것은 한계가 있다.'

"맞아. 그래서 같이 고민해야지."

'치료자 성필 친구. 방법이 있는 것같아 보인다.'

수호자 성인이 잘 본 것이다.

방법이 있었다. 단지 시간이 조금 필요할 뿐이었다.

곤충의 천적이 뭘까?

여러 가지가 있을 것이다. 그런데 아주 가까운 곳에 곤충의 천적이 있었다.

두꺼비.

두꺼비는 곤충을 통째로 삼켜 몸 안에서 녹여 먹는다.

그리고 그 곤충으로 독을 만든다.

금비는 두꺼비 중에서도 왕두꺼비다.

"금비야. 메뚜기 많이 먹었지?"

'네. 아빠.'

"맛있지 않았어?"

'맛있었어요.'

"그런데 너무 많다는 생각은 안 드니?"

은근슬쩍 유도하는 중이었다.

하지만 그럴 필요가 없었다.

'아빠. 그렇지 않아도 준비 중이었어요.'

"뭐를?"

'제 아이들이요. 메뚜기를 상대하기에 좋을 거예요.'

이런 기특한 녀석.

내가 말하기도 전에 준비하고 있었다.

"아이들 준비하는 일이 힘들지 않아?"

'힘들죠. 하지만 아빠에게 필요한 일이잖아요.'

"그래? 고맙다."

'아니에요. 아빠에게 도움이 된다면 저는 기뻐요.'

사실 금비에게도 걱정되는 것이 있었다.

하지만 지금은 이성필에게 그것을 알릴 생각이 없었다.

"그런데 아이들은 언제 낳을 거니?"

'바로요.'

나는 조심스럽게 물었다.

"내가 봐도 되니?"

'당연하죠. 아빠가 손주 태어나는 것 안 보면 누가 봐요.'

"그런가?"

한 가지 궁금한 것이 있었다. 짝짓기를 하지 않고도 알을 낳을 수 있는가였다.

"그런데 사위는 없어도 되나?"

'네?'

금비가 당황하는 것 같았다.

"흠흠. 그러니까……. 짝짓기를 하려면……."

'아하하하. 아빠?'

금비가 나를 노려보는 것 같았다.

"아니. 궁금해서."

'전 필요 없어요.'

"그렇구나."

'아빠. 호원동과 도봉구 경계에 있는 하천으로 가요.'

"그래."

어차피 호원동에 있는 강북구 사람들도 살펴야 했다.

나는 노 씨 아저씨 그리고 금비와 함께 움직였다.

도봉구는 도봉구 나름대로 메뚜기 떼를 방어할 준비를 하기로
했다.

* * *

도봉구에서는 수호자 성인을 중심으로 10명의 1급 능력자가
모여 회의를 하고 있었다.

회의의 내용은 당연히 메뚜기 떼의 공격을 어떻게 방어하느냐였
다.

문성우가 먼저 말했다.

"메뚜기 떼의 공격도 공격이지만, 일반인과 전투를 할 수 없는
사람들을 대피시켜야 한다고 봅니다."

문성우의 말에 다른 1급 능력자 강민호가 말했다. 문성우가 어디로 대피시켜야 한다고 말하는지 알기 때문이었다.

"굳이 그렇게까지 해야 할까요? 수호자 성인께서도 회복된 상황입니다."

강민호는 자신들의 능력만으로 도봉구를 지키고 싶었다.

이성필과 의정부의 능력이 도봉구를 능가한다는 것을 알고 있기는 했다.

어쩔 수 없이 이성필 밑으로 들어갈 수밖에 없다는 것도.

하지만 그건 그것이고 자존심은 자존심이었다.

"미래를 위해서라도 치료자 이성필 님에게 더는 빚을 져서는 안 된다고 생각합니다."

강민호의 말에 김시우가 끼어들었다.

"빚이라고 생각할 수 있겠죠. 하지만 그 빚을 안 지려고 하다가 죽는 사람이 생길 수 있습니다. 보지 않았습니까. 엄청난 숫자의 메뚜기 떼를."

강민호는 입술을 깨물었다.

김시우의 말대로였다. 자신들이 어떻게 할 수 없을 정도의 숫자였다.

수호자 성인이 몸을 분해해 작은 돌멩이로 도봉동 전체를 감싸주지 않았다면 꽤 많은 사망자가 나왔을 것이다.

그리고 거대한 검은색 메뚜기가 나타났을 때는 수호자 성인이 직접 상대할 수밖에 없었다.

그때 피해가 컸다.

"그나마 의정부에서 치료를 받았기에 이 정도 피해만 입은 겁니다."

노원 공격 때 부상자들은 의정부에서 깔끔하게 치료를 받았다.

팔이나 다리 같은 곳을 잘린 것은 어쩔 수 없었다.

하지만 절단 부상만 아니라면 그 어떤 부상이라도 다 고쳐 줬다.

그것도 강찬이 만든 약의 효과를 톡톡하게 봤다.

더군다나 회복을 위해 각종 영양가 있는 음식까지 제공받았다.

"그래서 또 빚을 지자는 건가요?"

강민호의 말에 이번에는 문성우가 대답했다.

"어쩔 수 없는 상황이라면 그래야죠. 하지만 그것을 온전히 빚이라고 생각하면 안 됩니다. 우리는 수호자 성인 님의 뜻을 가장 우선해야 합니다."

수호자 성인의 뜻.

인간의 생존.

그것을 모르는 사람은 이 자리에 없었다.

"치료자 이성필 님도 수호자 성인 님의 뜻을 알았기 때문에 우리를 도와주신 겁니다. 그러니 빚이 아닙니다."

강민호는 문성우의 말이 괴변같이 느껴졌다.

마치 애써 외면하려는 듯한 그런 느낌이었다.

강민호가 무언가 말하려고 할 때 수호자 성인의 목소리가 들렸다.

'치료자 성필 친구를 믿어라.'

수호자 성인은 단 한 번도 회의에서 그 어떤 말도 하지 않았다.

그래서인지 10명의 1급 능력자는 놀랄 수밖에 없었다.

회의에서 결정된 것을 그저 수호자 성인에게 통보하는 형식이었는데.

'인간을 보호해 줄 것이다.'

이 한마디로 회의는 끝난 것이나 다름없었다.

수호자 성인의 지지를 받은 문성우는 자신이 생각한 것을 말하기 시작했다.

"우선 의정부 근처로 일반인을 보내는 것으로 하죠. 최소한의 짐만 챙겨서 바로 가는 것으로 해야 합니다. 언제 메뚜기 떼가 다시 올지 모릅니다."

문성우의 말이 끝나자마자 김시우가 말했다.

"치료자 이성필 님에게는 제가 가서 부탁드리겠습니다."

"그래 주면 좋죠."

10명의 1급 능력자는 일반인 대피를 어떻게 하고 메뚜기 떼가 공격해 왔을 때 어떤 방식으로 방어를 해야 하는지 의논하기 시작했다.

* * *

금비와 예전 도봉산역 근처의 하천에 왔다.

지금은 이 근처에 도봉산역 같은 흔적은 하나도 찾아볼 수 없었다.

두꺼비들이 다 먹어 치웠으니까.

금비는 덩치를 키우더니 하천에 알을 낳았다.

그런데 내가 아는 두꺼비의 알이 아니었다.

원래 두꺼비는 알을 둘러싼 긴 물체 같은 것을 낳는다.

지금 내 눈앞에 보이는 것은 12개의 거대한 알이었다.

닭 괴물들이 낳는 알보다도 컸다.

"금비야. 12개만 낳는 거야?"

'네. 이 아이들은 제가 모든 힘을 사용해서 낳은 아이들이에요. 그러니까 제 힘이 12개로 나뉘었다고 생각하면 돼요.'

그러고 보니 알을 낳는 순간 금비의 힘이 엄청나게 줄어들었다.

하지만 내가 걱정되는 것은 12개의 알에서 태어난 두꺼비가 엄청난 숫자의 메뚜기 떼를 상대할 수 있느냐였다.

"그렇구나. 그런데 손주가 12마⋯⋯. 아니 명이면 되려나? 메뚜기가 엄청 많은데⋯⋯."

'당연히 안 되죠. 곧 증손주 보실 거예요.'

"어?"

'이 아이들이 또 아이들을 낳을 거거든요.'

"그렇지?"

'그런데 한 가지 문제가 있어요.'

"뭔데?"

'아시다시피 아이들은 태어나서 엄청 먹어요.'

"그렇지? 아마?"

내가 결혼해서 직접 아이를 낳아 본 적은 없다. 하지만 들리는 말은 많았다.

아기는 먹고 자고 울고 싸고 또 먹는 일이 일상이라고.

'이 아이들부터 시작해서 엄청나게 먹어 댈 거예요.'

갑자기 불안한 생각이 들기 시작했다.

"얼마나?"

'저쪽 노원구까지는 다 먹어 치울 거예요.'

금비가 쳐다보는 곳은 아직 남아 있는 건물이 있었다.

'아빠. 저 좀 잘게요. 힘이 없어서.'

금비가 작아졌다. 그리고 내게 폴짝 뛰었다. 나는 손을 내밀어 금비를 받았다.

왜인지 모르게 금비가 너무 가볍게 느껴졌다.

'저 자는 동안 손주들 지켜 주세요.'

"당연하지."

얼마나 지켜야 할까?

그것을 물어보려는데 금비가 눈을 감았다. 그대로 잠든 것이었다.

나는 조심스럽게 금비를 손에 든 그대로 품으로 가져왔다.

조금이라도 따뜻한 체온을 더 느끼게 해 주고 싶어서였다.

그러자 금비가 꿈틀대면서 내 품 안으로 파고들었다.

왜인지 모르게 싫지 않은 느낌이었다.

"보기 좋습니다. 대장님."

지금까지 아무런 말도 안 하고 따라다녔던 노 씨 아저씨였다.

"쉿. 금비 깨요."

노진수는 흐뭇하게 웃을 수밖에 없었다.

결혼도 안 한 이성필이다. 하지만 금비를 마치 자신의 진짜 자식인 것처럼 애지중지하는 모습이 좋았기 때문이었다.

* * *

몇 시간이 지났는지 모른다.

해가 지면서 어두워질 때쯤 금비가 낳은 12개의 알에 금이 가기 시작했다.

금비를 깨워야 하나 싶었다. 하지만 너무 잘 자는 금비를 깨울 수는 없었다.

나는 노 씨 아저씨를 봤다.

"아저씨, 알에 금이 갔어요."

"저도 보입니다. 그런데 대단하군요."

노진수는 알이 깨지기 시작하자 느껴지는 힘에 놀라는 중이었다.

금비가 자신의 힘을 12개로 나누었다는 말은 들었다.

하지만 알 하나에서 느껴지는 힘은 노진수가 지닌 힘보다도 한참 위였다.

쩌적.

이제는 알이 완전히 갈라졌다. 그리고 거대한 두꺼비가 모습을 드러냈다.

그때 금비가 일어났다.

'아빠. 편안하게 잘 잤어요. 고마워요.'

나에게 인사한 금비는 내 품에서 뛰어내렸다.

하지만 덩치를 키우지는 않았다.

12개의 알은 모두 깨졌다. 그리고 완벽한 모습으로 나타난 12마리의 두꺼비들.

12마리의 두꺼비들은 금비를 본능적으로 따르는 것 같았다.

금비를 보자마자 고개를 숙이며 납작 엎드리는 것이 보였다.

금비는 그런 12마리 두꺼비를 보며 당연하다는 듯이 고개를 끄덕였다.

'잘 태어나 줘서 고맙다. 인사해라. 할아버지다.'

순간 당황했다.

나를 할아버지로 소개할 줄은 몰랐다.

그런데 12마리 두꺼비가 고개를 들어 나를 보는 눈빛이 장난이 아니었다.

마치 장난꾸러기 어린아이가 마음에 드는 장난감을 본 것 같았다.

"잠…… 잠깐만!"

불안한 느낌에 피하려고 했다. 하지만 늦었다.

덩치가 나와 비슷한 12마리 두꺼비가 나를 향해 펄쩍 뛰었다.

순식간에 나는 12마리 두꺼비에게 깔렸다.

그리고 내 위에서 차례로 혀로 내 얼굴을 핥고 있었다.

몇 마리는 경쟁적으로 계속 핥으려 하고 있었고.

그것을 본 금비가 말했다.

'역시 본능적으로 아빠를 좋아하네요.'

"그……그래?"

두꺼비 침으로 범벅이 되어도 금비의 말을 들으니 하지 말라고
할 수 없었다.

'이제 그만.'

금비가 엄하게 말하자 12마리 두꺼비는 아쉬운 눈빛을 보이며
내게서 떨어졌다.

12마리 두꺼비는 금비 앞에 일렬로 섰다.

'지금부터 너희는 저쪽으로 가서 힘을 기르고 아이들을 낳아라.'

12마리 두꺼비가 고개를 끄덕였다.

'하지만 내가 전해준 기억을 잊지 마라. 인간은 절대로 죽이지
마라. 그 어떤 경우에도.'

12마리 두꺼비는 더 강하게 고개를 끄덕였다.

'가라. 가서 아이들을 낳아서 데려와라.'

12마리 두꺼비는 나를 한 번 보더니 고개를 까딱하고는 노원구
방향으로 뛰어갔다.

왜인지 모르게 조금 허전한 느낌이 들었다.

"같이 가서 도와줄까?"

'아빠가 도와줄 일은 없어요.'

"그럼 금비가 가서 봐주든지."

'아이들은 강하게 키워야죠. 오냐오냐 해 주면 안 돼요.'

"알았다. 가자."

12마리 두꺼비가 얼마나 더 많은 두꺼비를 데리고 올지 모른다.

하지만 2천 마리만 돼도 메뚜기 떼와 할 만하다고 생각했다.

천적이니 1마리당 최소 메뚜기 10마리를 잡아먹을 수 있다는 계산이면.

2만 마리 정도는 감당할 수 있다.

거기에 금비와 나 그리고 포병 등의 전력을 합치면 충분할 것 같았다.

* * *

검은색 대장 메뚜기는 서북 방면으로 보냈던 부하들이 도착하는 것을 보며 기분이 좋아졌다.

자신의 부하들 중 절반을 서북 방면으로 보냈었다.

자신이 이 방향으로 온 것은 이성필과 수호자 성인 때문이었다.

강력한 힘을 지닌 둘이 있다는 것을 부하가 알려 왔었다.

그리고 더 강한 힘을 지닌 수호자 성인을 먼저 상대했었다.

수호자 성인을 처리하고 나면 이성필은 더 쉽게 처리할 수 있다고 생각했기 때문이었다.

그리고 남쪽을 보냈던 부하들도 꽤 많은 번식을 했다.

그곳에는 먹을 것이 많이 남아 있었기 때문이었다.

더군다나 살아 있는 인간도 많이 잡아 왔다.

대장 메뚜기는 하루 정도 더 빨리 회복할 수 있을 것 같았다.

하지만 그렇다고 바로 수호자 성인을 공격할 생각은 없었다.

조금 더 치밀하게 압도적인 전력으로 공격할 계획이었다.

그것을 위해 일반 메뚜기처럼 생긴 부하들도 사방으로 보내 났다.

살아 있는 인간을 씹어 먹은 대장 메뚜기는 잠시 먹는 것을 멈췄다.

서북 방면으로 보냈던 부하들을 이끄는 메뚜기가 접근했기 때문이었다.

'두 배로 늘려서 왔습니다. 어머니.'

'잘 왔다.'

처음 서북 방면으로 보낸 메뚜기의 숫자는 10만을 조금 넘었다.

지금 그 2배라고 말하고 있었다.

최소 20만의 메뚜기가 합류한 것이었다.

'조금만 기다려라. 네가 할 일을 알려 주겠다.'

'알겠습니다.'

대장 메뚜기는 아들과 부하들을 의정부로 보낼 생각이었다.

이성필이 의정부를 방어하는 동안 자신은 도봉구를 공격할 계획이었다.

수호자 성인을 잡는 것이 최우선이라고 생각했기 때문이었다.

〈6권에서 계속〉